深圳新锐小说文库

主编　杨争光
总策划　邓一光　尹昌龙

# 幸 福 咒

曾楚桥 / 著

海天出版社（中国·深圳）

## 图书在版编目（CIP）数据

幸福咒 / 曾楚桥著.— 深圳： 海天出版社，
2016.1

（深圳新锐小说文库 / 曾楚桥主编）

ISBN 978-7-5507-1518-9

Ⅰ．①幸… Ⅱ．①曾… Ⅲ．①短篇小说－小说集－中
国－当代 Ⅳ．①I247.7

中国版本图书馆CIP数据核字(2015)第280442号

# 幸福咒
Xingfuzhou

出 品 人：聂雄前
书稿统筹：于爱成
责任编辑：涂 俏 蒋鸿雁
责任校对：万妮霞
责任技编：蔡梅琴 梁立新
装帧设计：李松璋书籍设计工作室

出版发行：海天出版社
地　　址：深圳市彩田南路海天综合大厦（518033）
网　　址：www.htph.com.cn
订购电话：0755-83460293（批发） 83460397（邮购）
排版制作：深圳市思成致远创意文化有限公司 0755-82537697
印　　刷：深圳市顺帆达印刷有限公司
开　　本：787mm×1092mm 1/16
印　　张：19.25
版　　次：2016 年 1 月第 1 版
印　　次：2016 年 1 月第 1 次
定　　价：29.80 元

# 序　言

主编这套文库，是一种享受。

阅读十二位青年作家的作品，更是一种享受。

还有鼓舞。

边鼓边舞——兴奋！

十二位文学新锐，是从几十位符合条件的作家中推选出的，也许并不能代表深圳文学的高度，却能真切地感受到深圳文学滋养、生成的元气、生气、意气。有这三气在，新的高度是可以预见的——不仅是将来深圳文学的高度，也许还是将来中国文学的高度。

三十多年，能聚集如此整齐的文学集群——我实在不愿使用"新军"这个词，文学实在不是因为利益或信仰而生发的战争，文学群体也实在不是军事组织——也只有深圳能够。

我从来都认为，"文化沙漠"是对深圳的误判。面对这种误判，深圳以它包容开放的胸怀和着眼未来的视界，踏实、稳健地建设着自己的文化。来自五湖四海的深圳人，携带着他们各自的文化之根，就地栽培。移民，遗民，夷民，互不嫌弃，互不抵牾，欣然接纳，不拒杂交——深圳就是这么任性！养性之后的任性。现在完全可以说，深圳不仅是个经济奇迹，也创造了文化培育、积累和健康生长的奇迹。

文学是文化的组成部分，并处于文化最敏感、最精致的部位。深圳文学曾有过短暂的浮躁。浮躁是一种内在焦虑导致的精神和行为变形。很快，这种浮躁就成为浮云而升天，留下的是平稳的文学耕耘。而且，这种文学耕耘的主流是非职业的民间写作。本文库中的十二位小说新锐，都不是所谓的专业作家。仅凭这一点，不仅这十二位，整个深圳文学的生态，也可以是未来中国文学生态在当下的一个试水，或者说是一个示范也成。这就是深圳的见识。也是深圳的性格：有健康理性为根基的见识，就付诸行动，创造成果。

深圳有"打工文学""青春文学""网络文学"，但以为这就是深圳文学的标志，也是一种误判——对深圳文学的误判，正如"文化沙漠"说对深圳的误判一样。每一位作家都是打工者；许多作家都可能以"打工者"作为他们的文学形象。每一位作家都有或有过青春期；过了青春期的作家也可能叙写"青春"。在互联网时代，每一位作家都不可能或很难拒绝网络，"网络文学"作为一种瞬间现象，已经成为过去时。深圳文学将不在所谓的"打工文学""青春文学""网络文学"等等标签的框定里打转。

文学就是文学，不是别的。文学和"打工""青春""网络"遭遇，将是日常性的。深圳文学要的不是有形无义的标签，而是真正属于文学的品相。这品相既是深圳的，也是中国的、人类的。福克纳以一块"邮票大的地方"为文学地盘，写出了人类的精神境遇，以及充盈于胸的悲悯情怀。鲁迅以"未庄"为文学地盘，塑造出了可与堂吉诃德相媲美的人类精神形象。本丛书中的十二位作家，性格不同，文笔各异，却都有着不甘平庸的文学野心。他们守着深圳，一个现代与后现代并存、移民与遗民甚至夷民杂居、物质与精神厮杀、灵魂与肉体纠缠、解构与建构时刻都在发生的地盘上，文学野心能否成为文学现实，我不敢妄言，但深圳应该有着它足够的耐心，等待和期盼。

说得似乎高亢了点。那就降低调门，轻声说几句：由于先天性营养不足——比如，长期缺乏不断发展的自然科学和人文科学的后援与支持；比如，白话文写作至今也不足百年的实践，等等——从整体来说，中国的叙事文学，包括小说艺术的家底，并不丰厚。五千年中华文明固然伟大，但仅以此作为现代小说艺术的滋养，我以为是不够的，因为小说艺术要抵达的是整个人类。

鲁迅是清醒的："过去的生命已经死亡。我对于这死亡有大欢喜，因为我借此知道它曾经存活。死亡的生命已经腐朽。我对于这腐朽有大欢喜，因为我借此知道它还非空虚……"以汲取营养论，鲁迅是母奶和狼奶通吃的。正因为清醒，还在中国现代文学起步的时候，他的心血书写，创造了中国文学的高标。

精神荒芜，思想枯竭，是人的穷境，文学的死境。

在生命的关口，守住了人的底线，也就站在了人的高点。在文学的关口，守住了写作的底线，也就守住了文学的高地。

我愿以此与年轻的同道们共勉。


末了，还有几句说明：

本"文库"又称为"12+1"，即十二位文学新锐的作品，并一本文学批评专著。相信批评专著能对十二位青年作家作品——或许还有深圳文学，有精到的解析。

本"文库"由邓一光先生提议，他和尹昌龙先生任总策划，由我担任主编。具体的联络、协调及编务工作，是由工作室的几个年轻朋友做的。

本"文库"的作家年龄均在四十五岁以下（含四十五岁）。吴君、盛可以诸位应在此列，因事先议定的原则，未进入本文库，是一个遗憾。

本"文库"由深圳市宣传文化基金全额资助，海天出版社独家出版发行。

为深圳文学祝福。


杨争光

2015年6月26日

# 目　录

# 榕树上的怪鸟

　　汪生在城里打工，极普通的打工仔一个，他与西门子邂逅于风流底第三工业区。

　　这日中午，正是工厂的下班高潮，吃腻了工厂食堂的汪生裹挟在乱哄哄的人流里，准备找个快餐店解解肉馋。忽一阵香风扑鼻而来，汪生如猎狗一般伸长了鼻子在四周围嗅，一下子就嗅到别人身上来了。汪生正想向人家道歉，抬头，张大了嘴却成了个哑巴，霎时间惊为天人。那就是西门子了。那天西门子的穿着打扮并没有什么特别之处，都是纯一色工作服。只是那双眼睛简直会说话，顾盼之间，汪生就丢了魂似的跟着她走。一直到吃完中午饭西门子上班了，汪生仍跟着人家走到工厂大门口，结果汪生被那些火眼金睛的保安员硬生生给拦住了，汪生这才惊觉过来。不过汪生也不枉此行了。他不但从西门子上衣挂着的厂牌上看清楚了她的姓名，而且还知道西门子是柏事电子厂的一名装配工。

　　第二天，汪生就从原来的塑胶厂辞了工。辞工的时候，主管问他原因，他竟回答说：我得马上整整容。主管也是个通情达理的人，笑笑，便在他的辞工书上签了字。汪生长得丑，是全厂公认的第一丑男。他跟主管说需要整容，并没有讲大话，他是动真格的。他拿上了工资第一件事就是直奔整容院。可是汪生跑了几间整容院之后，不禁大失所望，穷尽他打工的所有积蓄，竟然隆不起一个鼻子，就更不要说别的了。失望之余，汪生便有些窝火，不过汪生也不是那种自暴自弃的人，他认为美好的东西还是要主动去争取才对。怎么争取？汪生的第一个想法就是先把自己弄进柏事电子厂再说。进了厂，即使跟西门子谈不成朋友，汪生也希望每天都能看到自己喜欢的人。说不定有那么一天，西门子心血来潮忽然就被自己的真诚打动了呢。

此后，汪生天天守在电子厂的大门外，寻机会进厂。可是每次电子厂招人，招工的人事小姐连正眼也不瞧他一眼。碰了几次壁，汪生忽然就开窍了。他首先打通了保安，然后通过保安又打通了人事主管，最后，他给厂长既是送烟又是送酒才把自己送进了柏事电子厂的大门。

虽然是进了厂，可是汪生被分到厨房，做一名厨房打杂。所谓打杂就是做苦力，整天被人呼来喝去的那类人。汪生进厂三月有余，竟连装配部的门都未进过。如此，他和西门子见面的机会并不多。除了吃饭时偶能见上一面，其余时间只能闷头干活。为了能够天天见着自己喜欢的人，汪生颇是费了一番心思，当然免不了又要破费些钱财，最后汪生终于如愿调到了装配部，成了一名装配工。

汪生被调到装配部上班的头一日，坐在装配部的流水拉上，汪生惊喜地发现在自己的前前后后、左左右右，竟然全是清一色的女孩子，更令汪生心花怒放的是，西门子竟然和他打对面工作。这一发现让汪生晕头转向了好几天，直到上了三个星期的班，汪生才发现情况有点不妙，因为他发现主管刘晔每天就像一块膏药一样贴在西门子的身边。这时，汪生的热情才一点点降了下来。汪生到底也是个有自知之明的人，觉得只有主管那样的人才配得上西门子，于是便把鼓胀的心收了起来，安于工作。只要还能见着西门子，汪生就满足了。如果不是后来发生了那些事，只怕汪生还会安安分分地在电子厂里上班，也不至于被炒鱿鱼。

事情的起因还是西门子。

这年的七月下旬，离汪生入厂已有半年了。工厂里的订单忽然就少了许多。到了八月，工厂便开始裁人。一些老员工陆续被迫离开。汪生所在的车间平时是最忙的车间，现在也是断断续续地上班，有货来就做，没货来就休息。

这天刚好也是没货做，集体休息。吃了中午饭，汪生去了一趟邮局，他给老母亲寄了三百块钱。这个月因为班上得少，拿到手上的工资并不多，汪生给家里寄的钱也只能缩水了。在回工厂的路上，汪生遇见了西门子。汪生从来没指望西门子会主动跟他打招呼。

那一刻，汪生如在梦里。耳边听到西门子说："汪生，你今晚有时间么？"汪生傻了一般只会点头。然后，西门子就递给他一张电影票，笑笑说："汪生，我请你看电影。"汪生接过电影票时，西门子已经走远了。汪生呆立当场，全身软绵绵的，亦不知道是如何走回到工厂，一路上眼前尽是西门子飘忽的笑容。

汪生好不容易回到宿舍，在宿舍里走来走去，见人就笑，隔几分钟就看看表，又走到窗边探头看天，窗外是瓦蓝瓦蓝的天空，马路上人来人往。汪生朝窗外吼了一嗓，同舍的工友们正在打牌，都抬头看他，有人骂："丑人多作怪啊，你。"汪生听了，扭头过来，见大家正怒目而视，赶忙就去厕所，汪生在厕所爽快地屙了一

泡尿，出来把自己放倒在床上就等天黑。

这一天，汪生好不容易才挨到天黑。天一擦黑，汪生就做贼一样偷偷摸到电影院，对号入座之后，坐在那里等西门子。等了好久也不见西门子来，汪生左看右看，周围都坐满了人，就差自己身边这个座位了。汪生心里自我安慰："可能西门子被什么事缠住了吧。"汪生又等了好久，电影都快开始了，西门子还是没来，汪生心就焦了。

汪生远没想到会等来主管刘晔。

当刘晔坐到自己身边时，两人均不由自主地哦了一声："怎么是你呀。"此后两人均沉默下来目不斜视地盯着银幕，仿佛两尊木偶。电影放到一半，汪生就坐不住了，起身离去。汪生前脚走出电影院，主管后脚就跟了出来。两人一起往工厂的方向走，走了好长的路，两人谁也没开口。一直走到一片空阔地，前前后后都没有人，也没有路灯，主管忍不住问汪生的电影票是从哪里来的。汪生看不清主管的表情，只好如实作答。但听到主管突然间大声咳嗽起来，一边咳一边喘着气说："你真有福气，有女孩子请你看电影！"

汪生终是想不通西门子为什么请自己看电影，而她自己反而不来。第二天上班，汪生原是想找个机会问问西门子怎么回事。他还没有找到这个机会就被主管调到了货仓，成了一名货仓搬运工！

货仓的工作其实也相当简单，哪个车间来要货了，货仓管理员发个单子，余下的工作就交给汪生他们。搬上搬下，来来去去的，一天的工作就如此过了。这样，汪生未免有点儿失落，毕竟每天与西门子见面的机会少了很多。偶尔汪生也能见到西门子，但也仅限于搬运过程中的匆匆一面罢了。汪生努力跟主管刘晔拉关系，但是刘晔不为所动，一点也没有把他调回装配车间的意思。至此，汪生才隐约地感到自己被调到货仓与那张电影票不无关系。

后来发生的一件事更加坚定了汪生的这个想法。

汪生调到货仓上班没多久，这天，汪生正在工厂的大饭堂里吃中午饭的时候，西门子忽然端了饭来到汪生的身边，她亭亭玉立地站在汪生的身旁，还很礼貌地问汪生的身边有没人坐。汪生受宠若惊地站起来连连说："没人没人，坐、坐、坐，都没人哇！"

这一顿饭汪生当真是吃得不容易，既感到幸福又生怕唐突佳人，吃几口饭就偷偷瞥一眼西门子。西门子倒是落落大方，完全不当一回事，任汪生这边惊涛骇浪，而她那边却平静如常，边吃还边冲汪生莞尔一笑。好不容易等到西门子吃完饭，周围的人都已经走光了。西门子这才对汪生说："晚上七点你到我宿舍来，我有话跟你讲。"说完也不管汪生答不答应，就站起身离去了。这一刻汪生心头鹿撞，不知西门子到底要跟他说些什么，目送她走出饭堂的大门，汪生才回过神来，慢慢咀嚼西门子留下来的话，越嚼便越觉甜入心肺。

当晚七点，汪生如约来到西门子的宿舍。刚坐下没多久，汪生就听到主管刘晔在门外喊："西门，西门，我们去吃饭吧！"西门子拉着汪生说："汪哥，我们一起走。"汪生一时不知西门子葫芦里装的是什么药，竟也跟着他们一起去。坐到餐桌上汪生才明白西门子是拿自己来做挡箭牌。明白了这一点，汪生反而高兴了起来，也不顾主管的面子，竟大扮特扮起护花使者来。主管看在眼内，气在心头，但有西门子在，他的气又不好出，恨得咬牙切齿。汪生看到主管铁青了面孔，不禁有些可怜他，反觉心里有愧，也想不明白西门子怎么就看不上刘晔。按理，刘晔长得也算是有棱有角的，年纪也不大，又是主管，怎么说也胜过他汪生好多倍吧。

汪生后来从工友的口中得知，刘晔在乡下是有老婆的人。知道了这一点之后，汪生就开始愤愤不平起来了，觉得刘晔也太过分了。从此汪生就自觉地充当起西门子的挡箭牌来。每次刘晔约西门子，只要西门子一个眼神，他都义无反顾地跟了去。这样一来，终于惹怒了刘晔，刘晔大笔一挥又把汪生调到了清洁部，让他整日跟那些扫地婆为伍。

汪生知道刘晔是在故意整自己。汪生心里也极其不爽，但人家是主管，调你往哪算哪，只有认命了。这样一来，反倒让汪生铁了心要将西门子保护到底。汪生这样做的结果是直接导致刘晔再一次把他调到了宿舍，名为宿舍管理，实质就是专门扫厕所的洁厕员。

汪生是在成为洁厕员两个礼拜之后改的名。

那天主管故意到宿舍找汪生的麻烦，楼上楼下找了好几遍，没找着人。又到汪生的宿舍门口叫了半天，汪生才从宿舍里慢吞吞地走出来。见到汪生，刘晔一下子就来火了："你是不是聋了？不想干挟包走人，别在这里碍眼！"

汪生心平气静地说："刘主管，不是我不想干，而是另有原因，我现在不叫汪生了，我改名了。"主管余怒未消地说："改叫什么阿狗阿猫？"汪生说："我现在叫汪往，来来往往的往，麻烦主管大人以后就别叫我原来的名字了，叫我汪往吧。"刘晔一时也没在意，嘀咕着说："我还以为你叫奥巴马了呢，你还是改名叫阿狗算了。"汪生笑了笑说："总会有人做狗的。"

此后主管再来找汪生的麻烦，站在走廊上叫汪生的新名汪往时，汪生故意等他汪往汪往叫上几声才从厕所里闪出来，阴阴一笑说："汪汪什么，我不是在这里么？"刘晔还是没醒悟过来。一个宿舍的保安听到了，掩着嘴笑，刘晔就问保安笑什么。保安说："笑你呀，你汪汪地乱吠，人家汪生骂你是狗哩。"当场就气得刘晔七窍生烟，当日就将汪生给炒了。

炒了也就炒了，汪生也没跟主管吵架，按规定去财务部结工资。财务主管一边给他算账，一边笑他癞蛤蟆想吃天鹅肉。汪生回应他说："吃不成天鹅肉，摸摸天鹅的漂亮羽毛感觉也很好呀！"财务主管笑了说："你汪生还想摸人家的羽毛？我敢断言，用不了两个月，你就连天鹅的屁股也摸不上了。"汪生也笑了说："那你就等着瞧吧。"结清工资，汪生直接去了一趟装配车间。当着主管刘晔的面，汪生对西门子说："西门，我等你到地老天荒！"羞得西门子脸红了又白，白了又红，连话也说不出来。汪生并未罢休，他掉过头牛气冲冲地对刘晔说："西门是我的，你以后就别动我的女人！"那一刻，车间里所有的女孩子都笑痛了肚子，觉得汪生当真是可爱极了。

汪生并不是口头说说，他真的用行动证明自己。此后，汪生就在离电子厂不远的村子里租了一间平房，买了辆二手的三轮车，去批发市场批发些水果回来，每天借下班时机拉到电子厂门口卖。汪生最初的想法是，先稳住阵脚，一来每天都能见着西门子，二来还能赚点小钱。

开始一段时间，刘晔经常来汪生的小摊前冷嘲热讽一番，意图不言自明。不想，刘晔此举却引来车间女孩子们的不满，她们纷纷前来"捧场"。一时间，汪生的水果摊生意竟然不错，比在工厂里做杂工要强上一倍不止。唯一让汪生心里感到空空落落的就是，西门子从来没有来看过他一眼。

汪生怎知，他的天鹅早就飞走了。

事实上，汪生在电子厂门口卖水果才两个月不到，西门子就已经跟主管刘晔出双入对了，果然就应了财务主管的话：用不着两个月。汪生没想到会是这个结果，看着刘晔趾高气扬地拉着西门子的手来到水果摊前显摆，汪生扬手想给自己两巴掌。但举起的手却鬼使神差般伸到刘晔的面前，握紧了便用力猛摇一通，连连说："主管大人，恭喜你，恭喜你啊！"

当晚收摊回到出租屋，汪生连饭也没吃，一颗心却是痛了一夜。第二天起来，汪生照常去摆摊卖水果，不过他的水果摊却悄悄地有了变化。细心的女孩会发现，在汪生的三轮车把上插了一块硬纸牌，再细心点的人会发现，那纸牌上一行行的字竟然就是一首诗！汪生的这首诗后来在电子厂的女工宿舍里流传了好长一段时间。这是汪生写给西门子的第一首诗，诗的题目叫《忆榴莲——致西门子》，下面便是诗的开头三行：

> 你何必要成为人家侍养的乌龟
> 那些开在红色之外的
> 未必是一朵花

汪生的诗虽然隐晦了些，不过汪生的文学才华却就此显露了出来。此后汪生一发不可收，他以每天一首诗的速度把他的单相思晾晒在硬纸片上。半年之后，汪生忽发奇想，他想让更多的人知道他对爱情的忠诚。于是他又工工整整地将他的诗抄到稿纸上，打包寄给了《江门文艺》。半个月不到，编辑就给他回了信，回信说《江门文艺》决定刊用他的三首诗歌。其中之一就有《忆榴莲》。

汪生的爱情诗发表之后不久，汪生做了一件极其愚蠢的事。他拿着刊有他诗歌的样刊趁中午吃饭时去找西门子，满以为西门子看了会回心转意的，不料西门子看了之后，冷冷地反问他："扯淡，我什么时候成乌龟了？"任汪生怎么解释，西门子就是一口咬定汪生故意写诗来污辱她的人格。西门子临回工厂上班时，一下子把汪生的书扔到大饭堂油污污的地板上，踏了两脚气鼓鼓地说："什么狗屁诗歌，骗小孩的玩意罢了！"

如果不是西门子如此决绝，只怕汪生还真的会一天天等下去，一直等到地老天荒。恰好在这个节骨眼上，汪生的老乡给汪生带来口信，说汪生的老母亲病了，让汪生赶快回家。在此之前，汪生的母亲也托人带过口信来，说要汪生回家相亲，汪生不同意，没回。这次，汪生一听说母亲病了，一下子就慌了神，一点儿也不怀疑的就收拾好行李回了老家。

汪生回到家之后才发现上了母亲的当，但是已经晚了。当媒人把那女孩带到家里时，汪生见那女孩白白净净，低眉顺眼，羞羞答答一副温顺的样子，便在心里默许了几分，并未多想。汪生本来还没有成亲的打算，但汪生是个孝顺仔，不想违背母亲的意愿，更重要的是，汪生在西门子那里受到了重创，他得找一个疗伤的人。

如此，一门婚事就在汪生的默许中闪电般促成了。婚礼也一切从简。洞房的那一晚，汪生突然发现，娶回来的这个名叫蒋素琴的姑娘竟然是个斗鸡眼！汪生在脱妻子的衣服时，犹犹豫豫地问了一句："素琴，你闭上眼睛，好吗？"蒋素琴的斗鸡眼一瞪说："你拉黑灯不就得了？"汪生脱衣服的手一时僵在那里，想想也是，拉黑灯不就得了。"啪"的一声拉黑了灯，倒头便睡了。

婚后只一个星期，汪生不顾母亲的反对，就带着妻子蒋素琴去了风流底，他要继续摆他的水果摊。婚后仅六个月，蒋素琴便在风流底的出租屋里给汪生生下一个大胖小子。这个来历不明的儿子，搞得汪生每日里茶饭不香，但又不好发作，心里空空的。汪生还是有一点生理常识的，再怎么说也算得清楚妻子生下的这个大胖小子其实与他的劳作并无任何联系。汪生如哑巴吃黄连，有苦难言。汪生只有把他的苦闷诉之于纸。汪生又开始以每日一首的速度在写诗。都说悲愤出诗人，汪生的诗歌因此越写越好，报纸杂志经常可以看到他的诗作。在风流底，汪生已经算得上是个诗人了。

汪生后来离家出走，要去北京找铁姑娘，与其说是和汪生对诗歌写作过于痴迷有关，倒不如说，汪生出走直接的导火线就是西门子。

西门子自从和刘晔好上之后，没过多久就当上了领班。然而，西门子这领班才当了一年不到，就被迫辞了工。原因是刘晔的原配夫人从家乡过来了。这期间免不了大吵大闹一场。吵闹的结果是西门子挟包裹去了鸭嘴岭温泉度假村，据说是做一名酒店的女招待。

汪生开始不知道刘晔的老婆来了，也不知道西门子去了度假村。他做一天和尚撞一天钟地摆他的水果摊。有一天，他见刘晔的胳膊上吊着一个女人从他的水果摊前走过去，汪生眼尖，一眼就知道那女人肯定不是西门子。汪生忽然就追上去，截住了刘晔。

"姓刘的，你这是什么意思？"汪生怒气冲冲地站在刘晔的面前，一副要打架的样子。刘晔一时没明白他的意思，反过来问："你什么意思？是不是想打架？"汪生一时兴起说："对，我就是想打架，怎么样？"刘晔倚仗着自己是主管，在工厂里有不少的爪牙，也不甘示弱地说："打架？老子怕过谁？"

也没见他们怎么争吵，汪生突然间就率先出手。就在工业区的大道上，汪生和刘晔就打了一场颇为壮观的架。几百人围着观看，将整个工业大道堵了至少一个小时。刘晔的爪牙没有来帮忙，汪生虽然在风流底没什么朋友，但汪生生得够壮实，结果这场架打到最后，虽然两人都被闻讯赶来的民警扭送到了派出所，但刘晔身上挂彩明显地处于下风。

在派出所，民警问汪生为什么要打架，汪生回答说："我打的就是他这种花花公子！我现在是为民除害呀！"弄清了原委之后，民警也笑了，也没怎么为难汪生，将两人教育了一番之后，便将他们放了。

在回来的路上，汪生问刘晔到底把人家西门子怎么了。刘晔哼了一声说："还真看不出你这鸟人还是个情种。老实告诉你吧，西门现在傍上大款了，她在温泉度假村那边风流快活着呢！"

汪生自然不相信刘晔，找机会问了几个昔日工友，竟然都证实了刘晔的话。但汪生还是不相信。他利用晚上不摆摊的时间亲自去了几回度假村，最后终于见到了西门子。但是此时的西门子已不是过去的西门子了。汪生本想跟西门子打个招呼，但西门子却把头扭向一边，装作不认识汪生，紧搂着一个男人的胳膊径直上了一辆人力车，连头也没有回就从跑马道下山去了。

这次见面，导致汪生一个星期没有去摆摊，整日窝在家里晨昏颠倒地睡觉，也不起来吃东西。这样不到一个星期，汪生就饿得奄奄一息起不来了。妻子蒋素琴这才慌了神，停止了每天必不可少的恶言相向，夜里等孩子吃饱奶水后就把乳头往汪生的嘴里塞。朦胧中，那奶水如一股清泉涓涓汇入汪生的丹田，汪生一气猛吸，把蒋素琴的奶头都吸痛了。蒋素琴抱着汪生的头，感觉胸前一片冰凉，用手摸汪生的脸，竟摸到满手泪水。蒋素琴一把将汪生推开，气愤地说："莫吃了，饿死活该！你那些鸡鸡狗狗的事，能瞒得了我？虽说我过去是有负于你，但你也得拿镜子照照自己，凭你这副尊容，能娶到我，还不知道你祖上积了多少阴德，还整天想着吃天鹅肉？我呸！"

吃了妻子的一顿奶水，汪生总算活了过来。活过来的汪生听了妻子的一顿数落，语气甚是平静："下个星期搬家。"

蒋素琴还以为汪生饿昏了头，乱说话。不想，汪生竟是动真格的。这次，汪生将家搬到了鸭嘴岭山脚下的荔枝林里。在此之前，汪生来找西门子时就看中了这个地方。房租便宜先且不说，单说这里的空气要多好就有多好。

汪生现在住的地方，稍稍偏僻一些，门前有棵三个人合围都抱不过来的高大榕树。榕树枝繁叶茂，从树上垂下来的根须密密麻麻，把周围一亩多的地方围成了一个天然的小迷宫，白天这里就成了孩子玩耍的天堂。

汪生搬来鸭嘴岭之后，就不再去摆摊了。他花三百多块买了一辆人力车到度假村拉客。早上度假村客人少，汪生就待在家里写一会儿诗，吃过午饭后汪生就马不停蹄地在跑马道上上落落，日子虽然过得清苦，但胜在能偶尔见到西门子。每次见到西门子，汪生都要劝她找一份正当的职业，说得多了，西门子就骂他："臭男人，没一个好货！全是吃着碗里的又盯着锅里的王八！"汪生一点也不生气，任由她骂，下次再见了还是要苦口婆心地劝。西门子有时就回一句："我喜欢，你管得着么。"没兴趣时，干脆就爱理不理，任由汪生自个儿说。不过西门子爱坐汪生的车，因为她坐汪生的车，汪生从来就没收过她一分钱。

这年六月，天气比往年热。毒辣辣的太阳就像人们头顶着一只烧红的铁锅，把绿油油的荔枝树蒸得了无生气。大白天，这里已少了许多笑声，荔枝林里住着的那些打工夫妻们，每天油着一头汗脸上下班，大家见了面除了唉声叹气，就是议论着这个大热天什么时候过去。天气变化影响不了汪生的生意，除非下雨，天越热，生意就越好，汪生巴不得一年四季都是大热天。这可苦了蒋素琴，儿子还小，离不了手，天天不是抱在怀里就是背在背上，可真不容易！

这天中午，在榕树下玩耍的孩子都四散回家吃午饭了，蒋素琴抱了儿子来榕树下喂奶，她见四下里无人，就将上衣的纽扣全解开，敞开了上衣任由儿子在怀里闹腾。瞧着儿子那张白白胖胖的脸，蒋素琴一下子就出了神。儿子吃饱后就睡着了，蒋素琴把他放在婴儿床上睡，她自己则仍敞了上衣在榕树下乘凉，忽然间胸口一凉，一大坨鸟粪刚好落在她的奶子上，一股怪臭立马便在蒋素琴身上弥漫开来。蒋素琴"哎呀"一声就骂了起来，抬头向树上望，隐隐约约可见树上一只大鸟巢。回屋里打了一盆清水洗擦胸部。搓揉了半天，蒋素琴的动作却越搓越慢，最后居然"哇"的一声就嚎啕大哭了起来。

当晚，汪生收工回家准备吃饭，不料，揭开锅一看，锅里只余下早上的一点剩饭菜汁。汪生叫了一声儿子的名字，没听到妻子回答，转到房里来，见妻子躺在床上一个劲地抹眼泪。蒋素琴见到汪生，一下子又来情绪了，边哭边说："我的命好苦呀！"汪生问怎么回事，蒋素琴却撩起上衣示意他摸她的奶子。汪生一下就黑了脸说："你闹够了没？"蒋素琴说："我都快死了，我还有心跟你闹？"汪生心里一惊，伸手摸了摸蒋素琴的乳房说："没事吧？"蒋素琴说："摸仔细些，摸到硬块没？"汪生又摸了一会，说："摸到了，是有一个硬块。"蒋素琴刚停了的眼泪又流了下来："我听人家说，那硬块就是肿瘤，肿瘤就是癌症，是癌症呀，我的命怎么这么苦呀！"汪生一下子呆在那里，心里也难受起来。不过汪生还是清醒的，虽然摸上去有硬块，但那并不等于就是癌症。

第二天，汪生没有去开工，一大早，他背上儿子，用自己的人力车把妻子拉到了医院。但是到了医院的大门，妻子却死活不肯进去检查，任由汪生怎么劝说也无济于事。蒋素琴说："检查了又怎么样？要是真的，就得把乳房割掉，割掉了乳房，孩子吃什么？再说，我们有钱做手术吗，就算做了手术也不一定能好。不检查，我心里还有一点希望，一检查，说不定我就完了！"蒋素琴说完，眼泪又下来了。汪生想想也是，只好又把她拉了回来。

虽然妻子不肯去检查，但汪生还是准备先借点钱，到时万一真要动手术，也打一个有准备的仗。第二天，汪生一大早就拉上他的人力车出去借钱。汪生意想不到的是，他跑遍了风流底的所有老乡，到中午时居然只借到八百块。当真是穷在闹市无人问，富在深山有远亲。人情薄如纸，看来只有靠自己了。汪生匆匆在外面吃了顿快餐，然后就上度假村拉客。

就是这天晚上，汪生最后一次见到西门子。

平时汪生一般都是九点左右就收工了。为了多赚点钱，汪生延迟了收工的时间，已经十一点多了，汪生还在等客。他把车子停在跑马道的最东端，自己挑块干净的草地坐下来吸烟。吸烟是汪生最近才学会的，他没吸多久，就上了瘾，并且发现吸烟除了解乏还挺解烦的。他一边吸一边想着妻子蒋素琴的病，由妻子的病又想到儿子。儿子一天天长大起来，虽然样子一点也不像自己，但是汪生还是从内心里爱着他。汪生想：等儿子长大了，就教他写诗。汪生要儿子成为中国最伟大的诗人。汪生正在东想西想，忽然见西门子在远处向他招手。汪生赶忙拉了车跑过去。

多日不见，西门子似乎憔悴了很多，也不言语，坐上车对汪生说随便走走。汪生就拉了西门子慢悠悠地从跑马道上走下来。

没有月亮，跑马道两旁的路灯有些暗，柔和的灯光照着汪生有力的双脚，他低了头，看着自己的脚交替向前，汪生忽然就叹了口气说："生活不过如此，就是两只脚交替着不停向前！"坐在后面的西门子并没有搭话，任由汪生一个人在独自感叹。没人唱和，汪生也觉得有些无聊，于是专心拉车。一条跑马道十几分钟就走完了。下到山下就没了路灯，汪生停了下来问西门子还往不往前走。西门子说："走！"于是汪生就又摸黑往前走。又走了好长的一段路，汪生听到身后有嘤嘤的哭泣声传过来，汪生立马停了下来。

"你怎么啦？"汪生一听到女人哭，头就大了。

半晌，才听到西门子幽幽地问了他一句："汪哥，你当真喜欢我么？"汪生不敢回答，也不知道该怎么回答，正不知所措间，只听得西门子又说："汪哥，你会帮我么？"汪生听了，松了一口气说："会。"

这时西门子下了车走到汪生的面前说："汪哥，我肚里有了。怎么办？"汪生一听说她怀孕了，一下子也慌了神，不知如何是好。过了许久，汪生才傻乎乎地问了一句："是谁的？"西门子没有回答，却哭得更凶了。汪生见她如此，也不便多问。良久，汪生才小心翼翼地问西门子需要他怎么帮她。西门子停止了哭泣，一把拉着汪生的手说："汪哥，我想打掉，可是、可是……"西门子可是了半天终于还是说了出来，她手里没钱。汪生问她要多少钱，西门子说至少得一千块。汪生二话没说就从口袋里掏出刚借到的八百块递给西门子，汪生说："这是八百块，我明天晚上再给你二百。"西门子接过钱时就势抱住了汪生，汪生一时僵在那里了，木头人一般竟连手指头也不敢动半个。抱了一会，西门子在他耳边轻声说了一句："汪哥，我知道你喜欢我，我让你好好地看看我，好么？"汪生还没有回答，西门子很快就解开了上衣的纽扣，连胸罩也解了。黑暗中，汪生听到西门子又说："你看得清楚么？"汪生正想抬头看看，忽然"哧"的一声，西门子划了一根火柴，一下子就把眼前的一切照了个透亮！

汪生只感到一阵晕眩，不由自主地叫了一声："西门！"

汪生的声音很低，低到可以听到自己的心跳。西门子把火柴向胸口移近一些问汪生："汪哥，我漂亮么？"

一根火柴很快就灭了。西门子接着又划了一根。她划一根，汪生就嘶哑着嗓门叫一声"西门"。直到划了第七根，汪生突然间就呜呜地哭了起来，汪生边哭边说："别划火柴了，西门，我看到了。"

第二天中午，汪生一到度假村就去找西门子，一个相熟的保安递给他一封信。汪生拆开一看，只见信里仅三句话：我走了，我要去北京找他。忘记我，永远。谢谢！没有落款，但汪生知道是西门子写给他的。看完信，汪生喃喃自语了一句：没了，再也见不到她了。

汪生是在西门子离去后的第三天才病倒的。病中，汪生跟妻子蒋素琴说得最多的一句是：

"我要去北京！"

"你去北京做什么？"妻子便问。

"我要去北京找一个姑娘。"汪生有气无力地答。

"姑娘？姓什么？"妻子耐着性子问。

"姓什么？姓铁的吧？"汪生忽然有些清醒的样子。

"找铁姑娘做什么？"妻子再问。

"我，我想看看铁姑娘的心是不是铁做的。"说完，汪生便闭上了眼睛。汪生的眼泪最终还是没有流下来。

一场大病过后，汪生变得少言寡语起来了。唯一常挂在他口头的一句话就是：我要到北京找铁姑娘。这话说得多了，也把蒋素琴说烦了。终于有一天，蒋素琴气得跟汪生说："我丑话说在前头，你整天不是写诗，就是嚷着要去北京找你的铁姑娘吗，有本事你就去，我绝不拦你，不过去了就别再回来了！"

不想，蒋素琴这话当真促成了汪生离家出走。当天下午，汪生偷偷卖掉了人力车，怀里揣上了五百块钱，就急急忙忙地往火车站赶。在路上，汪生买了十几个馒头和两瓶矿泉水。汪生听人说过，火车上的东西贼贵。

到了风流底火车站，从来没坐过火车的汪生碰上了黄牛党。汪生花了四百二十多块，只买到一张假票。结果可想而知，上不了火车的汪生站在铁轨旁，欲哭无泪！汪生回头就去找那个骗子。汪生在人堆里钻来钻去，一直找到天黑，不但连骗子的影也看不到，竟连身上的钱包也神不知鬼不觉地给小偷摸走了。身无分文的汪生在车站里吃了两个馒头，然后就动身往家里走。他除了走路回家，已别无他途。

夜深人静时，汪生回到了鸭嘴岭的家。但是汪生却不敢敲门。站在榕树下，汪生突然觉得生无可恋。汪生毫不犹豫地就爬上了大榕树，他一直往上爬到树顶，这时，一只巨大的鸟巢出现在他眼前。此刻鸟去巢空，只余一支黑色的羽毛，寂寞地躺在鸟巢里。汪生爬上鸟巢，发现鸟巢十分的牢固。他折些树枝稍事修葺，居然就可以睡觉了。这个发现让汪生暂时打消了往树下跳的念头。因为他太困了。他什么也不想，很快就在鸟巢上睡着了。

第二天，日上三竿，汪生感到屁股一阵疼痛，树下一阵吵闹声传上来。孩子们正拿缚长了的竹竿子捣树上的鸟巢。汪生探头往下望，只听得树下一阵惊叫声，孩子们顿时便作鸟兽散。远远还传来孩子们恐惧的喊声：树上有只怪鸟！

# 悼念王怀扬

　　在前往殡仪馆参加王怀扬追悼会的路上，我和安大姐像预先约好了一般避而不谈王怀扬。我是自觉地感到没什么好谈，一来王怀扬和我并没有深交；二来我自顾不暇，眼下的状况也好不到哪里，苟且地活着罢了。我本来不想参加，但架不住安大姐的热心劝说，只好权且作陪。安大姐倒是显得很兴奋。一路上，她喋喋不休地说着她一个闺蜜吴女士的隐私。

　　安大姐说，吴女士十足是个狐狸精，最喜欢勾引有妇之夫，且老少咸宜，简直就是一头饥不择食的饿狼，看到男人就像看到一块可口的肥肉，恨不得马上生吞了。她手段异常高明，指头一勾，就能让男人们屁颠屁颠地跟她走。最后，安大姐总结性地说："在深圳的上流社会，吴早就已经臭名远扬，那些有点背景的家族主妇，见到她就恨不得往她身上泼尿呀。她的本领你可想而知了。等会她来了，你也见识见识她的厉害，不过你要小心，别那么快就上钩喽。"安大姐语速很快，说话时，脸上的横肉不断地抽动，眼里放出一股奇异的光。

这到底是在夸吴女士还是损她呢？按安大姐的说法，她也应该讨厌吴女士才是，但我看她那样子也不像，吴女士既是她的闺蜜，就说明她们的关系不一般。女人这心思有点复杂了。我很不自然地笑笑，装作有点绅士风度地走在安大姐的左边，她偏偏又绕过来，说："小曾，听说你老婆要和你分居，大姐现在要好好保护你。"安大姐有点不怀好意地笑起来，她不笑还好，一笑，额上的皱纹顿时如微风吹起的水波，一圈圈地荡开来，厚厚的脂粉也毫不示弱，鱼鳞一般风起云涌。

我心里颇不是滋味。好事不出门，丑事传千里。说起来有点丢人了。还在年初时，我没经老婆同意就把母亲接来深圳。为此，我老婆就开始不断地给我母亲脸色，为那么丁点的事可以和我吵上半天。我只得妥协，被逼把母亲送回老家。没想我老婆还是不满意，她喋喋不休地说我从来不把她放在眼里。最后她索性搬到她大哥家住去了。我一时气在头上，我对我老婆说，最好以后别回来了。

我看得出安大姐对我家里的情况了如指掌。我老婆一直和她的关系很是不错。我没有愚蠢到要向她倾诉的地步。我敷衍她说："有了安大姐的保护，我以后什么也不怕了。"

这是初秋的午后，太阳还是很猛。福善殡仪馆离我们小区其实并不远。我们走得很慢。林阴道上不时有骑自行车的年轻人呼啸而过。我们并排着走，不时要躲避那些自行车。我有一搭没一搭地和安大姐说着话，心里忽然很想见到安大姐的闺蜜，就是她说的吴女士。我想象中的吴女士应该是这样：传说中的魔鬼身材，前凸后翘，增一分则肥，减一分则瘦，总而言之，没有沉鱼落雁之容，也肯定是水嫩花飞的了，否则如何对得起老少咸宜呢？

离追悼会的时间还早，安大姐提议就近到咖啡厅里边喝咖啡边等吴女士。我也觉得是个好主意。美人如花，总不能在路边寂寞独开。咖啡厅是个等人的好地方。

在咖啡厅等吴女士时，闲聊中，安大姐忽然间就说到王怀扬，她顿了顿，扭头望向窗外明净的天空说："老王呀，他就是找死呢！"安大姐声音低沉，有点像自言自语，但我还是听到了。我暗吃了一惊，望向安大姐，只见她忽然又转过头来对我说："王怀扬是个好人。"

顾盼之间，我注意到安大姐神色有些不太自然，她捧起咖啡杯浅呷了一口说："最新的研究说，咖啡在特定的环境下能增强人的性欲，不知这说法是否可信。"她见我笑笑，不置可否，便又自嘲地笑笑说："估计都是瞎扯淡。"

我是五年前搬到名人苑时和安大姐认识的。其时，政府拟在小区建变电站，政府这一举措一下子就把一盘散沙似的业主拧成了一股绳。众业主空前团结且积极性十足，其中安大姐更是挨家挨户去登记姓名和联络电话。她到我家时，我刚好准备出门，见她身后跟着个五十岁左右的男人，男人拿着一本笔记，站在安大姐身后一脸愁苦的表情，世界末日一般悲悯地望着我。我当时并不在意，匆匆留下联系电话就去办事了。我后来知道这男人就是王怀扬。

安大姐后来又带王怀扬来过我家，不过我没有在家。听我老婆讲，王怀扬对街坊邻里倒是很热心。举的例子是他不嫌麻烦跑了三条街帮我家换了一个坏的水龙头。但我对他还是没有多大的印象。此后小区里进进出出，也见过多次面，每次见王怀扬，他总是皱着眉头，显得心事重重的样子。大凡是男人不论老嫩，他就一律称先生，并双手作揖，很谦卑地向你点头鞠躬问好。

我对他这一套颇为繁复的礼节性问候，开始还挺新鲜的，觉得他颇有古代名士的遗风。后来我才知道，王怀扬十多年前曾出过一次车祸，车祸后他失去记忆。从医院里回来后，他就变成了个谦谦君子，连他妻子都说他完全变了另一个人。

我对王怀扬的了解，也仅止于此。但安女士对王怀扬的评价却很高。她认为王怀扬是这个世上少有的好人。我没有就这个问题追问她。如果我一定要问，她肯定能举出一谷箩关于王怀扬热心助人的好事来。事实上，我现在一点也不关心王怀扬。我渴望安大姐谈谈她的闺蜜吴女士。作为一个男人，我不否认我好色，说我的内心肮脏也可以。实话实说吧，我现在满脑子想的还是安大姐的闺蜜吴女士。我私下里想，只要指头一勾，男人就跟她走，这样的女人到底是如何倾国倾城呢？

咖啡厅里正在播放着莫扎特的《小夜曲》，醉人的音乐让人感到全身放松。坐在九楼临窗的位置上可以俯瞰远处隐约可见的大海。蓝天与白云仿佛近在咫尺，但一切又显得很遥远。

咖啡厅里人也越走越少。《小夜曲》播完了，又换成了萨克斯，悠扬的乐声在咖啡厅的每个角落里回荡。

越是想一个人，就越是不容易见到。我坐在安大姐的对面，心不在焉地听她扯邻里之间的小摩擦小纠纷，我心里厌烦得要命，但又不好表现出来，更不好意思提起吴女士，免得安大姐笑话我。安大姐根本就没有留意到我的情绪，她只顾着自己说，大概是讲厌了小区里的八卦新闻，她现在又把话题引到她小时候的趣事，并绘声绘色地给我讲了她五岁时如何极为聪明地骗取父亲信任的一个故事。说到她父亲，安大姐讲得很动情，言语之间，充满了怀念。

"我父亲其实是个风度翩翩的美男子，他是个数学老师，智慧超群，吹拉弹唱样样精通，还会写古体诗词，他模仿周邦彦写的艳词，连专家都分不出到底是周写的，还是我父亲写的。可惜我母亲并不懂爱惜他，老实说，我父亲的一生就是我母亲给毁了。我母亲极度不自信，她十分害怕其他女人接近父亲。在那个年代，只要有一个暧昧的眼神，我母亲就会寝食难安，她千方百计不让父亲出去社交，她把我父亲当成她的私人财产，压根儿就没有给他一点儿自由，就差拿根绳子像牵条狗一样牵在身边。我讲个当年曾经轰动一时的故事，你就知道当年我父亲过的是什么样的日子了……"

安大姐的故事还没开始，只听得咖啡厅门口那边传来一声高呼："不好意思，让大姐久等了！"接着一阵香风袭来，我闻得出是法国高级香水的特殊气味。我转过头来，不禁略感失望。眼前这女子倒是长得漂亮，但没有想象中的魔鬼身材，大约就一米六左右，不算高。一袭黑白相间的碎花连衣短裙把丰满的身躯衬得略显肥胖。不过，这女子肤白如雪，仿佛一碰便能碰出水来。一只不知真假的LV包，加上一顶白色的太阳帽，显得既庄重又不失时尚。很明显，这女子就是安大姐的闺蜜吴女士了。看不出吴女士的年龄，倒是对化妆很见心得，轻描淡写间便显出肤色的巨大优势来，比起安大姐的浓妆，还真是一个在天上一个在地下。

吴女士一落座，就叫了一杯卡布奇诺咖啡。安大姐没有给我们做介绍的意思，她们就像一对久别重逢的姐妹一般热烈地聊了起来。安大姐现在最感兴趣的就是吴女士身上那套裙子，她一边摩挲着一边细致地询问关于裙子的所有信息。从价钱到质量，又从生产地到销售地，安大姐一个细节也没有放过。期间，吴女士轻呷着冒着热气的咖啡，极有耐心地回答安大姐的问题，有意无意地朝我瞥上一眼，就只是一瞥，我相信安大姐说一个手指头就能勾走男人的话未夸大其词。事实上，吴女士的魅力不在手指，而是那双能摄人魂魄的双眼。不，公正地说，她全身都散发出一股特殊的气味，那是一种能让男人的血液沸腾起来的气味。

我不敢再看吴女士那双眼。我低着头喝我的咖啡。喝完咖啡，我又叫了一杯冰水。冰水或者能浇灭我正在熊熊燃烧的欲望？老实说，我见过的女人也不少了，漂亮的、年轻的、身材超靓的、风韵犹存的，诸如此类，可谓各有千秋，我自己虽谈不上风月老手，但也在女人堆里摸爬滚打过好长一段时间；但我从来没有见过像吴女士这样的女人。她让我感到身体上的细胞正在一节一节地燃烧。我假装若无其事地看着窗外，望着远处的高楼大厦，一边在留心听她们的谈话。

安大姐和吴女士的谈话一开始似乎也无甚稀奇之处，大多还是购物逛街，养猫猫狗狗之类的宠物。但谈着谈着，安大姐就把话题转到她老公的身上来了。

"怎么说呢，我老公其实是一个很顾家的男人，既孝顺又很有家庭责任感。当然最重要的是懂得体贴我。每次下班回家，他都要和我一起下厨，我老公的厨艺真的没得说。我最爱吃他做的土豆烧牛肉，味道真的好极了。他也知道我爱吃这道菜，从大学恋爱时，他就开始做给我吃，他做了十几年，我也吃了十几年，永远吃不厌。我老公还是个很细心的男人。每年五月份我们的结婚纪念日，他从来不会忘记。远的不说，今年的结婚纪念日，他刚好到法国出差，专门从原产地买了个我最喜欢的LV包送给我，那一款在大陆和香港都找不到，价钱就不用说了。其实我家里的包包都泛滥成灾了。可我老公还是愿意给我买，因为他知道我喜欢。对了，小吴，你的LV是真的还是假的？"

吴女士侧着头望着安大姐笑着说："我哪能跟你比，我又没有体贴的老公，我这包包是个死老头送给我的，他追了我半年，约我吃了无数次饭，看过无数次电影，我就是不愿意做他的情人。他为了哄我上床，在我生日那天就买了这个包送给我。我估计就是网上买的A货，不超过五百块。可笑的是，那该死的老东西，居然骗我说是从原产地买的，说要一万多。大姐你识货，你看看，这像是从原产地买的吗？"

安大姐接过吴女士递过去的LV包，里里外外地翻看了一遍，说："你这包做得像真的一样。不仔细看，不容易看出真假来。"

"狗日的，这老不死，我就知道是假货，还一天到晚想吃老娘的豆腐，还好老娘我有先见之明，我老早就防着他。让他知道吃不到的豆腐永远是最香的豆腐。男人就没有一个好东西，咱走着瞧！"吴女士眉毛一扬，嘴里不停地吐着狠话和脏话，但我看到她雪白的脸上却带着一抹不易察觉的骄傲笑容。吴女士大约知道我在看她，她又朝我瞥了一眼，我心里一荡，赶紧收回目光。

安大姐的情绪忽然有些低落，语速开始慢了下来。吴女士此刻却谈兴正浓。她毫无顾忌地大谈特谈她的情史。从初中开始，她就被她的语文老师追了三年。吴女士说，那是她最美的恋爱时光。她觉得那时候的自己就是个公主，无时无刻都有人侍候着。大学毕业后来到深圳，围在她身边的男人像苍蝇一样赶也赶不走。她说她特别讨厌那些有家室的男人，从来就不把那些男人当人看。

"这些男人，家里有孩子有老婆，吃着碗里又看着锅里的，还到处偷腥，他们就是一群狗，一群滥交的狗！"吴女士一边骂着，一边又朝我瞥了一眼，仿佛我也是这类人一般。

本来事不关己，可是我还是感觉自己受了点伤，我无法忍受吴女士对男人的轻贱态度。居然把我们男人说成一群狗，却把她自己美化成坚贞不屈的圣女。我差点就想起身离去，想想，还是忍了下来。何必跟一个女人计较呢，何况人家又没指名道姓地说我。但我不能完全由着她随意践踏我们男人的尊严。为了避免引起争端，我没有针锋相对地反驳她。我有意拿王怀扬当靶子。

我说："我们今天是来参加追悼会的。我想知道你是怎么评价王怀扬的？"我其实问得够恶毒的。她刚把男人骂了一个遍，但王怀扬是公认的好人，现在这个好人死了，还是因为反恐而死的，按警方的说法王怀扬就是民间的反扒反恐的英雄，对这么一个死去的英雄男人，我看她如何扭转她的说法。

"我不认识王怀扬！"吴女士很坦然地看着我说。

我原想着看她如何出丑，没想到她居然不认识王怀扬。不认识就无从谈起了。我看了一眼安大姐，意思是，不认识王怀扬，你叫她来这里干吗呢？安大姐根本就没有注意到我的眼神，一谈起王怀扬，她精神一振，马上滔滔不绝地说了起来：

"王怀扬真是世上少有的好人。你们可能不太了解他，我跟他接触的时间多，我理解他，他是真心实意地帮助别人，从来就不求回报。他做好事做上瘾了，一天不做好事，浑身就不舒服。他做好事已经到了忘我的程度。"

"他是怎么死的？"吴女士问。

"老王他命苦呀，好人不得好报。你说吧，他做做好事就得了，还非要参加什么民间的反扒反恐队。这可不是开玩笑的事，随时都有生命危险，可不，这回把小命都搭进去了。这么一个好人，就这样没了。"安大姐说到这里，哽咽起来，眼睛也红了。

此前我对王怀扬所知甚少，只知道他在不断地做好事。关于他的死，我只是略有耳闻。当然，报上把那次车站斩人事件定为恐怖袭击，也许有些失实了。事后证明，被民警当场击毙的斩人者只不过是个精神病患者。王怀扬可以说表现得相当勇敢，车站那么多人躲避唯恐不及，他却冲上去死死地抱住那疯子不放，也因此使一名小孩幸免于难。据说，这名小孩的父亲还给派出所送来一面锦旗，他还以为救他的人是个民警。王怀扬可谓死得其所，理所当然受到尊敬。

可是王怀扬并不是民警，他只是个普通人。他有老婆，听说还有个孩子。作为一名普通人，维护社会的稳定当然有责任，但如此玩命地付出，未必是最值得称道的。

"王怀扬可以不死的。"吴女士忽然淡淡地插了一句。我望向吴女士，她却把头扭向窗外，她的侧面显得更有性格，嘴角微微向上翘着，光洁的额头没有一点瑕疵，一头卷曲的金黄色头发自然散落下来，帽子还斜斜地戴在头上。她不说话时，显得有点神秘，令人想入非非。

窗外天色开始暗了下来，起风了，远处有黑云向这边涌过来，似乎有点想下雨的迹象。

"王怀扬是可以不死，可是他活着比死难受。"安大姐话一出口，马上又改了，"其实，谁都想好好地活着。好死不如赖活嘛。王怀扬也不想死，他曾经说过，他要活一百岁，要亲眼看着这个世界变得美好起来。否则他死不瞑目。"

"王怀扬够天真的，他即便活到一百岁，这个世界也美好不起来。"吴女士不温不火地回了安大姐一句，顿时大家沉默了起来。我看了看时间，是时候到殡仪馆了。我一口喝干杯里的水，给服务员打了个买单的手势。我掏钱的时候却被吴女士抢了先，她付钱时对我说："不好意思，我不习惯让不相识的男人替我买单。"

"我们小吴是土豪，小曾你就别跟她争了。"安大姐笑着说。

"不敢，我也是穷孩子，不过如果要找个土豪来给我们买单还是能够随叫随到。"吴女士说完，似笑非笑地看了我一眼，然后就转过去和安大姐耳语了一会，安大姐一边听一边望着我哈哈大笑了起来，吴女士倒是没有笑，但她看我的眼神让我感到浑身燥热。我不知道她们在说什么，看样子像在说我。

"老实交待，你们到底在说我什么坏话？"我故作生气地说。

"恰恰相反，小吴在说你的好话。"安大姐收起笑容说。

"你们一脸奸相，有可能在说我的好话吗？"我说。

"是真的。小吴说你长得像刘德华。"安大姐说完又笑了起来。

我知道自己长得有点对不起观众，尤其是那副一致向外的大牙，极度地损害了我的形象。我妻子曾戏说我吃西瓜最有优势，可以达到滴水不漏的地步。这么一副尊容像刘德华吗？但我坦然地接受她们的赞美，心安理得地当起了护花使者刘德华来。我殷勤地要帮吴女士拿包，可是吴女士并不给我这个面子，给面子的人是安大姐，她很适时地把她的包递给我，我找到了一个烂楼梯，大度地接过安大姐的包说："当不上刘德华，冯小刚也不错嘛！"两个女人放肆地大笑起来，吴女士更是笑得上气不接下气，她右手按住她骄傲的胸脯，笑得痛苦不堪。我也嘿嘿地笑两声，以示我的大度。

从咖啡馆里出来，在前往殡仪馆的路上，出了点意外。事情本来与我们无关，两个女人在大路边拉拉扯扯，年纪稍大的那个女人不断地骂年轻的女人是个不要脸的臭狐狸精。年轻女人呢，也不甘示弱，以更粗的粗口回骂。骂着骂着，两人就在大路上扭打起来。

短短几分钟就围了一圈人，大家在指指点点。有人说小三就该打，否则就无法无天了。也有人觉得可以选择更为妥善的处理办法，作为原配应该知道打架是解决不了任何问题的。说这话的是个干瘦的男人，他就站在我们旁边，眯着眼睛看得津津有味，一边大赞那狐狸精长得够标致，乳房够大，难怪能当小三，这就是资本，资本就是市场，这是马克思说的。大家都没读过马克思，也不曾想过马克思也研究小三，不过也没人反驳他，更没有人报警，大家都在看热闹。天色越来越暗，雨欲下未下。我们也站在一边看着热闹，再往前走，过了两个红绿灯，左拐不远就是福善殡仪馆。我们有足够的时间看完马路上这场原配和小三打架的戏。

这场架打得真是够热闹。那被称作小三的年轻女子上衣被撕开一大块，露出一大片白花花的肉来。原配更惨，鼻子被打歪了，流了一地的血。很明显，这场架她处于下风。但她死也不肯停手，结果就更惨，被小三按在地上，一巴掌一巴掌地大刮耳光。众人嘘声四起，我观察了一下，竟然也有人拍起手掌来。吴女士站在我左边，面上虽无表情，但嘴角带着一丝不易察觉的微笑。安大姐站在右边，她双眼死死地盯着那小三，额上青筋凸起，脸上一阵红一阵白。只见她嗷地叫一声，突然就冲上去，把小三扳倒在地上，脱下她的高跟鞋，没头没脸地朝着那小三一阵猛打，她一边打，一边咬牙切齿地骂："臭小三，我打死你个臭小三，我看你还敢不敢勾引男人！"

安大姐动作太快，连我也来不及阻止她。等我上前拉她时，那小三早被她打得满头满脸都是血，样子惨不忍睹。安大姐还意犹未尽地问那小三："你还想不想当小三？我告诉你，这就是当小三的下场！"

"她又不是原配，你凭什么打我？"对方一句话，便让安大姐顿时松了手。她茫然地站起来找原配，有人朝红绿灯的方向指了指。所谓的原配早就消失在车来车往的大街。这样的结局颇出人意料。更让我想不到的是，此刻的吴女士竟铁青着脸，招呼也不打，一言不发地扭头就走了。

围观的人群也渐渐地散去。披头散发满脸是血的小三，从地上艰难地站起来，整整衣衫也走了。临走前还扬言她是不会那么容易放弃的，她要斗争到底，让安大姐走着瞧。

安大姐手里拿着一只高跟鞋，怔怔地望着那小三离去。我把她散落在大路边上的另一只高跟鞋拿过来，递给她，她接了过去，看了看，突然把鞋子用力扔向绿化带，然后赤着脚默声不响地往回走。估计安大姐是没有心思去参加追悼会了。我也只好默默地跟在她身后往回走。

期待中的雨终于没有下来，黑云正在渐渐散去。风停了，太阳也出来了。路人仍然行色匆匆。安大姐闷声不响地在前面走，我跟在她身后，看着她没有穿鞋子的脚，一步一步地向前走，突然发现，她的脚真是够大的，难怪她不穿鞋也走得这么沉稳。

回到小区门口时，安大姐停了下来。她转过身，泪流满面地看着我说："小曾，你还是去看看王怀扬吧，他是个好人。"我没想到她竟然哭了，赶紧安慰她说："大姐你……"安大姐没等我说完就打断我说："我没事，王怀扬值得你去看看。这么好的人，说死就死了，我想到他我就忍不住要哭。去吧，我真的没事。"

在重新前往殡仪馆的路上，我顿感悲凉。我掏出手机就给我老婆打电话。我希望她回来。但电话竟然关机了。我没滋没味地往前走，脑子里乱哄哄的，感觉有点头重脚轻，心里又堵得慌，想喊一嗓子，但又找不到理由。浑浑噩噩地走到殡仪馆，却发现追悼会已经结束了。殡仪馆里的人正在收拾会场。王怀扬的照片还挂在墙上，照片是黑白两色，照片里的王怀扬罕见地微笑着。我正准备着给王怀扬鞠个躬，忽然门外风风火火地冲进来一个年轻女子，她手上拿着一包用胶纸包得严严实实的东西，见到我在给王怀扬鞠躬，便站到我身边，和我一起向王怀扬的遗像鞠躬。鞠完躬，女子问我是王怀扬什么人。我说是邻居。她于是便把手上的纸包递给我，让我转交给王怀扬的老婆。

我本来想问问她包里是什么东西，但对方不容我多问马上转身离开了。我瞧了瞧手上的东西，见上面还有字，应该是双头笔写的，字写得歪歪扭扭：转交伍庭芳。想必伍庭芳便是王怀扬的老婆了。

我其实并不知道王怀扬住在小区的哪一栋，也不认识他老婆，当然也没有王怀扬老婆的电话。我只能找安大姐，让她转交了。我打电话给安大姐，没想到她也关机了。看来只好等两天再说了。

第二天我便忘了这事，因为公司要我到西樵山参加为期一个星期的国际性品牌高峰论坛，我得马上起程。

在西樵山忙了将近一个星期，总算完成公司交给我的任务。论坛临近结束时，在酒会上我忽然见到了吴女士。仪态万千的吴女士周旋于各商家之间，显得十分游刃有余。我想起家里那包要交给伍庭芳的东西，几次想问问她关于安大姐的消息，可她一直装作不认识我，见到我老远就掉头走。直到酒会结束，趁她上洗手间出来之际，我总算找到和她说话的机会了。当我问到安大姐时，她马上就打断我说："我跟她绝交了，她的事与我无关。"我不禁愕然，望着她离去的背影，我想：她们原来不是闺蜜么？这么快就绝交了？女人们的心思真是太难猜测了。

我从西樵山回来，第一件事就是打电话给安大姐，还好很快就接通了。这回我学聪明了点，我只是说有些事要找王怀扬的老婆，让她陪我一起去。我知道有些事在电话里根本无法说清楚。安大姐倒是很热心，我电话一打，几分钟她就到了我楼下。

再次见到安大姐，发现她整个人都变得年轻且漂亮了。不但穿着得体，甚至连化妆也高明了不少。她见我呆呆地望着她，就用食指轻戳我的额头娇声说："不认得大姐了？"我连声地赞她越来越漂亮越来越年轻了。安大姐对我的赞扬似乎很是受用，但嘴里却骂我越来越油滑了，懂得哄女人了。末了才问我有什么事找王怀扬老婆。我说别人有点东西让我转交给她。于是，安大姐理所当然地带路前往王怀扬家。

王怀扬其实就住在离我家不远的十一栋，不到五十米的距离。

第一次到他家，发现王怀扬家里除了他老婆，还有另外一个男人。我们来到他家时，男人正和一个十岁左右的女孩在下跳棋，见到我们，他居然也不打招呼便和女孩到房里去了。安大姐介绍说那男人是伍庭芳的表哥，那孩子便是王怀扬的女儿。王怀扬的老婆伍庭芳倒是很热情，她把家里能吃的零食都拿了出来放在茶几上，一个劲地劝我们吃。

伍庭芳其实并不老，看上去就四十出头的样子，皮肤保养得挺好。四十多岁的人，身材还没有多大的走样，基本上保持着凹凸有致，真是难得。

我没有太多废话，便把东西交给了伍庭芳。伍庭芳拆开一看，原来是一沓照片，伍庭芳边翻看边紧皱眉头，脸色也越来越难看。我不禁有些好奇，但又不好意思凑过去看。安大姐坐得离伍庭芳近，伍庭芳在看照片时，安大姐在一旁也看到了。我看到安大姐的脸色又开始一阵变红一阵变白，胸脯剧烈地起伏，似乎在极大限度地忍耐着。忽然听到伍庭芳叹了一口气说："人都死了，也就不追究了。"

"不行，这个狐狸精，绝不能饶了她。我早就知道她是这样的人了！对这样的臭小三，一定不能心软，一心软准出事。"安大姐咬牙切齿地说，神情极度愤怒。

我不知道到底出了什么事。伍庭芳似乎也不想我知道，匆匆收起照片，有点不好意思地连说抱歉。其实她们不说，我也能猜出几分。这事肯定和王怀扬脱不了关系。我心里想，一向做好事的王怀扬会和狐狸精发生什么关系呢？

在回来的路上，我以为安大姐会说一说照片的事，不料安大姐闭口不谈，却说了王怀扬另一个不为人知的秘密。

"王怀扬的失忆是假的。他早就恢复了记忆，但他一直瞒着伍庭芳，居然瞒了十几年，真是难为他了。也不明白他到底为了什么！"安大姐语气颇为惋惜。

"这个有点难吧？你瞒得了一时，瞒不了一世。他们是长期生活在一起的夫妻啊。"我觉得有点不可思议，强烈地表示我的怀疑。

"其实伍庭芳也知道他是假失忆，她故意不说穿罢了。一句话，两人都是装糊涂。"安大姐的话倒是让我糊涂了。

"我老实告诉你吧，你看到的那个男人，说是伍庭芳的表哥，其实不是，而是她的情人。自从王怀扬假失忆后，她就把他带到家里来一起生活。那女孩也是他和伍庭芳生的。"安大姐平静的讲述于我不啻是一声惊雷，我远远想不到，那个见人就鞠躬作揖行礼的王怀扬，他乐于助人的背后竟然有着难以启齿的故事。

"王怀扬能忍受得了这样的侮辱？"我问。

"事情没有你想象中那么简单。不过人都死了，还有什么好说呢？你知道这些对你也没有什么好处。王怀扬活得艰难，其实也不只是他活得艰难，每个人都活得不容易呢，家家都有本难念的经啊。"安大姐说完就和我道别，说是要到美容院去做做全身保养。她走了两步，忽然叹了口气，又掉过头来冲着我再一次强调说："王怀扬确实是世上少有的好人。"

夕阳下，她的背影渐行渐远，也越发显得孤单起来。

# 此文献给杜拉芳

　　刚到这个小图书馆上班时，田东望很兴奋，作为一名小说写作者，他盼望这样一份图书馆的工作已经很久了。第一天上班，他就抑制不住地拿上抹布搞起卫生来。他在书架之间穿来插去，干得十分欢快，大概是因为兴奋，田东望甚至忽略了书架上那些厚厚的灰尘。

　　田东望的搭档是一位干瘦的女人，戴着一副近视眼镜，正坐在办公桌后，静静地看着一本关于养生之类的书。她对新来的年轻同事的勤快表现不屑一顾。田东望一边干活一边在猜测她的年龄，她应该还不到四十岁吧。虽然干瘦，但女人脸上并没有多少鱼尾纹。

　　也许，她三十岁还不到也说不定，这年头，女人的年龄永远是一个谜。他想。

　　这是位于深圳某个工业区内的社区小图书馆。虽然离市区远了些，交通也不是很方便，但胜在来往的人较少。田东望上了三天的班，安定下来，兴奋劲过后，才发现前来阅读中心的人，几乎都是冲着馆内的免费上网和免费WIFI而来的。事实上，图书馆的面积不大，图书也非常有限，新进一批图书里，虽然有诺贝尔文学奖得主莫言的文集，但乏人问津。只有小小的上网区，才人满为患。那些工厂妹，下了班，无处可去时，便选择到图书馆来上上QQ，或者看看电影。偶尔也有人去翻翻书，但翻的大多是花花绿绿的时尚杂志或者是职场晋升小秘笈之类。

办公桌上只有一台电脑，是借书和还书用的，同时也可以当个人电脑上网，但几乎都是女人在用。田东望每次来上班，坐在女人身旁，看着女人在电脑里绣花，或者在虚拟的菜园里种菜，乐此不疲。田东望觉得无聊，于是便一本接一本地看书，直到书也看烦了，田东望便到上网区去上网。意外的是，他每次上网才几分钟，便发现电脑无法连接到网络，换一台机，上不了多久，也是如此。他下机让别人上，别人却可以正常上网。他百思不得其解。田东望便怀疑是女人捣的鬼，因为上网区的所有电脑都由女人那边的主机控制。田东望便去问女人这是怎么回事。女人默了半晌，才慢悠悠地问他到底是来上班的，还是专来上网的。田东望不由得便哑了，乖乖地坐回到女人的身边来。但是从此之后，田东望心里便有了个结。再来上班时，田东望便带上了自己的手提电脑来。他心里已经在女人和自己之间划了一条界线，这条界线便是写作。田东望在电脑里打下了要写的小说的题目：《我和女博士彻夜谈情》。

日子似乎便在不咸不淡中过去。开始田东望上班时还和女人打个招呼，女人呢，似乎也只是公事公办地哼一声作为回应。渐渐地，女人连哼也不哼一声了，改为点头。再后来，田东望发现对方连头也不点了。虽然省事，但人情淡薄，到底让田东望觉得有一丝丝的悲凉。让田东望感到诧异的是女人的变化——她的脸色正日渐红润起来。但田东望无暇及此，他现在的注意力被一个经常来图书馆的读者吸引住了。

留意到陆小凤这个读者，已经是田东望上班后三个月的事了。正是初冬时节，酷热早已消退，但寒气未侵，正是一年中深圳最舒心的日子。田东望之所以留意到陆小凤，并不是因为她的名字和古龙小说里的陆小凤相同，而是因为田东望发现来图书馆里翻书的人里，只有陆小凤是喜欢文学的。他亲眼看到陆小凤从书架上拿了一本海子的诗歌选集，然后坐在一个角落里津津有味地看。也就是从那时候起，田东望开始留意这个大眼睛的姑娘。陆小凤每次到图书馆都是穿着一身蓝色的工衣来，刚洗过的头发还没有干，披在肩上散发着洗发水的清香。田东望由此知道她长期在用一种叫拉芳的洗发水，这种洗发水的香味，田东望太熟悉了。田东望的前女友杜拉芳从他认识到分手，八年的时间里，从来就没有换过别的洗头水。用他前女友的话说就是：我们的生活需要拉芳。

想起前女友杜拉芳，田东望难免有些心酸。她一直住在布吉的坂田，从来没有挪过窝。田东望在八年的时间里不断地动员她搬到沙井和他住到一块，但没有一次成功。田东望每次问她为什么，她都不肯作正面回答，有时候就是用一句住惯了不想搬来推脱。田东望最后一次问她时，杜拉芳终于吐出了埋在心底里的话，她说："这里有我最美好的初恋，我愿意把自己埋在最美好的地方。你满意了吗？"田东望听后心里像打翻了五味瓶，又像在喝粥时突然看到碗里有一颗老鼠屎一样难受。他终于知道自己即便无数次进入过杜拉芳的身体，但是并没有一次进入到她的心里，一次也没有。气恼之下的田东望一把摔了他给女友买的电饭煲，气急败坏地说："你就抱着你的美好初恋过日子吧。"然后，他便离开了女友杜拉芳。但是两年过去，他仍然没法子忘记杜拉芳，想着她寒夜里温热的身体，曾经无数次温暖过自己，还想着她从来没有换过的拉芳洗发水。那种香味，他也从来没有忘记过。

现在，田东望从陆小凤身上又闻到那久违的洗发水的清香，他竟有些情难自禁了。其实，陆小凤并不是刻意要用拉芳洗发水，之所以长期在用拉芳洗发水，说来也简单，一次商场搞特价促销，她一下买回了三瓶拉芳。她一点也不后悔，觉得还很实惠。

立冬过后的第二天，田东望做出了一个小小的决定。他从家里拿来一本他的小说集《我是夜的情人》，趁人不注意，略显羞赧地放到了书架某个不起眼的角落。这本小说集在去年几经周折才得以混在一套丛书里出版，可以说是归功于政策扶持。出版社在给作者的合同里注明以一千本书代替稿费。当田东望把一千本书拉回到小小的出租屋时，才发现自己租住的地方是如此的狭小。床上堆不下这些书，田东望只好把部分书堆到床底下。田东望夜里枕着书入睡时，总想着哪一天自己出名了，这些书就能卖个好价钱了。但想归想，日子还是要过，生活里各种各样的小打击接踵而来，让田东望应接不暇。田东望现在回想与女友分手的原因，他发现那貌似吃醋式的美好初恋，只是一个幌子，真正的原因其实来自于自己窘迫的生活。没有哪个女人愿意跟着一个穷作家过日子。如此显而易见的事实，当时自己为什么就看不到呢？

一个礼拜过去，田东望发现他的小说集似乎没有人动过。为了增加被阅读的机会，田东望把他的书混到了名家的书里。同时，为了防止错过了，田东望又小心地用胶水将书中某些章节用胶水粘了起来。如此一来，只要那些粘起来的书页被打开过，就说明自己的书曾被翻阅过。最后，田东望又别出心裁地在书的扉页里贴上了一张五十元的电话卡，电话卡上还附上了自己的电话号码。做完这一切，田东望这才安心地去写他的《我和女博士彻夜谈情》。在田东望的内心里，他渴望陆小凤是看他小说集的第一个读者。每次见到陆小凤来，田东望都有些心神不宁，无法把精力集中到小说的情节里。他更多地把目光望向读者区，望向陆小凤熟悉的身影。

"你和女博士谈得怎么样了？"

田东望吃了一惊，他从未想过身边这干瘦女人会突然开口说话。更令他难堪的是，她问的问题竟是如此突兀。他想，我什么时候和女博士谈过恋爱了？短暂的惊愕之后，田东望忽然明白对方为什么这样问他了，大概女人看到了他正在写的小说。田东望不由得咧嘴一笑说："没谈成。"这根本就是一个与爱情毫无关系的小说。田东望之所以取这样一个标题，纯粹是为了好玩，没想到居然有人当真了。

"谈不来？"女人仍然目不斜视地在电脑里绣花，保持着她惯常的姿势。然而，她说话的口吻让田东望有些不快，仿佛是在跟电脑里某人说话一样，连头也不回一下。

"谈不拢，女博士心理有些变态。"田东望针锋相对地回了一句。他不知道对方听了这话会作何感想，他很想看看对方的脸会不会也红起来，但他终于没有掉头去看。他似乎偶尔听人说过，女人好像是个什么博士生，但他懒得问个究竟。关于女人的一切，他所知极其有限。他连她叫什么名字也不知道，只知道她姓第五，一个挺怪的复姓。也许因为怪，所以田东望从来没有叫过她第五。后来，田东望在洗手间里隐约听到女人自言自语地说了一句："女博士不也是女人？"

此后不久，田东望突然发现，他的小说集被人借走了。由于不是馆藏书籍，田东望无法在电脑里找到借阅纪录。他猜想可能是他不在时被某个文学爱好者借阅了。连日来的心机，终于有了回报。田东望心里甚为欣喜。当莫言都乏人问津时，他的小说集却被人借阅了。这说明文学还没有死，它还活着，还有人在关注它。田东望仿佛被打了一支兴奋剂，隐隐约约中，他觉得自己的书极有可能是陆小凤借走了。田东望的推断自然有他的根据，在小说集被借走之后一个星期，田东望都没有发现陆小凤来过图书馆。这说明现在的她正急于阅读他的小说，也许正在为某篇小说里的精彩情节兴奋不已呢。

田东望觉得对方既然借走了书，肯定会给自己打电话的。这个推断也合乎情理。作为一名读者，当你拿到那个电话卡时，难免想和这本书的作者说上两句。这是人之常情。但是半个月过去了，田东望的手机并没有什么新的电话打进来，连一条有价值的信息也没有。他不由得有点失望。这失望像虫子一样生长着，慢慢地便爬到他的脸上来。

"你家里失火了？"女人这次回过头来，很认真地问田东望。田东望似乎也习惯了女人这样的说话方式。他漫不经心地回了一句说："不，是失窃了。"

"丢了什么东西呢？"女人忽然关切起来。

"不可估量的损失。"

"贵重东西都丢了？"

"丢了。"

"报案了没有？"

田东望忽然想笑，但见对方一脸认真的表情，他终于不敢笑出来。他没想到女人把他的话当真了。

"女博士失踪了。"田东望略显忧郁地说。

"哦。"女人哦了一声之后，就闭口不再说话了。

这次简短的谈话过后，田东望发现女人有了些微变化。自田东望到这里上班以来，他从未看见过女人扫过一次地。这一天，她忽然拿起了拖把和抹布。这让坐在办公桌后面的田东望暗暗称奇。

　　深圳的冬天有些拖拖沓沓，小雪都已经过去两三天了，天气似乎还是没有认真寒冷起来。田东望有些怀念故乡的冬天，故乡的冬天总有雪，有望不到尽头的皑皑白雪。他想，如果有一天，深圳突然下一场大雪，这里会变成什么样子呢？这似乎无法想象，因为这根本就没有可能。

　　进入年底之后，工厂大多要加班加点地赶货，前来图书馆的人也渐渐地少了，有时候一天里也见不到一个人影，只有田东望和女人在图书馆里枯坐。田东望越来越不想说话。小说《我和女博士彻夜谈情》写到一半时，因为主人公在他的视野里长久失踪，导致田东望越写越没有信心，最后干脆停了下来不写了。

　　没有人来时，田东望便到阅览区的沙发里纳头便睡，图书馆里本来就安静，虽然置身于工业区里，但偏于一隅，关上了门窗之后，便有万籁俱寂之感。这个时候女人也不理他，任由他睡，她照样在电脑里日复一日地绣她的花或者种菜养鱼，自得其乐。直到下班了，要关门了，女人这才过去叫醒他，告诉他，她要下班了，让他自己锁门。这个时候，田东望在半梦半醒间总是不由自主地想起他那本小说集的去向，还有一直没有露过面的陆小凤。难道她辞工回家了吗？

　　吹了几夜北风，寒冷如一夜之间袭来。田东望便弃了单车，改乘公交车上班。没想到这个偶然的改变，让事情有了转机。田东望便是在下班的公交车上，遇上了久未谋面的陆小凤。

　　她显然瘦了，脸色苍白。一双本来就大的眼睛显得更大了，完全失去了往日的神采。她一个人独自坐在公交车最后一排，望着窗外发呆。田东望想过去打个招呼，他有一肚子的问题想问她。但他忍住了。

　　此时坐公交车的人寥寥可数，田东望坐在离陆小凤不远的地方心如鹿撞。突如其来的相遇，让田东望有些不知所措，他不知道要不要问她关于自己那本小说集的事。田东望自己也拿不准到底是不是陆小凤拿了。但陆小凤是个文学爱好者这个事实却是无疑的。这年头，能找到一个爱好文学的女孩子，已经相当困难了。因此，田东望决定不能轻易放过这个机会。他决定要到陆小凤家里，他要告诉她，他喜欢她。

但事情并没有按照田东望的想法发展。尽管他跟着陆小凤到了她的出租屋楼下，意外的是，在这里，却有另一个男子在等着她。男子原本一直就蹲在楼梯边，见到陆小凤时，突然站起来，堵在陆小凤的面前。陆小凤突然惊叫了一声，定下神来，她破口就骂了起来："瘟神！你想怎么样？你害我还不够吗？你死远点！"此时，田东望才有时间观察眼前被陆小凤骂作瘟神的男子来。只见他蓬松着一头长发，身体瘦长，上身穿着一袭灰黑色的唐装，下身却配了一条洗得发白的牛仔裤，有点不伦不类。即便如此，男子仍然浑身瑟缩着，说话也不怎么利索，显然是在这里等的时间很久了。

"小凤，我，我是真、真心的。你是知道的。"男子话一出口，田东望即明白了对方的身份。看来，这男子必是陆小凤的前恋人无疑了。只是弄不清楚他们为什么分手罢了。

"真心？是真心害我吧？结婚？说了好几年了，有哪一次实现了的？你自己数数看，我这是第几次打胎了？诗人？我呸！害人精！好狗不挡路，滚开，我要回家了。"陆小凤脸都气歪了，说话也越来越大声。

那男子似乎要将要赖进行到底。他不但不让开，反而一把抱住了陆小凤。陆小凤死命地挣扎，但无济于事。站在后面的田东望终于看不下去了，照着那男子的脸就是一拳，顿时把那男子打懵了，他放开了陆小凤，像遇到了外星人一样看着田东望。这一下连陆小凤也意想不到。她看着田东望似曾相识的脸，但就是想不起在什么地方见过此人。

"作为男人，我真为你感到羞愧，小凤已经表明不想和你在一起了，你还死乞白赖的有啥意思呢？你就不能绅士一点，给人家一个重新开始的机会吗？据说你还是个诗人？是吧？诗人就更应该要有风度了，是不是？我劝你还是别再死缠烂打了，勉强没有幸福的，俗话都说，强扭的瓜不甜么？"

田东望这一番说话，原指望对方会就此罢手了。不料站在一旁的陆小凤问了田东望一句："你是谁？"顿时惹来大祸。男子大概也明白田东望只是个多管闲事的角色了。羞怒交加的诗人一改此前的瑟缩表现，没等田东望有任何表示，便强硬地向田东望出手还击了。

事实上，这注定是一场没有赢家的打架。当两人拼尽了全力，想在陆小凤面前表现出自己的英雄气概时，陆小凤自始至终一声不响地在一旁看热闹。直到楼上下来一位小个子男人，一把拥了陆小凤上楼去了，这场架才算正式告终。两人你眼望我眼，不由得各自叹气。很明显，两人都明白，自己输给了那小个子男人了。

余下来的事，颇有些意外，两个打架者，竟成了朋友。田东望因此知道了该男子叫沈东子。当晚他请沈东子到出租屋附近的大排档吃宵夜，两人就着一碟炒米粉和一碟炒田螺边喝啤酒边谈文学。他们惺惺相惜，越谈越投机，竟大有相见恨晚的意思。后来，夜深了，沈东子闪闪烁烁地问能否到田东望家留宿一晚。其实田东望心里也清楚沈东子现在没有地方可去了，但他没有点破，很慷慨地留了沈东子一宿。两人睡在一米二的单人床上，借着酒劲，接着又谈起了女人。谈着谈着，两人不约而同地谈到了陆小凤。

"陆小凤喜欢诗歌，是个标准的文学青年。"田东望说。

"她懂个屁诗歌。"沈东子说。

"她看海子呢。"

"海子算个屁，除了知道春暖花开之外，他什么也不懂！"

"你和陆小凤好多久了？"

"她还是处女时就和我好了，你说有多久了呢？"

"这个不好估算。"

"老实告诉你也无妨了，是十六岁。那一年，她初来深圳，还是个童工，傻不拉叽的，一出门就分不清东南西北，我用两支雪糕就把她骗到手了。那时候的女孩们好骗啊，个个单纯得像碗白开水，现在的女孩啊，才十几岁，便个个都成了人精。十年啦，往事如烟哪。"

"陆小凤是个好女孩，人家把所有的青春都献给你了，你也应该知足了，是你害了人家。"

"什么害不害的，女人都这样，你有钱时，她像蚂蟥一样吸着你不放，你没钱了就得滚蛋，这是常识。"

田东望想想，觉得沈东子的话也不无道理。再后来，他还记得自己迷迷糊糊之间好像说了一句："我其实挺喜欢陆小凤……"

第二天中午，田东望上班时沈东子也跟了一起去，说是想到图书馆里看看书。田东望没有拒绝他，把沈东子带到了图书馆。

图书馆里仍旧没有多少人来。两个民工模样的人，大概干活干累了，跑到图书馆里装模作样地拿了一本书，坐在沙发上休息。不久，便鼾声四起。田东望没有叫醒他们，任由他们在图书馆里睡。沈东子倒是和那些民工不同，他一刻也没有闲着，在图书馆里到处转悠。这里瞄瞄，那里看看，偶尔也跑到办公桌前和田东望说几句话，一边说话，一边拿眼瞥向坐在另一边的女人。但女人对沈东子却视而不见，把他当成了透明人，一眼也没有离开过她的电脑。这让沈东子觉得很没趣。他企图没话找话地想和女人说上几句，但女人一句也没有回，搞得沈东子很没面子，但也无可奈何。田东望看着这一切，心里暗乐。

下班之后，女人终于走了。望着女人离去的背影，沈东子若有所思地对田东望说："有戏！"田东望不明就里，沈东子赶紧补充了一句："这女人，有戏。"

"你是说我那同事吗？"

"对，没有错，就是她！"

"她有啥戏？"

"老兄，写小说你内行，女人嘛，我懂。"

"我还是不懂你说啥。"

"老兄呀，你别看这女人表面上对男人不理不睬的，其实她的性欲旺盛着哩。"

"扯淡！"

"不信？咱们走着瞧。不用一个礼拜，我保证把她像扔一块破布一样扔到床上去！"

此后，沈东子消失了两天，田东望估计他是去找地方住了。第三天中午，他出现在图书馆，和田东望打过招呼后，也不久留，借两本书便走。隔一天来还书，然后顺便再借，如此一个星期。田东望不知道他葫芦里装的啥药，不过也懒得问他，他对这些毫无兴趣。唯一令田东望挂心的便是自己那本小说集的去向，他一直想知道到底是谁借走了它。可惜直到现在，它还是石沉大海。

这个周末，沈东子和往常一样，又来还书借书。他离开后，女人突然说："你这朋友有病！"

田东望暗吃一惊，望向她，见她还是没有回头，仍然看着她的电脑。田东望不知道如何回答，只好等她继续说。

"病得不轻了！"女人目不斜视地又说了一句。

田东望期待她有所解释。但等了半天，她也不说。田东望于是说了一句放之四海而皆准的话："这世界到处都是有病的人。"大概是听到他这么说，女人便从还书柜中抽出一本书，递给田东望。田东望接过去，见是一本普通的诗歌集，不禁有些疑惑。女人示意他打开看。田东望打开扉页，一张纸条赫然在目。只见纸条上写着：你想做爱吗？字写得颇为漂亮，一看就是经常握笔的人所为。但是那赤裸裸的表达，连田东望也不禁脸红了。

田东望不动声色地合上书，心里竟不知是何滋味。他想不到诗人是如此的直截了当，开口就是问人家想不想做爱。不过为了表示他和诗人不是一伙的，田东望接着说了一句："诗人嘛，都是疯子。"

此后，沈东子又来过几次，但不再借书了，来了便站在办公桌前，盯着女人看。田东望见此架势，悄悄地走到读者区里看书。偶尔回头朝办公桌那边望，见沈东子仍然站在那里，一手撑在办公桌上，斜着脸看女人，那姿势当真是酷极了。

田东望从来没有见过如此脸皮厚的人，这次算是让他开了眼界。沈东子这个姿势坚持了几天，便彻底败下阵来，女人根本正眼都没瞧过他一眼，更不要说和他说话了。

沈东子离开深圳前，找到田东望，不无伤感地说了一句："这是我一生中的滑铁卢，除了离开深圳这个耻辱的城市，我别无选择。"最后诗人又补充了一句说："这女人深不可测。"田东望听了不由得哈哈大笑。

日子又重新回到了原点，一切再次按部就班地消磨着时间。田东望的写作彻底陷入了困境，他整日里除了上班，无所事事。

冬天就快过去了。田东望甚至不记得小说中的主人公姓甚名谁了。如果不是某天深夜手机里突如其来的一条信息，他连自己的小说集叫什么书名都快要遗忘了。谁也不敢相信，事情过了那么久，居然有读者真的给田东望发了信息。信息很简单，只有短短几句话："你的小说我都看过了，很精彩，很好，我喜欢。感谢你的电话卡，期待你出更多更好的作品！"没有署名，但这口气，分明是个女读者。田东望照信息显示的号码试图给对方打个电话，不料对方却关机了。

寒夜寂寂，田东望在出租屋里坐立不安，仿佛听到自己的心脏在怦怦地跳动。他走到窗边，朝窗外望了望，远处是市区，仍然灯火辉煌。近处是工业区，隐约能听到轰隆隆的马达声。楼下的夜市早已灯熄人散，地上一片狼藉。偶有开着震天音响的小车呼啸而过，是夜店归来的年轻人，一边醉驾，一边呕吐不止。

睡不着觉的田东望在下半夜时，又冲了个热水澡。他想到工业区的篮球场跑上十几圈，好久没有让自己流汗了。不过最后他还是打消了这个念头。他告诫自己，这仅仅只是一个良好的开始。他打开电脑，在未完成的小说里敲下了这样一行字：所有美好的东西，都将出现于不久的未来。

田东望很有耐心地在等待电话再次响起，但是电话始终没有响起来。田东望忍不住了，自己打过去，但对方仍然是关机状态。田东望尝试好多次，也尝试过在不同的时间段打过去，但照例是关机。手机里那条信息，他看了不知多少遍，唯一能从中得到的线索便是他的书确是被读者借阅了，而这个读者极有可能是个女的。但到底在谁手上，仍旧是个谜。田东望想，既然书都看过了，总有一天，对方是要来还书的，到时，自然就知道对方是谁了。

可是，让田东望失望的是，一直到年关将近，对方还是没有来还书。田东望失望之余不免有些气恼，觉得对方是故意不想露面。

即便还书，说不定也会悄悄地把书放回到书架上了事。毕竟这不是馆藏书籍，用不着录入电脑的。

离放年假已经越来越近了。个别完成任务的工厂已开始集体到饭店吃年夜饭了。工业区里人心思归，谁也顾不上谁。田东望也越来越接近绝望，他不再希望会有奇迹出现，日子又回到了早前的懒散。

农历小年这一天晚上，还没有到八点，图书馆里的读者早就走光了。工业区里上班的还在加紧上班，不上班的，早就打包回家了。四周也没有了往日的喧闹。田东望躺在沙发上，半梦半醒。此时，灯光在毫无征兆的情况下突然一黑。田东望一下子从迷糊中醒来，不禁心里一沉。黑暗中，田东望听到鞋子在地板上摩擦的声响。有人正在向他慢慢地靠近。一只微凉的手轻轻地摸到了田东望。田东望感觉那只手正在轻柔地往他脸上摸，那只手摸遍了他脸上每一个地方，最后停在他的嘴唇上。田东望假装睡着了，尽量让呼吸变得均匀起来。

黑暗中，田东望听到了一声轻轻的叹息。

窗外有微光反射进来，田东望看到来人起身离开。高跟鞋噔噔噔下楼梯的声音一路远去，直到听不见。田东望躺在沙发上不想起来，他感到了疲累，于是寂静如潮水一般浸入到屋里来。

# 破　碎

　　长这么大头一回遇到这种事，我还真有点儿难以启齿。都说家丑不外扬，可是这事儿整个透着古怪，让我琢磨不着边儿，我今天把这娄子捅出来，让大家给我参详参详。

　　去年春三月间，好友余式君从国外回来，邀我到邻近的A国山区参观野蛮部落的性事表演。余式把这次参观定义为国际性的学术交流，认为对我公司目前的研发有帮助。在此之前，我曾听说过A国的乡间性事表演这事儿，颇不以为意，以为只是坊间为了吸引公众眼球而弄出来的噱头。我没想到还真的有性事表演这种事。我妻子胡木兰开始不同意我和余式前往A国山区，她避开余式，颇为紧张地把我拉到房里，郑重其事地问我：

　　"你真的了解余式吗？"

　　我没想到妻子会这样问。我当然了解余式，我们是从小在一个院子里长大的发小，他身上有几根汗毛我都知道得一清二楚。虽然妻子是余式的大学同学，但据我所知，余式在大学期间为了出国留学，一次恋爱也没谈过。

"余式怎么了？"我望着妻子欲言又止的样子，觉得妻子有点儿小题大做了。

"也没什么，不过这次你一定要把我带上。"

看样子，她是怕余式把我带坏了。女人终究是女人。有些事，她们是不按常理出牌而是凭直觉去办的。不过妻子的要求也不算过分，我估计她在家里也闷够了。自从她嫁给我，我就没有让她上过一天的班，我希望做一个合格的丈夫，我赚的钱如果按照目前这样生活，她一辈子也花不完。我们结婚三年，唯一的遗憾便是妻子至今还没能怀上。不过这种事，也急不来，总有一天能怀上的。

在前往A国野蛮部落的路上乏善可陈，唯一值得一说的便是余式，他在半途上，居然找到了一个农村的漂亮女孩做他的摄影模特。女孩叫小娟，虽然衣着朴素，但身材一流，更要命的是还长着一双花旦一样勾人的眼睛。看得出余式对这双眼睛颇为入迷，拿着他的单反机前前后后不停地拍特写。这家伙对女人还真有一手，我们还在路上，余式三哄两哄地就把那女孩给睡了，这种举重若轻的本事，令我刮目相看。

我们到达野蛮部落时，正遇上性事表演的高峰期，几百人的队伍从寨子里一直排到马路边。我们打着国际性学术参观的幌子，居然在部落里一路开绿灯，让我们既及时又能全套地看完整个性事表演。在参观的过程中，有一件事我颇为不解，既然是表演性质的，为何不正儿八经地让我近距离观看？而是仅仅在房外搞两个小洞，让我们在房子外面偷窥呢？负责此事的经理面对我们的质疑，神色诡异地说："你觉得整个性事是在表演吗？我老实告诉你们，这些土著现在做的就是他们传宗接代的事情！你看仔细了，这些土著们的体位跟你们有何不同？对了，刚才这招叫天外飞仙，你们有把握做到这个动作吗？更重要的是，你有没有注意到整个性事的时间？哈哈，你们现在是不是有点儿自惭形秽了？不过你们也不用过于自卑，来这里参观的城里人，没有一个人不自愧不如的。不过你们也不虚此行，根据我们的调查，来这里参观过的人，绝大部分回去后，从此就过上性福的生活。我可以肯定，你们花上这点小钱毫无疑问是超值的！"

是否超值，姑且不论。直接的影响却是立竿见影。我发现，自从经理这么一解释，木兰和余式就一直猫着腰，眼睛凑在那小洞前一刻也不肯移开了。我看那农村小姑娘站在一旁干着急，只好提醒木兰说："木兰，休息一会吧。"她头也不抬地说："我不累。"

我们一共在野蛮部落住了三个晚上。最后一个晚上，我彻底服了余式。我实在想不到，余式是如何说服经理，让他亲自尝试野蛮部落的性事表演。反正，他神秘兮兮地把这事告诉我时，我着实吃了一惊。

"你是说你要来一次性事表演？"

"学术研究嘛，古人都说，纸上得来终觉浅，绝知此事要躬行。"

"你的小娟也愿意和你一起表演？"

"不，是和女土著干。"

"我的天，她们啊！？"

"有钱能使鬼推磨，何况这些野蛮人并没有什么贞操观念。"

"你对这些女人也有性趣？"

"学术研究嘛，谈不上什么性趣。"

"小娟不会有意见？"

"你都说了，她只不过是个模特而已。"

"你不怕人家看到？"

"怕？你来到这里，还放不开？人有时候偶尔野蛮一下也是允许的。兄弟，欢迎参观啊！"

想想也是，都到了这种地方了，还有什么放不开的呢？其实人和人还真的没啥区别，尤其在性事上，我们这些号称都市的文明人和这些野蛮人一样贪婪。

我本来是想去看看余式这小子在性事上是如何征服这些女土著，可是木兰整个晚上都在缠着我，要和我尝试各种各样的新方式，搞得我疲惫不堪。

事实上，真正的麻烦事是从野蛮部落回来之后，大概一个多月左右吧，木兰就说她怀上了。我简直不敢相信，亲自陪木兰到医院检查确定无误后，我禁不住大喜过望，扳着手指头推算什么时候才能当上父亲。相比之下木兰就显得过于淡定了，她甚至有点儿忧心忡忡的样子。我还以为是她害怕分娩而自然产生的心理反应，可时间一长，我发现并不是我想象中那样。木兰怀孕四个月有余，肚子已微微凸起，就是这个时候，她嘀咕着要拍一套全裸写真。开始我还不太在意，觉得木兰简直多此一举，但她的态度却日渐坚决起来。

"干吗非要拍全裸写真呢？不拍不行吗？"

"不行。"

"你要拍也行，这只能由我来拍。"

"不行。"

"不行？你想要谁拍？"

"小泉？"

"哪个小泉？日本人？"

"樱花婚纱照相馆的摄影师。"

"男人？"

"嗯，男人。"

"不行，你的全裸写真只能由我来拍。"

"不，你技术太差。"

"不行就不拍，我的女人只能由我来拍。"

"不拍就离婚！"

"你为了拍一套全裸写真要跟我离婚？"

"对，不拍就离。"

"你不后悔？"

"不后悔。"

木兰说不后悔时眼睛一直望着窗外，她连看也懒得看我。我一怒之下，拿上枕头睡到了书房。当我一个人静下来时，我觉得问题还真有点严重。那个小日本摄影师到底和妻子木兰有没有不正当的关系？我越想便越发觉得小泉可疑。这种可疑集中在妻子的态度上，她如此决绝，令我怎能释怀呢？我决定亲自调查这个家伙。

第二天，我借口要到外地出差一个星期，瞒着木兰神不知鬼不觉地住到樱花照相馆对面一个旅馆里，由此展开我对小泉的跟踪与调查。第一天的调查结果颇有点意外：那个叫小泉的男摄影师并不是日本人，他来自湖南，只不过是个有一技之长的打工仔罢了，他的真实姓名叫张晓权，因为他嘴唇上有一小撮胡子，个子也不高，有点像电影里日本人的样子，所以照相馆里的员工便直接叫他小泉。他一年的工资加起来还不够我一个月的收入。在深圳，像他一样的打工仔，多如牛毛。

第二天，我简单化了一下妆，正准备到小泉的住地了解情况，忽然接到余式的电话。

余式自从到野蛮部落参观回来，干净利落地甩了他的摄影模特后又动员我和他去西藏。几年前，我追木兰时就带木兰去过一趟。

其时木兰刚从一场恋爱中脱身出来，对西藏充满了好奇。我在缺氧严重的青藏高原，一点手段也不要就把追了三年的木兰追到手。说到西藏的缺氧，我实在有点后怕，所以当余式邀我去西藏时，我是毫不犹豫就推辞了。余式只得背上他的摄影包独自前往西藏。他跟我说，他要在西藏住上一年半载，认真研究当地的风俗人情。当然如果可能，说不定就在西藏了此残生。言语之间，颇有点看破红尘的味道。

可是才过了没几天，余式的电话却让我大跌眼镜。他在电话里带着哭腔说：

"兄弟，我卡住了。"

"你被啥卡住了？"

"我被女人卡住了。"

"女人？"

"是的。女人。"

"哈哈，你小子也有今天，你在男女关系上向来洒脱，怎么会被女人卡住呢？这世界还有卡得住你的女人吗？"

"兄弟，别笑话我了，我真的无处可逃了，救救我吧！"

"无处可逃就回来啊，你不会真的想在西藏了却残生吧？"

电话那头的余式突然"啊"了一声，顿时就没有回音了，我"喂"了半天，电话里只传来一阵紧过一阵的喘息声。这小子，说不定现在正在干着不可告人的活儿！不过我估计这一回他是碰上难缠的主了。我只好挂了电话，前往小泉的住地。

小泉的住地离市区稍远，沿着107国道出了南头关一路往西，大约走两公里再向右拐就是宝城三十一区，旧称上合村。小泉就住在三十一区的城中村。我记得小泉住在一幢号称帝国大厦的楼房里，但我只了解到小泉就住在帝国大厦，还不知道他具体住在哪一层哪一间。我正想着如何才能搞到具体的情况，忽然一个女人突突地从楼上下来。女人的长相倒不难看，令人难过的是，她腰上的肉本来就肥得没处放了，可她还要穿一件低腰裤，腰上的肥肉便努力地把粉红色的内裤翻一半出来，臀部白花花的肉隐约可见。她肥得要流油的脖子，到底透露了她的年龄，我估计女人也三十出头了。

女人一听到我在找小泉，她明显有点紧张起来。女人问我是小泉的什么人，我谎称是小泉的朋友，过来还钱给小泉的。女人听说我是来还钱的，这才松了一口气说："这样啊，我就是小泉的老婆，到家里喝杯茶吧。"肥女人看起来四肢发达头脑简单，她的邀请正中我下怀。

真没想到小泉的家里乱成这样。客厅里到处是杂物，垃圾桶、拖鞋、袜子等等随处乱放。肥女人一进入房间，便施展她的中国功夫，大脚左右开弓，小小的客厅顿时被她踢出一条"路"来。肥女人把我领到客厅靠窗一角，她招呼一声说："坐吧。"随即便踢过来一张小胶凳。看得出，她已经习惯用脚来招呼客人了。我不动声色地在茶几边坐了下来。坐下来我才发现茶几上的茶具居然很精致，我粗略地看了一眼，茶叶也多以养生为主。肥女人见我在打量茶几上的茶叶，她脸上的肥肉一下子便舒展开来，眉飞色舞地向我介绍起她的养生经来。肥女人一边介绍一边给我冲养生茶，她冲茶的手法娴熟而优雅，一时之间，我竟忽略了她身上的肥肉，对她另眼相看起来。我不遗余力地赞她冲茶冲得好，女人脸上的肥肉立马就像开了一朵花，她的嘴就再也合不上来了。

肥女人似乎对我的身份丝毫没有怀疑。她既不问我姓甚名谁，也不问我到底借了小泉多少钱，只一味在说话，从茶经讲到家长里短，又从家长里短讲到深圳这几年的变化，每讲一大段就作一个小总结，她对目前都市的结论是：人心不古。不能不说，这个肥女人在某些问题上，还真一语中的。在总结了城市之后，她又开始说到她自己，她说她喜欢睡觉，曾有过连续睡了一个星期的超人纪录。那一回，小泉一个星期不回家，她呢，就在家里不吃不喝睡了一个星期。她每晚都摸着自己肥厚的肚子，幻想着有一天能把小泉装到肚子里，死也不会把他生下来。最后她给这个星期的睡觉下的结论是：瘦了十五斤，在历次减肥运动中最成功的一次。在这过程中，我曾试图想问一下关于小泉的情况，我刚一开了个头，肥女人就破口大骂起来："别跟我提那个挨千刀的！老娘总有一天会让他知道我的厉害。"

我突然有些难过，替小泉感到难过。我识相地闭上了嘴。女人呢，根本就没想过我的嘴巴也是能说话的，她似乎是好不容易逮到了一个倾诉的对象，滔滔不绝地说，仿佛她上辈子是个哑巴，今世来还话的。我的耳朵已经听出茧来了，但我还是装作很专心的样子，任由她说。虽然耳朵忙着听，但我的眼睛也没有闲着。我发现墙上有一张照片，照片上除了肥女人和小泉，两人中间还夹着一个五六岁的男孩。肥女人见我指了指墙上的照片，一下子闭了嘴。她咬着下唇，粗重地喘着气，似乎在极力地忍受着。我说："你儿子？"女人点点头，突然哇的一声哭了起来。我没有想到肥女人好端端的会哭起来，一下子有点不知所措。但我很快就镇定了下来，因为我知道，肥女人肯定会告诉我所有的事情。

可是这一次，我想错了，肥女人并没有告诉我她儿子的所有事情。关于她儿子，她只说一句就闭口不谈了。她边抽泣边说："要不是为了儿子，我早就离了。"

我得感谢肥女人告诉我这个重要的信息。起码我知道，他们的婚姻已经出现了问题。从小泉家里出来，我脑子里就一直在想这个问题。我的分析是这样的：一个肥得让男人生厌的女人，男人在外头有小三似乎顺理成章。即便没有小三，只怕也少不了要拈花惹草。像小泉这种人，最便利也最有诱惑力的无疑就是那些要拍全裸写真的女顾客了。我越是如此想，头上的汗便出得越多，隐约感到情况对我极其不妙。我决定不惜一切代价跟踪小泉，我必须找出事情的真相。人要脸，树要皮，哪个男人也不愿意让这么一顶大绿帽戴在头上却装作不知道。

回到旅馆的当晚，我给木兰打了个电话，一再强调她的全裸写真必须由我来拍。木兰在电话里好久才幽幽地说了一句："要是连这点自由都没有，我活着还有啥意思？"木兰说完就挂了电话，我不死心地又打过去，这回电话是接通了，但我听得出她肯定是接通电话后就把电话扔在一旁，干别的事情去了。我这边喋喋不休地说了老半天，才发现她根本就没听电话。木兰这态度更坚定了我要找出事情真相的决心。

第二天，天气不好。天色灰蒙蒙的，还下着毛毛细雨。我起床后，吃过简单的早餐后就一直坐在窗边观察樱花照相馆。九点四十五分，小泉出现了，他撑着一把花格子的雨伞走到在人民大道北与照相馆相隔五十余米的天津狗不理包子店门口买早餐。他没有像别人那样买到早餐就拿到上班的地方吃，而是坚持站在早餐店的门前吃完才从从容容地走进照相馆。小泉来上班后，照相馆里另外两个员工也陆续到了。此后一个小时，小泉都待在照相馆里，期间，有一对年轻的男女来到照相馆，在店里待了十分钟才出来，应该是顾客。从九点五十小泉进入照相馆开始，一直到十一点半，小泉一共走出照相馆打了三个电话，第一个电话打了五分钟左右，第二个稍短，第三个电话，他足足打了二十分钟。他在照相馆的门口走来走去，情绪有点激动，他左手拿着手机，右手不时挥动着。打完这个电话，他站在照相馆的门口又待了三分钟，突然一脚把门口一个垃圾桶踢到马路中间，这才气咻咻地走进门里去。

时间一分一秒地过去，十二点刚过，我正从旅馆里出来，想到外面吃中午饭，我突然看到意想不到的一幕。此刻小泉和一个年轻女子正挽着手从照相馆里出来。那女子我看着有点眼熟，仔细看时，居然是余式的模特小娟。小娟是什么时候进入到照相馆的？我竟没有发现，当真是大意了。

我跟在他们身后，一路走一路还不忘记给余式发了一条短信，我告诉余式，我现在正和他的模特小娟在一起。我想余式看了这短信，会不会有点儿酸溜溜的呢？但是余式好久都没有回短信。我一直跟到两人进入一幢城中村的楼房，余式的短信还是没有回。我站在楼下给余式打电话，电话倒是接通了，却没人听。这家伙神龙见首不见尾的，到底搞什么鬼呢？不过我现在没心思去理会余式，我之所以给余式打电话是因为心里有个疑团解不开：小娟到底是什么时候跟小泉勾搭上的？唯一可以肯定的就是，这里无疑是小娟的住处。

此后两天，我都发现每到十二点左右，小泉中午下班后就回到小娟的住处，两人在楼上待到下午两点，小泉才独自去上班。下午下班之后小泉就直接回肥女人那边。晚上小泉很少出来，偶尔出来一次，都是借买包烟的机会，在小卖部前打很长时间的电话。我越来越佩服小泉了，他周旋于两个女人之间，如此有游刃有余，令人不由得五体投地。

这样过了三天，我总算在跟踪小泉的途中收到余式的短信。余式的短信延续他一向戏谑而简洁的风格：呵呵，我亏了，卖一送一呢。我估计这家伙已经给小娟的肚子打上种了。不过我现在已无暇顾及此事，因为我发现小泉的老婆，也就是此前那个肥女人也跟踪到了这里。这一下可有好戏看了。我虽然不喜欢这个肥女人，也讨厌她穿低腰裤招摇过市，但她到底也值得同情。私心里我也希望她能够好好整治整治小泉。所以当肥女人在楼下犹豫时，我及时从暗处走出来。情急之下，她居然不认得我了。她一把拉着我的手急切地说："先生，请你帮我一个忙，我上楼去如果半个小时下不来，你就帮我报警。切记，切记。"说完肥女人撒开腿就往楼上冲。看来她还没有笨到家，还知道找人帮她报警呢。

　　我没有急着冲上楼去，我一边慢吞吞地走，一边留意听肥女人的脚步声。我算准了时间，当她和小泉大打出手时，我大概就到达现场了。可是当我到达现场时，发现局面和我想象的略有出入：和肥女人扭打在一起的人换成了小娟。不过这也可以理解，是我自己一厢情愿地希望肥女人给小泉一顿教训，事实上所有丈夫出轨的女人最恨的人仍然还是小三。当肥女人和小娟正打得难分难解时，在一旁看得兴味索然的小泉居然一声不响地就往楼下走。我一时也顾不得劝架了，也跟着下楼来。

　　小泉走到路口，上了一辆摩的。我赶紧也坐上另一辆。摩的在城中村里拐来拐去，最后在二区的碧桂苑停了下来。一个等在岗亭边的女人朝小泉招了招手。女人看来年纪不小了，保守的估计起码也超过了四十。不过一身打扮倒是显得贵气逼人，一眼就知道是口袋里有银子的主。小泉走到女人身边时，我分明听到女人娇滴滴地叫了一声：老公。小泉很自然就挽着那女人的手往小区里去了。很明显，以女人这来头，当然不是小泉的老婆。叫小泉老公，不过是掩人耳目罢了。

　　事已至此，小泉的情况基本已了然于胸，没有必要再跟下去了。我回头望了望，马路上人来车往，和风轻吹，阳光充足，一派生机勃勃的景象。我心情复杂地往回走。我根本就没想到连日来的跟踪和调查，竟然会是这样的一个结果。一个打工仔，一个月的工资还不及我一天的收入,他居然也过着一妻二妾的逍遥日子。我不去调查,还以为这些打工人活得有多艰难呢。看来每个人都有自己的活法。回到旅馆,我决定放弃跟踪调查。我怕我再跟下去,连我都不想活了。不过我还不想现在就赶回去,而是在旅馆里一直待到晚上十二点多,这才退了房,趁着月朗星稀,饥肠辘辘地回家。

这个时候,木兰早就睡了。我打开房里的睡灯,柔和的灯光照在木兰的脸上,一副安详富足的表情。她呼吸均匀,看得出她睡得踏实而安稳。我的心情本来已经渐渐平静下来了,可是梳妆台上一沓厚厚的照片,让我的心情再一次陷入万劫不复之中。照片的第一张,木兰全裸的身体摆出来的姿势赫然就是那极惹火的"天外飞仙"。此刻房里很静,只听到我的心在怦怦直跳。我相信我的眼里已经喷出火来了。但我还是忍住了,我强迫自己坐下来,一张一张地翻看木兰这套全裸写真。

不能不说,这套写真拍得真是超乎我想象的好。无论从哪个角度都堪称完美。我越往下翻看,便越是心如死灰。当我翻到最后一张照片时,发现画面有些模糊,在光与影之中,隐隐约约地露出半截光头来。开始,我还以为是木兰那光洁的乳房,后来才发现不是。我无法确定这半截光头归属何人,但我敢肯定这是男性的半截脑袋。我正准备收起照片,忽然听到身后有响动,我没有回头,我知道木兰已经起床了。看来她早就已经醒了。我猜想桌上的照片也是她故意放在这里给我看的。她先斩后奏地造成既成事实,想必也是以此来探探我有什么反应。

"谁拍的?"

"你没必要知道。"

"我有权利知道。"

"你一定要知道吗?"

"是的，一定。"

"那得等我们办了离婚手续之后，我才会告诉你。"

我缓缓地回过头来。木兰坐在床沿上，坦然地面对我的目光，跟着又说："我仅有的一丝自由，难道你一定要剥夺它？"我无话可说。是的，这是她的自由。可是谁来给我维护尊严的自由？

连日来的跟踪，我知道是小泉的可能性并不大。但如果不是他又会是谁呢？我脑子里一团乱麻。我一定要知道这个真相吗？为了知道这个真相，我付出的代价将会是离婚。既然都离婚了，还有必要知道是谁拍的吗？我看得出木兰不是随便说说的。她说得出来，肯定在心里已经做好了离婚的打算。

"给我点时间，我得好好想想。"我拿上枕头，又睡到书房。但饥饿让我老是睡不着。我拿出手机，给余式打电话，不想，这家伙竟然关机了。冷冷的月光射到房里来，床上，地上，慢慢地就像结了一层厚厚的霜。我听到木兰的房里有破碎的声音隐隐传过来。

肯定是有什么东西给打碎了。

# 胡石论

关于胡石，此前我既未闻其名也不见其人。之所以记得这个名字，是因为在不久前，我经历了一个奇特的情人节。

2月14日的中午，我在后街的步行街和天龙帮的青木堂主"死蛇苟"单独打了一架，对方的额头被我打破，鲜血流了一脸。我也有些微损伤，但不碍事。后来大家停了手，气喘吁吁地望着对方，忽然死蛇苟说："你把我打成这个样子，我怎么去见我女朋友？"我说："有女朋友了不起啦？你等伤好了再找她也不迟。"

"我找你妹！"死蛇苟说，"乡下仔，今天是情人节呀！"

我其实最烦人家说我是乡下仔，我听了这样的话，一般都是先跟对方打一架再说。但是当我听到死蛇苟说今天是情人节时，我突然就没有了脾气。我竟然不记得今天是情人节。我跟他说了对不起，还保证以后再打，一定不打他的脸。他见我道了歉，也很大度，不再计较。然后告诉我他的女友就是风流底现任市长的女儿。

"能干得很哟。"死蛇苟笑得一脸猥琐。

　　我自然明白这能干是什么意思，突然间就兴味索然起来。我说了句水货，便准备离去。死蛇苟听我说水货，便不服了，约我什么时候再打一场。我说，今天不用再打了，胜负已分。死蛇苟说，胜负未分，大家都有伤。我说，分了，这一场算你赢，如果一定要打，约个时间再打也不迟。他问为什么。我说很简单，因为你有女人过情人节，而我没有。他笑了笑说，那倒是，我有条能干的女人。

　　事实上，我是想起了我的前女友。我一直闹不明她为什么要甩了我。她说，过两年你就明白了。但是两年过去了，我还是没有明白过来。女人有时候心里在想什么，真的很难搞得懂。搞不懂就由她，旧的不去，新的不来么。可是现在的情况有点不妙，就是旧的去了，新的还未来。

　　我之所以突然想起我的前女友，主要是她做爱的某个姿势让我念念不忘。当然，我不好意思告诉你这是怎样的一种姿势，这属于个人隐私，没必要到处宣扬，总之，在这样一个特殊的日子里，我是结结实实地想起了这个姿势，由这个姿势又想起她的整个人来了。

　　我和死蛇苟在后街的这场打架至此结束。我们暂时不用再争这条街的所属权了，我决定阶段性地退出来，我们约好在下月中旬再打一场。我和死蛇苟分手后，便前往瘦狗岭。瘦狗岭是风流底市宝城区的一个城中村，我希望找到我前女友，然后带她到凤凰山打打猎，过一个有点儿野性的情人节。

　　我在迷宫一样的城中村里乱走，每条道路都似是而非，搞得我晕头转向。在我准备放弃寻找时，右手手腕突然被人拉住，我回头一看，见是一个年约四十的女人，正笑容可掬地望着我。

　　"后生仔，你今天走运了。"女人笑口吟吟地说。

我不得不承认，这个女人还是很有点风韵犹存的味道。且不说她苗条的身材，还有那顾盼有神的双眼，更让我有点儿蠢蠢欲动的是，她身上一股令人心醉神迷的香水味，若有若无地钻到我鼻孔里，让我感觉轻飘飘的。

"遇上你，我便知道我今天走运了。"我说。

"醒目仔，我喜欢。"女人一边说，一边把我拉进路边一栋民房里。我眼前一亮，刺眼的灯光下，看到墙上一行斗大的字：美梦成真婚介所。我刚想抽身往回走，便被女人紧紧地拥着我的臂膊往里走，一边走，她一边说："我们今天有个活动，叫爱情大闯关，获胜者除了得到丰厚的奖金之外，还有份极为神秘的礼品。这份礼品可能是你一生为之追求也追求不到的礼品。机不可失呀，后生仔，你是第一个来闯关的年轻人，我给你一个小小的提示，请牢牢记住胡石的一句话：无论多伟大的女人，在男人的怀抱中都会变得渺小的。抓住一切能抓住的机会，去吧。"

女人说完，突然把我推进一间黑暗的屋里，身后的门轰的一声关上了。我回身找门，竟然找不到了。我站在原地，心里发毛，黑蒙蒙的，闯什么关啊。正不知如何应对，黑暗中忽然响起一个温柔的声音："哥哥仔，别多想了，既来之则安之吧。好了，请做好闯关的准备。哥哥仔，现在请脱光你的衣服。"

"为什么要脱衣服？"我颇感意外。

"哥哥仔，这是第一关的规矩。你现在身处黑暗之中，除了上帝，谁也看不见你。再说了，你不觉得脱光衣服再闯关是很刺激的吗？你尝试过在陌生女性面前脱光衣服吗？"

"没试过。"

"试试何妨？你将得到一种全新的体验。"

我在脱光衣服时，没有忘记把手机抓在手里。反正除了这个手机，我身上的钱实在不多了。过年前，我就把身上的钱花得差不多了，为了争取到后街的管辖权，我集中了所有兄弟，准备和死蛇苟背水一战。不料，死蛇苟精得很，他并没有和我正面交锋，他巧妙地避开了我们，然后单独找到我，慷慨地要给我一笔生活费。我没有要。这不是英雄所为。我说过些日子，我们单挑。他也觉得我的提议不错。又说早就想和我单挑一场了，老是打群架算什么英雄呢。他也敢称英雄？我呸，我要是有钱，才懒得跟他这种人打架。

我正在胡思乱想，突然听到那温柔的声音又响了起来：

"爱情大闯关，第一关是问答题。请问你准备好了没有？"

"我想穿了衣服再回答，可以吗？我不习惯赤裸着和人说话。"

"不可以，你这只能赤裸着回答问题。"

难道一个人赤裸着就不敢说谎了吗？一个男人要说谎，衣服管得住吗？真是愚蠢的做法。不过我估计他们是另有深意，人不可能幼稚到这个地步。好吧，骑驴看唱本，走着瞧吧。

"好的，请问吧。"

"爱情大闯关，第一关，第一个问题是：假如，你老婆和你老妈同时掉进水里，你先救谁？"

这不是故意为难人吗？一边是老婆，一边是老娘，手心是肉，手背也是肉，问这样的问题真他娘的阴险。还好我老娘死得早，要不，还真让我难以选择。看来他们是想把我当傻子玩，我就让他们玩一玩又何妨呢？

"我还没有老婆。"

"你现在已经有老婆了。"

"事实上我没有呀！"

"有了，我现在就是你老婆。"

"哦，好，既然这样那就先救老婆。"

"老公，你回答得漂亮。爱情大闯关，第一关第二个问题是：你的情人，也就是你漂亮的小二，她要你休了你的结发妻子然后娶她，你愿意吗？"

我想了一会，觉得这个问题问得有点无厘头，我连老婆都没有呢，还漂亮的小二！不过老实说，现在都流行小二，似乎所有的男人们没有小二都活不下去了。在这个问题上，我倒是没有太多的见解，感觉吧，小二是小二，老婆是老婆。在关键时刻，比如你生了重病，小二可能就比不上老婆更贴心了。现在的很多电影里的情节不就是这么设计的么？

"我还没有情人，没有小二。"我说。

"你现在已经有了。"

"可是，事实上我并没有呀。"

"有了。我现在就是你的情人，你的小二。"

"哦。我真幸运。那么我也告诉你，我的答案是，我愿意，非常愿意。"

说这话时，我心里却在想：你刚才还是我老婆呢，现在又成了小二，变化真是太快了。不知道我的这个小二漂亮不漂亮？我真想看看，可惜屋里太黑了，无论我怎么努力，眼前都是漆黑一团。

"我的情哥哥，你回答得真爽快，好。爱情大闯关，第一关最后一个问题是：假如你是个穷光蛋，你的丈母娘有钱，她要把你包起来，夜晚你是她的女婿，但白天你得做她的情人。你愿意吗？"

这真是个狗日的日本问题，这不是坑人嘛？像我这样的有为青年怎么会愿意和自己的丈母娘做情人的呢，简直就是变态！不过我也有点儿佩服这个出题的人，他真是看透了这个社会，一点都没走眼，这就是一个变态的社会，一个道德混乱的社会，一个人狗不分的社会！这个爱情大闯关，越来越有意思了。

"我没有丈母娘。"

"你已经有了。"

"你难道是想告诉我，你现在是我的丈母娘了，是吗？"

"你猜得一点都没错，我现在就是你的有钱丈母娘了。告诉我，你愿意做我的白天情人吗？"

"老实说，我不但乐意，而且非常乐意。"

"我的好女婿，真是难为你了。第一关到此结束，可以穿衣服了。对了，我的好女婿，你好像还有体臭？"

"是的，是有一点儿狐臭。"

"胡石曾说过，气味是性爱最大的杀手，人类在做爱时，对气味相当敏感，一丝丝的体臭就足以扼杀一次美好的性爱。我的好女婿，你可要好好治一治它呀。"

我脑海里突然闪过一个念头，难道我的前女友就是因为我身上的狐臭而离开我的吗？她那个令我念念不忘的姿势到底是为了躲避我的体臭，还是为了享受性爱的快乐？我的血突然往上涌，我想找人打架了。死蛇苟倒是个打架的好对手。我记得我第一次认识他时，是在风流底最热闹的大街上。其时一个女人正被一个五大三粗的男人揪住头发按在地上一巴掌一巴掌地抽，一边抽一边骂极下流的脏话，旁边围了一圈子看热闹的人。死蛇苟就是这个时候到来，他三下五除二就制服了那男人，最后还放出狠话，说以后谁敢在大街上打女人，被他死蛇苟看到了，就砍他一只手下来。我当时并不知道他就是后街的幕后老大。我随手扔给他一罐啤酒。他接了抬头望了我一眼，说了一句，好身板呀，就仰头把啤酒一气喝光了。然后他问我，打架行不行。我说还行。他冲我笑笑说，找机会咱们练练手。

死蛇苟现在要是在这里，我想，我得和他好好打上一架，打架如果不妨碍谁，未必是什么坏事。我在穿衣服时，用右手使劲儿搓了搓左边的胳肢窝，然后将手放到鼻子底下闻了闻，呵呵，还真的是狐臭味。

"想知道你的第一关成功与否吗？"温柔的声音又响起来。

"愿闻其详。"

"胡石说，任何男人，在赤裸裸时对上述问题都能够按照设计好的答案回答，就说明此人是个君子。你是个君子，一个有点儿体臭的君子，是君子，就能过关。"

我当真从来没有想过我这样一个街头小混混竟然就是传说中的君子，而且还是一个有体臭的君子。这个胡石到底是何方神圣？如此这般的高论真是不可思议。我感到迷惑不解。到底什么样的人才叫君子呢？我记得君子的本义是指身份高贵的人，即"君王的儿子"，引申义就是指道德高尚的人。

我难道是君王的儿子吗？显然不是。难道我道德高尚吗？似乎也不那么高尚。我来风流底打工已经五年零八个月了。准确地说，我是一个曾经在工厂的流水线上做普工的打工仔。我目前之所以沦为一个街头小混混，靠收保护费为生，其中重要的一个原因便是我前女友离开了我。活到要被人甩的地步，不打架还能活吗？还有意义吗？让我想不到的是，现在竟然有人说我是君子，是个道德高尚的人，那这架还打不打？这个狗屁不通的胡石，他脑子里装的只怕全是狗屎。

"请打开灯光，我想看看你长什么样子。"

"你如果看到我，会影响你闯关。不过我答应你，等你闯关成功，你可以约我喝下午茶。"

很难相信，第一关竟然就这样过了。不知道第二关又是些什么奇谈怪论，我突然想起刚才领我进门那女人给我的提示。她到底是想提示我些什么呢？我正想着，室内灯光骤然大亮，我这才发现自己置身于一间布置精致的大屋里。大屋里布置得像个后花园，除了有亭台流水，居然还有个小小的假山。一个穿着旗袍的年轻女子坐在凉亭里，正望着我嫣然一笑。我也回她一笑。女子款款朝我走来。她走到我面前，上下打量着我。

"果然。"女子说。

对方实在漂亮，让我想尝试一下把漂亮女人抱在怀里看看对方是不是变得渺小了。但我不敢付诸行动，因为我被她的"果然"弄糊涂了。我不知道她葫芦里卖的是什么药。我看着她，静观其变。

"我好看吗？老公。"女子说。

又来了。难道又是问答题吗？不过我喜欢听漂亮的女人叫我老公，那感觉像做了一回皇帝。

"老公，你觉得我好看吗？"女子又说。

"挺好看的。"我说。

"你觉得我哪个地方好看？"女子又问。

我不禁犹豫了起来，我觉得我说哪个地方都不妥。我只能用一句放之四海而皆准的话来搪塞她，我说哪个地方都好看。

"你不觉得我的胸很丰满吗？"女子似乎并不满意我这个回答，她向我靠近了一步，用她的胸顶住我的胸口，毫不妥协地问。

我觉得呼吸有点困难。长这么大，还没有被如此漂亮的女人这么顶过，作为男人，我难免有点心猿意马了。我点点头说：

"是的，很丰满。"

"你喜欢它吗？"

我被女子火辣的目光盯得低下了头。我回答的声音低得恐怕只有我自己才听得到。

"喜欢。"

"喜欢就对了。胡石说过，男人如果连奶子都不喜欢，说明已经离棺材不远了。你还喜欢奶子，说明你还有希望。"女子的声音忽然提高了八度。

不能不说她还是有点儿歪理。事实也是如此，男人，其实都好这一口。这没得说的，要不就不会有那么多的官员倒在石榴裙下了。不过如此赤裸裸地把这话放到桌面上来说，我还是有点儿脸红。

"胡石说，一个大男人如果面对一个女人脸红了，有两种可能，一是这个男人可能是一个真正的胆小鬼，另一个可能是这个男人是个调情高手。你告诉我，你是个胆小鬼吗？"女子后退一步，拉开距离问。

在这种情况下，任何一个男人只怕都不会承认自己是个胆小鬼，即便他真是个胆小鬼，面对这样的逼问，胆子也会大起来了。所以我把头抬了起来，直视着那女子，毫不羞涩地说：

"我不是个胆小鬼。"

"好的，那么你告诉我，你的性能力如何？具体说，你能持续多少分钟？"

女子的这个问题一下子让我猝不及防。我嗫嚅着，不知如何回答，也羞于回答。她的这个问题，突然让我想起了我的前女友。我和前女友有一次趁黑在公园的芭蕉林里尝试过最长的时间大概是五分钟左右。之所以记得这个数字，是因为当时我在不断地数数。非常庆幸，我数到了三百。我约略估计了一下，数一个数字需时一秒，数到三百就等于五分钟。大概是这个数字。也许有人觉得我在芭蕉林里做爱不太雅观，但是我得告诉你，我是穷到没钱去开房啊。

当我说出五分钟时，那女子突然发出一阵大笑。她笑得花枝乱颤，胸脯上那两坨肉在笑声中像两只被关在笼子里的兔子，在左冲右突。我有些自卑，脸上火辣辣的，像被人打了一耳光。我不知道别的男人性爱的时间到底有多长，但我从那女子如此放肆的大笑声中，基本上可以得出一个结论，就是我持续的时间太短了，短到让人觉得是个笑话了。但我没办法让这个过程变得更长，不是我没有耐性，而是习惯便成了自然。

我可以举个例子说明一下。有一次下班之后，已经是夜里十二点了，女友约我到宿舍的楼顶见面。我知道留给我们的时间并不多，半个钟之后就有保安来查房，我得趁保安查房之前结束约会。但是我在冲凉房等冲凉时就已经用去了十几分钟，因此我只能草草地冲一下连衣服也不洗就悄悄摸上楼顶。老实说，这一次持续的时间更短，估计就是三分钟左右吧。我们习惯性地站在楼顶蓄水池边完成这次性爱，另一边也有一对情侣在忙着自己的事，大家事不关己，各忙各的事。完事之后，我望着远处灯火辉煌的都市，第一次在女友的乳房上狠狠地咬了一口。那一刻，我和女友都哭了，默默地相拥着流泪，然后在意犹未尽中走向各自的楼梯。

这样的事例举不胜举。总而言之，持续时间短已经是个客观事实。谁来耻笑我，我也承认，我觉得这不是我的错。

"胡石说，性爱时间的长短，意味着幸福指数的高低，同时也意味着性关系的牢固程度。爱就是一个具体的数字，是几分几秒，也是争分夺秒。你明白我的意思吗？"女子逼视着我问。

"不明白。"我说。

"不明白就好。那么我现在告诉你，第二关结束了。同时也意味着你闯关已经失败。"女子脸上掠过一丝嘲笑。

性爱时间的长短和闯关有什么必然的联系吗？我有点儿不解，

但我懒得追问。失败就失败了，没有什么了不起的。这个所谓的爱情大闯关，无非就是找几个男人来让女人乐一乐。我本来就不是来参加他们的活动，现在好了，终于不用再听这些奇谈怪论了，可以走人了。胡石那个鸟人，简直就是放他妈的狗屁。

"闯关虽然失败，但是为了表彰你的勇气，我们特意给你安排了一份安慰奖，请你笑纳。你可以离开了。"女子说完，灯光一暗，门开了，只见此前那个风韵犹存的中年女人正站在门口向我招手。我走出来，正想问我的安慰奖在哪里，但女人却不容我多问就挽着我的臂膊走出了这间所谓的婚介所。

"去哪？"我问。

"回家啊！"女人说。

"你要跟我回家？"我脱开女人的手，有些吃惊。

"是啊，你不想要这份安慰奖吗？"女人反问我。

"我还没有拿到安慰奖呢。"我说。

女人吃吃地笑了好一会儿才说：

"我，就是这活动安排给你的安慰奖啊。你闯关不成功，只能得安慰奖，也就是我本人。现在明白了吧？"女人说得一本正经。

我张大了嘴，半天合不上来。这份安慰奖真是够特别也够及时的了。在这个特别的节日里，我居然还有女人过节，这实在是出乎我的意料之外。虽然奖品是属于我的，但我还是有疑问。我得厘清她的身份。

"你是做我的老婆、情人、小二，还是丈母娘呢？"我很认真地问她。

"都行。胡石说过，老婆就是情人，情人就是小二，小二就是丈母娘。当然了，你也别把丈母娘不当老婆了。"女人回答得也很认真，反正我没有看出她一点戏谑的成分。

　　这个胡石真他妈的有才，我算是服他了。在闯关的过程中，我已经领教过胡石论了。从这些女人的话语中可以看出，她们对胡石佩服得五体投地。胡石所说的每一句话，她们都把它当成经典语录，要不就直接当成了生活里的准绳。我猜想她们九成是按胡石的话去生活、恋爱甚至是结婚生子。这可是个本事。现在的男人哪，能让女人们听你的话，规规矩矩地按你的话去生活绝对不是一件容易的事情。

　　女人再一次挽着我的臂膊，小鸟依人地向我表明她就是我人生中一份来之不易的安慰品。但我实在不知道带她到哪去。我肯定不会带她去凤凰山打猎，打猎这种事，不是和中年女人干的。

　　"我们现在去干吗呢？"我说。

　　"实在无聊，或者没事干了，我们可以做做男女应该做的事。"女人说。

　　听了女人这样的表白，就算是一块木头，只怕也会容易被点着。但是在这一刻，我偏偏没有被点着，我居然在这个骨节眼上，想起了死蛇苟。这个在打架上还有点意思的对手，声称他的女友是风流底市市长的女儿。据说还是条能干的女。我很想知道，他那能干的女，到底能干到什么程度。我这样想，实际上是在猜测死蛇苟的能干程度。男女之间的性事就像一头牛喝水，牛不喝水，根本就按不倒牛头的。一边倒的事情是不可能的。死蛇苟说他有条能干的女，实际上是在向我炫耀他的性能力。换句话说，就是一个时间问题。我在闯关时就曾经想过，是不是因为这个问题导致了女友离开我的呢？我很想知道别的男人持续的时间到底有多长。我决定打个电话给死蛇苟。

　　"我有事要找你，我在后街等你。"我说。

　　"我和女友在一起，正忙着呢。"死蛇苟在电话里说。

"再忙也得来，这决定着后街的归属问题。"我说。

"明天不行吗？"死蛇苟显然是不想来。

"不，就今天解决它。"我说得斩钉截铁，说完之后，就挂了电话。我相信死蛇苟就算再忙，他也会赶过来的。他要是不来，明天他就得准备掉上几颗门牙。

我在赶到后街时，出了点小意外。我在后街的大街上碰上了我的前女友，她的手正被一个比她大上二十岁的男人握着，男人的另一只手捧着一扎火红的玫瑰花。我们都看到了对方，不约而同地停住了脚步。

"你好啊。想不到在这里这种时刻碰上你。我看得出来，你现在有出息了。"前女友看着我身边的女人不无调侃地说。

"你也挺不错啊，情人节里能收到玫瑰花的人都是幸福的人。我现在总算明白了，有些事并不是时间的问题。扯远了。我看得出你也出息了。"我不卑不亢地回击她。

以这样的一种方式见面，实在是始料未及。尤其是身边带着这样一份安慰品，令我倍感难堪。

"她是谁呀？"偎在我身边的女人问。

"别人的女朋友，你没看到吗？"我回答说。

"胡石说，长江后浪推前浪，事物是按照新旧交替的规律在发展，没有人能挡得住历史的车轮。情人也一样，没有人能挡得住新旧交替。旧情人让位于新情人是符合事物发展规律的。不必难过，也不必自喜，要以平常心去对付一切的自然规律。亲爱的，你认为胡石说得对吗？"女人像个哲学家一样侃侃而谈，完全不顾别人的感受。不过我现在反倒释然了，也看开了，觉得情人节还有一份安慰品，已经是上天的眷顾了。但前女友似乎气不过，突然跳到女人的面前，恶狠狠地在她的耳边说：

"你别得意太早，你等着长江的后浪吧！"

这次见面自然是不欢而散，这是意料中的事情。让我想不到的是，我身边这份"安慰品"，突然像发了疯一般，拉着我很快地走进了后街一间旅馆，她开好房后二话没说，就直奔主题。

事实上，这次性爱，对我来说可能有着开天辟地的意义。我远没想到一件"安慰品"，竟然让我持续如此长的时间，让我充分地享受到性爱的快乐，那种快乐我无法言传，反正有经验的男人都会明白的。因此，我忍不住为之落泪。

"你哭了？你不觉得幸福吗？"女人问。

"幸福呀，我是幸福到哭了。"我很老实地回答。

"这就对了。还是胡石说得有道理吧，性爱时间的长短，意味着幸福指数的高低。从我看到你的第一眼我就喜欢上你了，你身上的气味让我欲罢不能，还有，你看，你这身板，多结实呀，结实得像一头小公牛。我的小老公，我亲亲的老公仔呀，你真是威猛哪！"女人说完，开始唱起歌儿来。

我不禁又疑惑起来了。我身上的气味不是狐臭吗？难道这世上有迷人的狐臭吗？老实说，连我自己也搞不清楚自己怎么突然就变得如此生猛了。在进入旅馆之前，我这块木头彻底被点着了，在刹那之间感觉到身体里有一种征服的欲望在不断地疯长。我不知道胡石对此有何高论，我确实是很想知道，但我不认识胡石，只能通过女人间接地知道胡石对这种无意识的欲望持何种看法，除此别无他途。但就在我准备问女人时，我的电话响了。

是死蛇苟打来的。他已经来到了后街，他问我在哪里。我告诉他我现在的位置，让他到旅馆来找我。我之所以要让他到旅馆来，其实是想告诉他，我现在也有情人过节了，更重要的是，我现在可以肯定地告诉他，我也有条能干的女。

　　门外响起敲门声时，我和女人刚穿好衣服。我有意让女人前去开门。我觉得开门和拿拖鞋诸如此类的事就是女人干的。当然我这样做还有另一层意思，我想向他炫耀一下，同时也想吓他一跳，让他有走错门的效果。

　　我确实达到了这种效果。因为我听到了女人唱歌的声音立时停了，她和死蛇苟同时发出一声惊呼，随即女人就夺门而逃，慌乱的脚步声沿着旅馆的楼梯一路向下，并渐次消失。只有死蛇苟站在门口，他呆呆地望着我，半天没有回过神来。

　　"你们认识？"我问死蛇苟。

　　"岂止认识！"死蛇苟答。

　　"你们很熟悉？"话出口后我便发现这话问得多余了。

　　死蛇苟也没有回答我，他环顾了一下室内四周，又走到窗边，拉开窗布朝下望了望。突然，死蛇苟笑了起来，笑得脸上异常生动。笑完之后，他盯着我，慢条斯理地说：

　　"她就是我未来的丈母娘。"

　　我吃了一惊，问：

　　"什么？她是市长夫人？"

　　死蛇苟不置可否，笑笑，又笑笑，像是自言自语，又像是在跟我说："乡下仔，你日得挺欢的嘛。我从来没见过她如此高兴过，还唱歌呢。"

　　听到死蛇苟叫我乡下仔，我竟然不生气了。乡下仔就乡下仔吧。我本来就是个从乡下来的打工仔，在这座城市里我一无所有。经过这次离奇的爱情大闯关，我甚至对打架也失去了兴趣，此刻唯一让我想念的人就是女人们不断说到的胡石。

　　"你知道胡石这个人吗？"我问死蛇苟。

　　"胡适？谁不知道呢，名人啊。你跟他也搞上关系了？看不出来呀，你个土包仔真人不露相嘛。找个时间给兄弟认识一下，吃个饭什么的，好不？"死蛇苟一脸羡慕的表情。

"狗日的胡石！狗屁不通的胡石！坑爹的胡石！"我脱口大骂了一通之后扔下死蛇苟，扬长而去。我决定退出江湖，从此不再受任何人的论调所左右。我想过正常人的日子。

# 大师的遗作

　　大师把绝食的日期定下来之后，就将所有的俗务交给了自己最得意的弟子瞎子炳。瞎子炳的真名叫宋子炳，其实他并不是瞎子，只是两只眼睛因为长期朝天上看，导致他的双眼蒙上一层白膜。师兄弟们私底下都叫他瞎子炳。瞎子炳接过大师递给他代表权力的拐杖时，他那双翻白的眼睛突然放出奇异的光彩。瞎子炳沉吟片刻，把拐杖重重地在地上顿了两下，宣布的第一件事就是让小师妹小兰扶他进房休息。他的话音刚落，便引来众同门愤怒的目光。只见瞎子炳仰着头，双眼朝天，异常虚弱地说："大师兄，我的腿，我的腿，不，不，不行了。"大师兄刘开南疑惑地走上前来，伸手轻轻地摸了摸瞎子炳的左腿，突然发现瞎子炳的腿已经严重萎缩，捏起来像条麻骨一样瘦小。大师兄刘开南恶作剧般又用力捏了捏瞎子炳的右腿，说：

　　"这是啥时候的事？"

　　瞎子炳忍着被捏的剧痛第一次正眼看着大师兄说："就在刚

才，师父把拐杖给我的时候。"

"师父真是料事如神啊，知道你需要拐杖了。"大师兄感叹说，"小兰，你还是帮一把你的炳哥哥吧。"小兰喜滋滋地一路小跑的姿势让五师兄心里颇不是滋味。虽然他两人的恋人关系已经是公开的秘密，但五师兄从此知道，帅是靠不住的，要有拐杖才是硬道理。从此，小兰就成了瞎子炳的第二条拐杖。

大师对外宣布绝食的当天早上，瞎子炳叫五师兄买回来一个小型篮球架，众人对瞎子炳此举深表不解。瞎子炳不作任何解释，仍然双眼朝天，保持着他的惯常姿态。他面无表情地又叫大师兄刘开南去派出所借两副手铐回来。刘开南有个表弟在风流底派出所当所长，大师兄出马，两副手铐自然手到擒来。备齐了这些东西，瞎子炳自己则回房里拿出两条绳子来，对一众同门说："请师父。"

下午两点多钟，众媒体蜂拥而至。大师在客厅里摆了一个奇怪的姿势来迎接众媒体的长枪短炮，只见大师的双手被手铐铐在篮球架上，两条腿分别被两根绳子绑住拉向两边，把大师扯成一个大写的人字形。大师此刻光着上身，一条红色的三角内裤，把大师腰上的肉绷得紧紧的。从胸口一直往肚皮下去的一缕黑毛让人浮想联翩。

这个名为"死亡之旅"的行为艺术最初的灵感来自耶稣被钉在十字架上。大师将它稍加修改，用篮球架取代了十字架，把耶稣变成了大师本人。大师对这个修改颇为得意，唯一稍为不满的是，瞎子炳让大家把自己双腿绑起来扯向两边时，由于事先没有交待，结果绳子扯得太紧，令大师有一种五马分尸的感觉。在龇牙咧嘴的那一刻，大师恨不得马上把瞎子炳的嘴给撕了。但短暂的痛苦之后，大师释然了，体验死亡就是要体验死亡前的痛苦嘛。

此刻大师微闭着眼，体验着闪光灯的光束打在皮肤上那种极细微的焦灼感，那种感觉就像情人的吻在万籁俱寂的寒夜里给人难以抗拒的诱惑力。人群中有人忽然惊呼起来："耶稣！"大师微睁开双眼，见角落里一个七八岁的小孩，正用吃了一半的冰糖葫芦指向自己。大师舔了舔干涩的嘴唇，艰难地吞了一下口水，微微颔首。记者们恍然大悟，这才明白大师的真正用意，大师对国家的体育事业当真是用心良苦啊！

媒体见面会很快就结束了。众师兄弟把大师放下来，有电视台的记者要求采访当事人，镜头已经对准了大师，麦克风也放到了大师的跟前，大师正准备说几句关于死亡的最初体验，但是，瞎子炳却把记者们拦住了，他指挥小兰和众师兄弟把大师移到房里。大师对此颇为不满，但他随即就明白了瞎子炳的用意，大师用眼角的余光扫了一眼瞎子炳，只见他有条不紊地指挥着一切，颇有大师的风度，大师不由得为自己挑选了这么一个优秀的接班人而暗自高兴不已。

无法采访到大师，记者们只好采访瞎子炳。瞎子炳想坐到沙发上，从容地接受访问，忽然身子一矮，趴到了地上来，没有了小兰的扶持，瞎子炳只能像狗一样爬到沙发上来。有记者对他这一行为颇感兴趣，拿着相机一阵狂拍之后，问他这行为表达了什么意思，瞎子炳一脸沮丧地说了一句令记者们捉摸不透的话："人和狗的唯一区别就是人有拐杖，而狗没有，所以当人失去了拐杖之后，就和一条狗没有什么分别了。"记者们不由得肃然起敬，大师的得意门生就是不一样，每一个行为都和大师一样透着哲理的光芒！

在记者采访瞎子炳的过程中，有至少五家电视台的记者要求现场直播这次"死亡之旅"，瞎子炳考虑片刻之后，便开出首播的费用为一千万元。最后经过一番讨价还价，只有三家愿意出八百万元的首播费用。瞎子炳正准备把首播权卖给那三家电视台，不料却横生枝节，一家外籍的电视台愿意出三千万元的费用买断这次"死亡之旅"的独家首播权。瞎子炳大喜过望，正准备和对方就合同的细则展开讨论，另三家电视台的记者见状，突然发难，十几个人把三个外籍记者团团围住，有人高叫一声：打。十几个人施展中国功夫，把三个外籍记者狂殴了足足半个小时，打得他们连喊救命。由于中文说得不好，把救命说成了求炳。直到这个时候，瞎子炳才让师兄弟们把打架的记者拉开。于是双方坐下来，像黑社会一样在餐桌上展开谈判。谈判的结果让人瞠目结舌，三盒朱古力外加两瓶消肿止痛的中药水就让三名外籍记者做出了让步，不再坚持独家首播了。

这个看似不太公平的结果却像那些肥皂剧的结局一样皆大欢喜。瞎子炳白白多捡了八百万，他兴奋得连连喊小兰扶他入房，他在房里手舞足蹈了一通，然后打开一瓶拉菲，和小兰在房里饶有兴味地吃起酒来。没有下酒的菜，瞎子炳忽作奇想，他喝一口酒，便在小兰的脸上亲一口，小兰红着脸，默许了这道下酒菜，在耳热心跳时，瞎子炳听到她说："坏了，窗帘没拉好！"

大师绝食到第三天时，出了点小意外。最先是那个外籍记者发现大师房里花瓶的水少了一半，他对此提出疑问，一众记者也开始附和。他们议论纷纷，言语之间闪闪烁烁地把矛头直指大师。大师没有做出任何解释，因为大师此刻已相当虚弱。他咧开干裂的嘴唇十分困难地向一众记者竖起他的中指说了一句话："无耻！"一句话就让所有质疑的人哑口无言。众人面面相觑，个别厚道人，给大师捧来一杯水，但大师拒绝了。他十分失望地闭上双眼，摇着头，眼里挤出一滴大概是百年难得一遇的不知是伤感还是悲悯的泪水。这一滴泪水，让大师的众弟子愤怒不已。除了大师兄和瞎子炳，皆怒目圆睁，摩拳擦掌，一副随时准备投入格斗的姿态。

大师绝食到第五天时，大师的身体已极度虚弱，人们已经无法听得清大师的说话。人们只能通过他那间或一转的双眼，知道他还是一个活物。记者们兴奋起来。他们严密地守在大师的房里，几架摄像机昼夜不停地以不同的角度对准大师。瞎子炳知道师父的时日无多了，便招呼师兄弟们开始布置追悼会的会场。瞎子炳让大家日夜赶制花圈、写挽联这类的事情，他自己则打电话到火葬场，联系火化事宜。火葬场的一名负责人在得知大师将死，便主动给瞎子炳打了个电话，电话的大意是，如果瞎子炳能够给他一定数量的回扣，他可以在火化大师时，控制一下温度，让大师的遗体出几粒舍利子。在出五粒还是三粒的问题上，瞎子炳和对方讨价还价了好久。结果两人无法达成一致，此事就此不了了之。

但瞎子炳却别出心裁地派五师兄到净业寺里请来一个和尚。和尚一来，大家就觉得大师是必死无疑了。众师兄弟都伤感不已。唯有瞎子炳，依然如故，双眼朝天，单手环着小兰的腰，把和尚直接领到大师的房里。这是一个老和尚，有点老眼昏花了，哆嗦之间，手上拿的木鱼把一个记者的摄像机碰翻在地。和尚赶忙道一声阿弥陀佛，大概是表示道歉的意思了。和尚坐下来之后，看了一眼躺在床上的大师，又宣了一声佛号，这才敲起木鱼念起经来。

"如是我闻。一时佛在舍卫国，祇树给孤独园。与大比丘众，千二百五十人俱。尔时，世尊食时，着衣持钵，入舍卫国大城乞食。于其城中，次第乞已，还至本处。饭食讫，收衣钵，洗足已，敷座而坐。"

《金刚经》刚念到"洗足已，敷座而坐"这句，床上的大师忽然翻了个身。记者们一阵忙乱，高像素的数码相机在不停地闪光。人们听到大师在哼唧哼唧的，但谁也听不清楚。大师兄刘开南伏到师父的嘴边听了半天，也没听出个所以然来。于是只好派人去请瞎子炳。瞎子炳因为肚子痛，小兰扶他去了洗手间，五师兄在洗手间外等了半天，才见小兰红着脸从里面出来。五师兄的心一下又凉了半截，他看着小兰，问：

"炳哥呢？"

小兰说："在里面。"

"完了？"

"完了，他的痔疮又犯了，正在里面洗痔疮呢。"

五师兄这时才听到水声，忙入到洗手间，见瞎子炳已经把裤头抽了起来，汗流满面，一脸疲惫，样子让人生疑。五师兄把瞎子炳扶出洗手间，说："师父醒了。"瞎子炳说："醒的正是时候。"

看来还是瞎子炳懂得师父，谁也听不懂的话，瞎子炳却听明白了。他把头从师父的嘴边抬起来，照例仰着对一众师兄弟们说："师父说他要洗脚。"小兰正准备去打洗脚水，但瞎子炳把她搂得更紧，小兰一时动弹不得。瞎子炳说："劳烦五师兄了。"五师兄一肚子不爽，但也不好发作，只有默不作声地去打来洗脚水，大师兄和五师兄把师父扶起来，准备帮师父洗脚，大师忽然又哼唧哼唧起来。大家一时不知何意，却听得瞎子炳说："水凉了。"五师兄听了，皱了一下眉头，只好又去换来热水。但大师还是哼唧个不停。瞎子炳只好再一次把耳朵贴到师父的嘴边，听到的仍是洗脚两个字。瞎子炳一时也没有主意，不知师父是何意。这时和尚已经不念经了，他停了下来，微闭的双目突然睁开，目光炯炯地看着正在哼唧哼唧的大师，忽然高声宣了一声佛号：阿弥陀佛！众人一惊，房里顿时静默无声。人群中有个记者忽然惊呼起来："看，鲁迅！"大家顺着记者的手看过去，只见大师的食指微微弯曲，正指着墙上的鲁迅像，大师的头也微微地点了两下。大家一齐沉入了思索之中，一时之间谁也想不明白，洗脚和鲁迅有什么联系。

和尚忽然向瞎子炳招了招手，小兰扶瞎子炳来到和尚身边，和尚在他的耳边耳语了一阵，只见瞎子炳一拍脑门，啊了一声说："我明白了。"瞎子炳于是让人撤掉了洗脚水。他让小兰把他扶到自己的房里，又让小兰去请大师兄过来。这时，瞎子炳才道出师父的真正用意。

"大师兄，师父他老人家想女人了。"瞎子炳说。

"什么？这个时候他还想女人？"刘开南表示不能理解。

"是的，他老人家真的是想女人了。你看怎么办？"瞎子炳说。

"师父这个样子还行吗？"刘开南说。

"不管行不行，女人是一定要找的。"瞎子炳十分肯定地说。

"可是，我们找谁呢？"刘开南问。

这真是个问题。大师婚离得早，也没后人，虽然和大师闹过绯闻的女人不在少数，其中还包括某些著名的女明星，但从来没有谁正儿八经地向外宣称是大师的女人。这些女人大多数情况下都是拿到一笔数目可观的钱之后就消失得无影无踪了。现在到了关键时候，大师的女人们一个也没有来。瞎子炳和大师兄不由得一齐望向小兰。但是小兰却很坚定地摇了摇头，眼泪迅速涌上了眼眶。

"师父肯定是不行的了，说是想洗脚，我估计师父他老人家也只有闻一下女人的气味罢了。"瞎子炳说。

"气味？气味有什么好闻的？"大师兄问。

"我也不知道，想当然罢了。师父现在眼看是快不行了，我们得满足他最后的这么一点念想。"瞎子炳说。

"师哥，我，我，就是闻一闻也不可以！"小兰突然高声说。

两人没想到小兰的态度如此坚决，竟不知怎么办才好。仓促之间去哪里找这么一个女人呢？瞎子炳顿时无计可施。刘开南忽然说："要不让五师弟假扮一下女人？"大师兄的一句话立刻提醒了瞎子炳："对呀，师兄弟里就只有五师兄最有女人相，让他来最合适了。"于是瞎子炳让小兰把五师兄找来，并向他说明了这一切。五师兄倒是乐意扮女人，但是五师兄又提了一个问题："可是我的气味只怕瞒不过师父，他老人家阅人无数，难道是不是女人的气味他都闻不出来了吗？"是啊，原以为通过化妆可以瞒天过海，但是气味尤其是男人的汗臭味却是个问题。虽然香水可以掩盖部分气味，但女人特有的气味，却不是香水可以制造的。四个人你眼望我眼，实在是黔驴技穷了。

四人只好出到大厅，向众人征求意见。出人意料的是，当瞎子炳刚把大师最后的这点念想提出来，马上就有个女记者答应可以充当这个角色。大家发现这个女记者竟是个英国人。大师兄就不由得感叹还是外国人开放些。只有五师兄，略感失落，郁郁寡欢地尾随女记者的身后，猎狗一般使劲地闻。

外国人虽然开放，但当女记者进入到大师的房里时，望着室内无数的摄像头，耀眼的灯光把一切照得纤尘毕露。女记者忽然露出难得一见的羞耻感，她迟迟不肯脱下衣服。最后她要求关掉室内的灯光，所有人都必须离开现场。因为涉及个人隐私，她的这个要求得到大多数人的支持，毕竟有禽兽癖好的只是少数人。众人只好恋恋不舍地退出门来，到大厅里等。

此时天已黑了下来。大厅里的灯光有些暗，昏暗的灯光照着人们的脸，每张脸上神色各异，或悲伤、或幸灾乐祸、或事不关己，但众人皆静默无声地坐在大厅里，听得见粗重的呼吸声彼此起伏。连日来关于大师的讨论已经能让人们的耳朵听出茧来了，此刻每个人心里惦记着的只怕就是房里的一切了。一个奄奄待毙的人，他是如何完成一次有质量的性爱呢？这已经是想象无法企及的境界。相互对望的人们，难免会心一笑，彼此从对方的脸上能读出一些貌似亲切的问候。忽然远处的深巷里有狗吠声传过来，让人回到现实中来。

半个小时之后，门吱呀一声开了，女记者从大师的房里走出来，只见她脸色微红，神态略显娇羞，昂首阔步地走回到她的同伴身边。记者们蜂拥而入，床上的大师衣衫不整，像狗一样一动不动地趴在枕头上，那样子似乎在闻枕头上的气味。瞎子炳心里咯噔一下，忙让小兰扶他到床上，他把手放到大师的鼻子底下，发现大师仍然呼吸均匀，生命体征正常，于是叫人把大师翻过身子，只见大师脸如土灰，双眼死死地盯着自己，那眼神仿佛瞎子炳是他的杀父仇人一般。瞎子炳不由得倒吸了一口凉气，他掉过头去，见那英国女记者正在和他的同行喋喋不休地用英语说着什么，引得她的同行哈哈大笑。看情形，她正在和她的同伴们讲述刚才在大师房里发生的一切。瞎子炳不懂得英语，便问身边的小兰，小兰竖起耳朵听了一阵，有些无奈地摇摇头，说：

"我所懂的也有限，不过她说师父其实动了。"

瞎子炳疑惑地望着她，复问了一句："动了还是懂了？"

"是动了。我可以肯定，她说师父动了。"小兰回答。

这个语焉不详的翻译确是让人费解。瞎子炳心里七上八下，动了？怎么动？一个动字几乎能穷尽瞎子炳所有的想象力。他正思索着那女记者和师父在房里到底发生了什么，忽听到五师兄说："师父从来就不喜欢外国的女人。"瞎子炳顿时茅塞顿开，找到了问题的症结，只要有针对性，问题就不难解决，最起码也知道了师父的审美取向在哪里。

然而，还没有等瞎子炳找到符合大师审美的女人来，大师的生命就已经濒临死亡。此刻大师已经气若游丝，呈现半昏迷的状态，双眼也在半开半合之间，似乎是懒得再看这令人失望的尘世。虽然这是一早就已经商量好并可以预料到的结局，但大师的弟子们还是觉得难以接受，除了瞎子炳，每个人都愁容满面，悲伤之情溢于言表。新闻界对这次以生命为代价的行为艺术，褒贬不一，但普遍倾向于同情。持反对意见的人认为，世界还没有到令人发指的地步，生命仍然是宝贵的，用不着以这种激烈的方式来表达不满。坊间对大师的评价则一下子升级，工厂白领、贩夫走卒对大师的景仰已达到了空前的地步，在他们的心目中，大师已经是一个城市的先驱、一个时代的英雄。

但瞎子炳还清醒着，他时刻不忘自己的身份。他搂着师妹的小蛮腰，习惯性地仰着头，穿梭于门里门外，他仍然有条不紊地指挥师兄弟们帮师父沐浴更衣，间或指出某挽联写得不够工整，要求重写。一切都按着既定的死亡目的地缓慢推进。记者们期待这历史性的一刻，每个人都熬红了眼，夜以继日地守在大师的房里，唯恐错过了。在寂静的夜里，只有和尚敲木鱼和念经的声音在大师的房里经久不息。

就在大家以为大师已经死期在即，忽然间，大师回光返照般又醒了过来。大师以他顽强的生命力不屈不挠地再一次把手指向墙上的鲁迅像。众师兄弟们心里都亮堂了，知道师父之所以无法咽下这口气，就是因为这个心愿未了。又或者大师确乎是受到了那英国女记者的侮辱，他要再雄起一次？这些只是师兄弟们的猜测，大师要女人的真正用意是什么？洗脚也罢，闻气味也罢，怕只有大师自己知道了。目前最重要的仍然是赶紧找一个符合大师审美的女人来。外国女人已经排除在外，范围已经缩小了不少，但困难却因此而增大了。就在大家为此愁眉不展时，一个女人的到来，把大师的死亡往后推迟了。

　　这是一个年轻的女子，约略二十出头，瓜子脸，肤白，蜂腰，体态婀娜多姿，背着LV包，一袭红得耀眼的旗袍，让人感觉有一种难以形容的古典美。大家眼前一亮，房里顿时静了下来，和尚也不念经了，木鱼翻着白眼看着和尚的小木棒，袈裟无风自动。淡淡的兰香在房里弥漫，大师的胸口剧烈起伏，但没有人看到，因为所有的目光都被那女人吸引住，瞎子炳自言自语地说了一句："是你了！"

　　出人意料的是，女子一到来，立即宣称是大师的女人，也就是大师唯一的合法继承人。她的话无疑就像一枚炸弹，把大师房里沉闷的气氛炸得沸腾起来。媒体正愁找不到兴奋点，女人的到来，让记者们大呼小叫起来，纷纷拥到那女人的跟前，争先恐后地向女人提问题。可是，女人对媒体人锲而不舍的追问三缄其口，记者们问来问去，只知道女人叫卫卫，其他的情况，谁也没能从她的口中挖到半点口风。女人就像一个没有谜底的谜语，她每个眼神都透着一股令人想入非非的神秘。

　　直到这个时候，瞎子炳才感到问题的严重性。大师现在生命危殆，连话也说不出来了，随时都有去见马克思的可能，那么谁来证明卫卫是大师的女人呢？他想找大师兄商量一下，可是大师兄此刻眼里只有卫卫。他鞍前马后地服侍着这个来历不明的女人，一会儿请她坐，一会儿又到大厅里给她倒来开水。因为开水太热，他又小心翼翼地往杯里吹气，那情形还真的把那女人当师娘了。

　　瞎子炳到底是瞎子炳，他临危不乱，只见他双眼朝天，不疾不缓地说："谁能证明你是师父的合法继承人？"一语惊醒梦中人，众同门这才觉得女人的疑点甚多。众所周知，大师的女人太多了，和师父有过一夜情的女人大家扳着手指头数也数不清楚，谁知道这是不是假冒的呢？记者们也觉得有理，于是就这个问题质问卫卫。卫卫似乎知道大家有此一问，只见她不慌不忙地从她的LV包里掏出一页纸，小心地递给大师兄。大师兄看了，点点头，又递给瞎子炳，瞎子炳接过来一看，吃了一惊，竟然是一份遗嘱，再看落款，果然是大师的笔迹。但他仍然不动声色地把遗嘱交到记者的手里，然后吩咐五师兄打电话请笔迹鉴定师。

笔迹鉴定师一时之间未到，大家枯坐在房里等。有记者不肯死心，又过来要采访卫卫，但卫卫只是面带微笑，一言不发。搞得记者十分没趣。房里的气氛便有些沉闷，瞎子炳此刻被小兰扶住，他感觉到小兰的右手很有力，五只手指在他的腰上动，这让他想起了那英国记者形容师父时所说的动。这种动可能正是大师和那英国女记者在房里的真实写照。他感到腰上痒痒的，想笑，但又不敢笑出声来。这一切都落入了五师兄的眼里，五师兄见瞎子炳形容古怪，又见小兰一脸甜蜜地贴在瞎子炳的身边，顿时心如死灰，觉得人世间所谓的爱情，当真不靠谱。当初小兰和自己一起时，何尝不是这副模样呢。五师兄不由得长长地叹了一口气，居然不由自主地念了一句"阿弥陀佛"，以此哀悼他那短暂的爱情。和尚听到五师兄这一声佛号，便很合时宜地又念起《金刚经》，刚念到"洗足已"时，大师忽然又哼唧起来。记者们心照不宣地笑了起来，纷纷欲退出大师的卧室，但卫卫把众人拦住了，她瞥了一眼瞎子炳说："大家请留步，等笔迹鉴定师来了再出去也不迟。"一副成竹在胸的样子。

笔迹鉴定的结果如众人所料，这遗嘱确是大师所写，卫卫又小心地把遗嘱收起来放到她的LV包里，然后环顾众人，一脸严肃地宣布，这次大师以死为代价的行为艺术所有的收入，将捐献给希望工程。众人齐声叫好，觉得大师的女人当真了不起。终于没有了任何异议。卫卫这才对大家拱了拱手说："大家请便吧。"所有人便鱼贯而出，卫卫于是轻轻地把门关上，所有人对房里发生的一切除了猜测还是猜测。有好事者，便把耳朵贴到门边，希望能听到片言只语。大师的房门隔音效果很好，门外的人想听清楚也不容易，好事者只听到里面一阵窃窃私语，很明显，里面正进行着一场精彩的对话。

"你终于来了。"大师虚弱地说。

"我来了，你满意了吧。"卫卫说。

"不满意。"

"不满意？怎不见你的其他女人来看你？"

"你来迟了。"

"不迟，我觉得刚刚好。"

"你要是再迟一个时辰，我就真的死定了。"

"你死了才好，免得你活着害人害国。"

"我害谁了？"

"你心知肚明的。现在这个城市已经疯了，一时跟风者众，每个人都想出名，不惜一切地各走极端，甚至坊间都把你当成了英雄，当成了偶像，觉得你就是这个城市里唯一的大师，老实说，你配当大师么？你敢说你难道不是害人么？"

"跟风是民众的积习，没有人能改变他们。"

"你还狡辩！"

"对了，你刚才给我喝的是什么？怎么我嘴里有一股臊味？"

"你想知道？"

"别拐弯抹角了。"

"我刚才尿急，又找不到洗手间，就往花瓶里撒了一泡尿，你还以为那是养花的水啊？"

"你竟敢给我喝尿？"

"谁叫你是大师呢，大师就只配喝尿。没有我的一泡热尿，说不定你刚才就死球了。"

大师叹了一口气，也无可奈何。沉默了好久，又望了一眼卫卫，说："瞎子炳看来并没有想象中聪明，只怕难成大事。连一个老和尚都比不过，真是让我失望，还是大师兄沉稳些。"

"那就临时改变一下计划，让这件事变得更有趣一些吧。"卫卫说。

"好。一切还是由你来安排，我真的厌倦了。"大师说。

"好。你现在有点大师的味道了。"卫卫笑着说。

"小卫，你还是把衣服脱了，抱着我，让我闻闻你身上的气味，好让我快点恢复体力。"

"那英国女人你还没有闻够吗？"

"别提了，外国女人身上有一股子腥臭气，闻了令人作呕，我受不了，只好把头埋到枕头里，搞得我差点气都喘不过来。"

"我的尿味你倒受得了！"

"我喜欢。"

"贱骨头！"

后来的事情变得有些扑朔迷离。卫卫在大师的房里待了足足三个时辰才出来。只见她换了一件宽大的道袍，从房里飘飘若仙地走出来，她从容地面对众人，语气十分平静地对大师兄说："你师父走了，以后这里就交给你。你好好地继承你师父的遗志，将行为艺术发扬光大，为国争光。"说完便飘然而去。众人拥入房里一看，见大师直挺挺地躺在床上，头发已经被人剃光了，脸皮被人用利刃割开八块，每一块都恰到好处地遮住了大师的脸，仿佛一朵盛开的鲜花。让人觉得奇怪的是，大师身上居然穿着卫卫那件红得耀眼的旗袍，看上去似乎也十分合体。

显然，这是大师留下的遗作。

没有人能够明白大师的真正用意，众媒体对大师用脸皮做成的这一朵花的喻义各执一词，有的说这是大师对世界极度失望的表现，持相反意见的则认为那是一朵向日葵，代表了积极和阳光，是大师对美好生活与和谐社会的渴望。也有人认为大师根本就不想表达什么，他只是想以恶作剧的方式来愚弄一下那些跟风的人罢了。

因为准备得充分，大师的后事无须赘言。唯一让人感到蹊跷的是，当大师兄找瞎子炳来主持大局时，瞎子炳却在这个节骨眼上突然失踪了。五师兄问小兰，小兰说瞎子炳在大家退出大师的房门时，就喊累，让她扶他回房歇息了。大家到瞎子炳的房里一看，哪还有瞎子炳的踪影。大家觉得奇怪，瞎子炳的腿脚不是不灵便吗，怎么他离开时居然没有一个人看到？真是令人费解！

因为瞎子炳的失踪，所以众同门一致推举大师兄来主持大局，于是大师兄就顺理成章地成为大师的真正接班人。他在收殓大师的尸体时，抚摸着大师瘦得如麻骨一样的腿心里忽然一动，又摸了摸大师的肚皮，发现大师那一缕黑毛也不见了，大师兄随即调整好情绪，让喉咙痛痛快快地哭出声来。

# 你眼睛里有只手

　　事已至此，我还有什么可以说呢？要是没有那样的聚会，我想，我这一辈子就这样苟延残喘地过下去了，我的一生只怕也不会有更多的色彩。那样的聚会就像一头生猛的野兽，它一下子将我扑倒在地，用它带着血腥味的嘴嗅过我全身每一寸肌肤，把我像玩具一样叼起来，高高抛起，然后接住，再扔到角落里，最后静静地和我对峙。

　　好了，闲话休提了，我讨厌这些场面上的废话，就像讨厌一次假装高潮的性爱一样。还是说说那场聚会吧。

　　怎么说呢？这样的聚会，我本来是没有资格参加的。我既不是什么名流，也不是土豪，顶着一个穷作家的破帽子，两手空空地故作潇洒，一向是受人鄙视的对象。一句话，我屁也不是。我最近爱上了尼采，看他的《查拉图斯特拉如是说》入迷了，我觉得尼采就是一个十足的流氓。我得承认，这个有文化的流氓很对我的胃口。尼采厚颜无耻地说他之所以轻蔑人类，是因为他太爱人类了。和尼

采这流氓一样，我也轻蔑人类，轻蔑这些聚会的人。这些聚会的人
里有大名鼎鼎的演员，贪得无厌的官员，狡诈无比的商人，假惺惺
的大学教授，当然还有我的一个貌合神离的朋友。我这朋友是个小
官员，某年某月某日，我和他讨论政治，我说政治就是一大粪坑，
每个身处其中的人，都将臭不可闻。朋友即引我为知己，并大力向
各界推荐我的书。正是他的引荐，我才得以进入这个超级豪华的私
人会所。

　　我寒酸的穿着并没有引起别人的关注，我心安理得地靠在沙发
上，听他们天南地北地聊天，说黄段子，讲佛祖向梁武帝化缘，讲
外国人登月见嫦娥，当然也少不了要讲别人的隐私。我不参与这些
无聊的话题，我习惯于在角落里观察别人。

　　注意到那个坐在我对面的女人并不只是由于她长得漂亮，当然
她确实漂亮。她的漂亮像潜伏在水底下的鳄鱼，看似平静，实则凶
险，举手投足之间极具杀伤力。但她一直就静静地像只小猫坐在路
教授的身旁，让她的漂亮肆无忌惮地晾晒在日光灯下。我知道路教
授，在文学界他的名声越来越响。据说女人就是路教授的妻子。

　　大厅里有点乱。大家都在相互交谈，轻柔的乐声中，很少有人
注意到我。此刻教授正在和演员A的第九个情人打得火热。教授在
大学里虽然教的是中国当代文学，但他知识十分丰富，旁征博引自
是不必说，更让人佩服的是，教授有一门摸手相的绝活。他摸着女
孩柔若无骨的手，越摸越有心得，预言也越来越准，最后教授下了
一个让人哑口无言的结论，他说，一个女人一生至少要和九个男人
做爱，要是没有就是白活了。女孩是个聪明人，一经教授的提点，
马上附在教授的耳边轻声说：如果你愿意，你将是第十个。我看到
教授的脸居然红得像个猴屁股。

　　演员A呢，他此时也没闲着，他正在教一个嫩模如何将假戏弄

成真。A是我一向敬重的演员，他主演的电影，曾风靡整个中国。关于假戏真做，一直是A的拿手绝活。A不厌其烦地指出其中最重要的一点在于接吻。他认为，在吻戏中，把握舌头的火候是将假戏弄成真的关键所在。嫩模天生就有演戏的天分，她娇喘着装作半懂不懂，在半推半就中和演员接上了吻。至于如何把握火候，外人便不得而知了。不过，我看得出他们很是入戏，因为他们吻得啧啧有声，没有人对此表示异议。因为每个人都很忙，连我的官员朋友，现在也忙着和一个家庭主妇交流夫妻相处之道，当然，在交流的过程中，偶尔摸摸主妇肥硕的屁股，这种事也没有人介意，大家都忙于向异性表达，忙于假戏真做，自然谁也顾不上谁了。这个超级豪华的私人会所里，只有两个人在闲着。一个是我，另一个便是路教授的漂亮老婆。

　　如果不是我提早出来，我想，也不至于有后面的故事发生。我之所以提前走人，是因为呕吐感越来越强烈了，我得找到一个适合呕吐的地方。我离开前，走到家庭主妇的身边，突然出其不意地狠捏了一把她的屁股。我听到身后她说了一句：你要是有他那样孔武有力相信你很快就升迁了。我差点要呕出来，不过我忍住了。我没有回头，径直走了出来。门口的保安看到我出来，笑着递给我一根烟。我接了，他低了头给我点火，我深吸了一口烟，听到他神秘兮兮地问：爽不？我说，爽。保安又说：你真有福气。我回答他说：我日他奶奶。我在保安一脸愕然中大步离去。

　　我没想到教授的老婆会跟着我出来，更让我想不到的是，她追上我之后，一声不响地拉着我的手就走。我就像一条被她牵着的小狗，十分乖巧地跟在她的身后，情人一样自然地走在灯火辉煌的大街上。奇怪的是，我居然不感到一点儿羞耻，我在她的身后喋喋不休地告诉她，我想带她到远方去，到全世界最美的地方去。那里像桃花源一样适合情人居住，当然肯定也有鸡犬相闻，也有旧时茅店。但女人一句话也不答，只是微笑着拉紧我的手往前走。

在一间小旅馆前，她停了下来，回头看了我一眼。我知道，她要带我来这里开房了。她驾轻就熟地开好房，拉着我从容地进入旅馆的房间。我刚刚在床上坐下来，正准备喝口水，却见她一直微笑着的脸忽然间变得冰冷起来。女人走到窗边，猛然拉开旅馆肮脏的窗布说：脱！我一时之间没有反应过来，待在床上没有动，接着又听到她说了一遍：脱！

再傻的人也知道是什么意思了。是的，我明白了这个字的意义。想想吧，孤男寡女到旅馆来，估计最重要的第一件事就是脱了。我老婆曾经说过，世界上最短的距离，就是肉对肉的距离。她进一步解释肉对肉时，提出了一个相当有水平的观点，她说，摩擦除了能产生快感，同时也产生热量，热量是决定两个人距离的一个重要的因素。我老婆是物理学硕士，她的书念得好。她有些观点令人难以辩驳。

不能不说，我老婆在某方面有着惊人的天赋。的确，我在当时不但乖乖地脱光了自己身上的衣服，我甚至感受到扑面来的热量，那是来自女人身体上的热量。我略带羞耻地用双手遮住我不争气的阳具，像个犯人一样低着头，我不敢看她的脸。我是个懦弱的男人。我不敢问她叫什么名字。女人也不多说话，她变戏法一样拿出一条黑色的丝巾，不由分说地将我的双眼蒙了起来。

后来的事只能凭感觉。我承认，我确实和路教授的老婆做了爱。当时我丝巾蒙面，僵直地躺在床上，一动也不敢动，脑子一片空白。片刻之间，便感觉女人已经主动骑到我身上来。女人像一匹野马，在我身体上欢快地奔腾起来。我像摇晃在大海里的一叶小舟，在波涛汹涌之际，我紧紧地抓住床单，把身体躬成一只虾。这个过程，既快乐又痛苦。我印象中最深刻的是教授老婆反复说的一句脏话，她说：我要日死这婊子一样的世界！

我不知道最后女人是怎么离开的，我醒来时发现日头已经老高了，阳光通过拉开的窗布照到床上来，蒙住我双眼的丝巾也已经不在了。我躺在床上，望着天花板，细细地回想着昨夜发生的事情，感觉有点不真实，像做了一个梦。我爬起来穿衣服时，才发现床头柜子上的钱，我数了一下，刚好一千块。很明显，是女人留下的。也就是说，女人以这样的一种方式消费了我。

我再数了一遍，确定一下我被消费的价钱。没有错，是一千元。我这个穷酸的作家，居然值一千元。我想我凭什么就值这个价钱？在相互快乐的过程中，谁欠谁来着？

我在旅馆里待到中午才回家。

路上经过肉菜市场时，我习惯性地拐了进去。我喜欢市场里那个卖猪肉的姑娘。她和她卖的猪肉对比强烈，她说她的猪肉都是大肥猪的肉，能香到骨头里，同时她又一再声明，只有骨头香才是真的香，人也一样，亲到骨头才算亲。这我相信。我每次买肉，都不敢看她的脸，我生怕看了她一眼，就会把她亲到骨头里，更怕她就此夹着瘦骨伶仃的双肩跟我私奔。可我不敢带她离家出走，我有老婆。我老婆长得面带桃花，有肥猪一样的膘，喜欢无事生非，喜欢在冬夜里无声地嚼零食。

"你为什么总是那么瘦？"我问这话时，突然感到心酸。

姑娘没有回答我的问话，反问了一句："来块你最喜欢的五花腩？"

"我想补补身子。"我终于笑了笑说。

"那就来块尾龙骨。"姑娘自作主张地给我砍了一块骨头。我给了钱，拎起来就走。我不敢回头，我像一头夹着尾巴被猎人追得到处逃跑的狼，我怕看姑娘的脸，生怕这么一眼，会不顾一切地和她私奔。可我不敢带她离家出走，我有老婆，我老婆还是个物理学硕士。

走出市场，走上那条我每天早上买菜时都要经过的石拱桥，那个给人擦鞋的女人还在。她正在卖力地给那些围在她身边的男人擦鞋，在她面前已经排起了长龙。她的生意之所以这么好，我想有一半原因是她胸前那对大奶子。现在天气热起来了，那女人穿着一件短背心，胸前白白花的肉就露了一半出来。加上擦鞋时得弯下腰去，胸前的那一块肉那就露得更加具体了，对那些没出息的男人来说，这可是具体到肉的货真价实。

我肯定也是个没出息的货，我拎着骨头忽然就不想回家了。不过我并没有耐心去排队，我走到了队伍的最前面，我站在一旁看，我想看清楚那女人的乳房。作为一个男人，我希望自己有着正常的生理需要。看到白花花的一片，我也希望有性冲动，但是我得摸准她的年龄，现在的女人太善于伪装了。后来发生的一些事证明我的想法不无道理。

我本来很安静地站在一旁看着，但是看着看着，那女人就有反应了。她先是快速地抬头看了我一眼，然后若无其事地继续她手上的活。过一会儿她抬头问我一句：

"你家里养狗了？"

我不解其意，正犹豫着，忽听得她又问了一句：

"你家里养狗了吗？"

我还是不解其意。她忽然笑了起来说：

"一看就是个狗主嘛。"

我于是省悟过来，羞愧难当地站回队伍的后面，耐心地等待。我一边等一边在想，女人真是怪物，她明明是想人家看她，却偏偏要摆出一副坚贞的样子。我正在胡思乱想之际，我的电话响了，是我老婆打来的。我没接，让它一直响下去，所以人都回过头来看我，我突然旁若无人地大笑了起来。笑声未毕，我一下子把裤头扯下来半截，露出一半肥白的屁股，最后在惊愕声中拎着我刚买的骨头扬长而去。

我老婆对我一夜未归并没有表示出她应有的关注，她关心的是我手上的骨头。她把骨头接过去，拎在手上，上上下下地用她的手"称"过后说：

"一斤二两三钱，二十四块六，对吧？"

我不能不佩服老婆连数学也学得通透，能精确到钱。我连忙点头说是。她就笑了起来说："你心里在想什么，我一清二楚，别给我耍什么花招，你肚子里那些风花雪月的文字对我根本不起作用的。"她以为她什么都懂，其实她啥都不懂。我心里想什么我老婆并不知道。

我在想，聚会真好啊。

第二天我迫不及待地打电话给我的官员朋友，我问他最近有什么活动，他一听就呵呵笑了起来。他在电话中说，你太执着了，佛都说要放下，懂不？我说，我懂的，我放下了，我想见你，爹。官员笑了，他听到我叫他爹，开心得像头公牛。

不久后的一个星期，我的官员朋友又安排我参加了一次这样的聚会。这次聚会，路教授和他的漂亮妻子都没有来。我颇感失望，心不在焉地坐在大厅里，看着大家或真或假地调情，心里有点堵。我的官员朋友又找到了新的更年轻且漂亮的主妇，两人谈家庭谈夫妻相处之道谈得入了迷。上次聚会被我捏过屁股的那个家庭主妇坐在他们的旁边根本就插不上话，她满脸通红，像失恋的女孩子看到情人跌落水时焦急的表情。她明显有点肥，腰身上的肉被衣服束缚得想到处突围。我看着她，觉得她很可怜，不由自主地叹气。她听到叹息声，转过头来，看到是我，我发现她的眼睛一下子就被点亮了。我像个熟人一样，走到她的面前，把她从座位上拉起来。她深情地看着我，小绵羊一样温顺。我没有说话，拉着她的小手，径直就离开大厅，走出会所。

出到门口时，保安照例问我爽不爽，我还是说，日他奶奶。保安说，必须的。我想这个保安肯定是个东北人，他说话的语气像赵本山一样猥琐。只有猥琐的人才说必须的，因为所有的一切并不都是必须的。

我像个老嫖客一样熟练地带着主妇来到那间肮脏的旅馆，开好房之后，一上来就将她按倒在床上，三下五除二动作飞快地去掉她的衣服。当然，我也不忘记脱自己的衣服，当我正准备骑上去时，这个身体略显肥胖的家庭主妇忽然说：请等一等。只见她快速地脱掉脚上一只长丝袜，神情很严肃地说：

"你的眼睛里有只手，我得绑住它。"

她细心地帮我蒙好眼睛后，在我耳边轻声细语地说：

"亲爱的，不要怕，我们就像夫妻一样好了。"

我进入她的身体时听到她啊地叫了一声好，接着说了一句："真好。"整个过程，她不停哭着说：

"世界真好！"

事后证明，我再一次被消费了。家庭主妇走后，床头柜上又留下了一千块。是的，我确实被她消费了。事实上，在和女人一起的过程中，我是快乐的。这一点，我可以肯定。我弄不明白的是，这些女人为什么总是要蒙上我的双眼呢？当然，我也不是那种刨根问底的人。她们愿意说就说，不愿意说，我也不问。也许这是她们的癖好，蒙着男人的双眼，或者高潮会来得更快些吧。

　　不过我老婆从来没有说过我眼里有手，她说得最多的一句话是：男人要时刻记得自己身上的责任。我也觉得我老婆这话很对，我很自觉地把那些女人给我的钱上交给老婆。我老婆显得很是诧异，她调侃说："我们的作家终于能赚钱了，真是可喜可贺！"为此，她性趣大发，当着我的面，淋漓尽致地自慰了一次。事后，她小鸟依人一般偎着我说："有男人的自慰就是不一样！"

　　我怀里抱着老婆，心里却想着下一次聚会将是什么时候呢？我现在突然很渴望一次不用蒙着眼睛的性爱。我在想，睁开眼睛做爱，将会有什么样的感受呢？根据我老婆的最新论调：人类的性爱自从部分地摆脱了生殖功能之后，所有的关系开始变得复杂起来。也因此，我们跨进了一个感官刺激的大时代。我的官员朋友对此深表赞同，他认为我老婆就是一个不世奇才。他曾意味深长地对我说过，人活着唯一荣耀的地方，便在于人类的性爱与动物有着本质的区别。我这官员朋友是个清官，一向颇有政绩，官声也不错，尤其是他对文学的支持，让很多作家对他感激涕零。但我对这些论调并无兴趣。我更感兴趣的是，什么时候再到会所来，然后酣畅淋漓地睁开眼睛做一次爱。

　　是的，我真的这样想。不瞒大家，我满心里想着的就是性爱。

　　转折点出现在第三次聚会。这次聚会该来的人都来了，路教授的漂亮老婆，演员A的第九个情人，当然也还有身体略显肥胖的家庭主妇。老实说，我有点儿兴奋，从进入会所的大厅开始，我就期待着离开。我在想，这一次，会是哪个女人跟着我走呢？如果她们都跟着来，我应该怎么办？我甚至为此有些发愁了。我有意无意地找机会和她们搭讪，但她们对我的搭讪竟然不约而同地表现出不同程度的厌恶。我看着她们装作忠贞不渝的样子，不禁暗笑起来，你们就装吧。

　　在聚会渐入佳境时，我看到每个人都找到了自己理想的情人。这个时候，我还在异想天开地认为，我只要一离开，这里肯定有个漂亮的女人跟着我出来。事实上，当我离开会所时，也确实有女人跟着我离开，不过让我想不到的是，跟我出来的女人竟然是那个在石拱桥上给男人擦鞋的女人。她是如何混进这么高级的会所，我不知道，也没兴趣知道。老实说，在大厅里我根本就没有看到她。我离开会所时，我没有回头，我懒得回头，因为我知道身后一定会有女人跟上来。直到进入旅馆的房间，我才发现是她。

　　公正地说吧，这个惯于露半胸帮男人擦鞋的女人，确实比别的女人特别。她特别的地方在于她的手。是的，她的手很有力。她像个屠夫，一下子把我抱起来，像扔一块破擦台布一样扔到床上。我不知道别的男人被女人这样扔到床上有何感想，对我来说，只有两个字可以形容，就是晕床。在晕眩中，我感到眼前一黑，扑鼻而来的，是一股浓浓的汗腺味。这个蠢女人，竟然用她的大乳罩把我双眼和脸都给蒙上了。丝巾或者丝袜我都能接受，乳罩的腺味，实在令人难受。在女人达到兴奋的顶点时，我差点背过气去，我只好拉开了蒙住我整张脸的乳罩。刹那间，女人停止了动作，我看到她极度扭曲变形的脸。她双眼在冒火，猩红的嘴唇像狗的舌头一样要滴出血来。她恶狠狠地盯着我说：

　　"谁让你拿开的？"

　　确实没有人叫我拿开乳罩。我的心情相当复杂。表面上看，我是受不了乳罩的气味而拿开它。但事实上，连我自己也不知道我为什么会在这个关键时刻拿开它。我是想看到什么吗？我不能确定，或者我已经不满足于耳边只有女人的大呼小叫，又或者只是一时好奇罢了。

　　我脑子开始乱了起来，耳边听到女人又厉声地质问："你为什么要解开它？"我望着女人因为愤怒而涨红的脸，突然间就找到了理由。我说："我想看看你的身子，你的奶子又大又白，我喜欢。"

骑在我身上的女人听到我这样说，身子晃了晃，突然一下子伏到我身上呜呜地哭了起来。女人哭得也很特别，她的双肩在大幅度地抽动，像真死了老公一样伤心，不知情的人肯定认为是我欺负了她。

我在女人的哭声里渐渐疲软。房里很静，女人的哭声终于弱了下去，隔壁有敲门声一下一下地传过来。女人爬起来穿好衣服，坐到床对面的椅子上，拿出手机就打报警电话。我听到她反复强调，她被人强奸了。我望着她的嘴在有规律地一开一合，正在准确地向警方报上地址，这说明她是来真格的。女人打完电话，双眼直直地望着我，样子显得很委屈。

我光着身子，走到窗边，打开窗户，望着窗外的星空，冷风灌进房里来，我打了一冷战。这时，我又听到背后的女人说："你居然敢这样看我，你等着坐牢吧。"

坐牢对我来说并没有什么可怕。事实是，每个人都在坐牢，只是坐不同的牢罢了。我躺回到床上，感到十分疲惫。我把被子拉上来，盖住我赤裸的身子。我想，在警察到来之前，我或者还能瞌睡上半个小时，现在的警察办事，效率真的不敢恭维。我躺在床上，脑子仍然很乱，我听到女人又说：

"你居然敢这样看我！"

"我可怜吗？我真有那么可怜吗？"

"居然！"

这个女人真的很特别。她干着下贱的工作，能容忍无数男人猥琐的目光，却不能接受我一丝的怜悯。她坚定地举报了我，说我强

101

奸了她。在我老婆的日常用语里，强奸的使用频率也很高。她在我面前喋喋不休地说，是生活强奸了她。她的一生都在被强奸，却没有人为做作出公正的裁定。而我，像强奸犯一样生活，却能逍遥法外。

这一次，面对擦鞋女人的指控，我还能逍遥法外吗？

后来的事情显得很简单，我在警察面前承认自己强奸了女人。警察问我为什么要强奸，我说："众生平等，每个人都有性爱的权利。"警察听了，轻蔑地一笑说："欢喜佛啊，失敬失敬，你等着洗白屁股把牢底坐穿吧。"我想，如果我坐穿牢底，能让她们得到片刻的快乐，我也愿意这样做。

但是事情并没有因此就结束。

我老婆在知道我因为强奸而即将成为被告后，她不乐意了。作为一个物理学硕士，她的理性让她找到了事件的本质。她以一个妻子的身份向法院提供证词，认定我作为一个长达十年的阳痿症患者，不可能构成强奸。她指出我是为了逃避责任，而故意承认强奸的事实。而警方仅听我一面之词，就草率地认定了强奸，法官认为有失偏颇。法官在征得我老婆的同意下，决定将我送往医院进行医学检查。

检查在医院的密室里进行。我躺在病床上，房间很小，室内有点暗，墙上的电视机里正播着三级片。我看着那些赤裸的男男女女，在用各种方式和体位在做爱，可是我的身体却毫无反应。我还在想那个擦鞋女人，当她出现在法庭上指控我强奸她时，她穿得十分得体，她表达清晰，谎话讲得比真话还真实，完全是另一个人。这让我对她产生了怀疑，觉得她在擦鞋时穿着暴露也许并不是为了勾引男人。

灯光在毫无征兆的情况下骤然大亮。一个女护士飘然而至，她穿着洁白的护士服装，飘飘若仙地站在病床前，悲悯地看着我。她手上拿着一条白色长布条，手指如青葱一样嫩白。我看着她冰清玉洁一样的面容，突然感到身体像钟一样被敲响了。血在体内快速地流动，我想我的血正在燃烧。我想哭，张着嘴，喉咙却发不出一丝声音来。

"你介意我蒙上眼睛吗？"

"为什么要蒙上眼睛？"

"你眼睛里有只手，我害怕。"

我的眼泪迅速涌上眼眶，我说："姑娘，不要害怕，我爱你。"

女护士用她手上的白布条蒙上我眼睛的那一刻，我听到她在说：脱！我一下子就愣住了，我没有动。我发现眼睛里的泪水在顷刻间就干了。我闭上眼睛，感到女护士的手在我的身上摸索，并麻利地褪下我的裤子。当她温柔的小手紧握着我坚挺的阳具时，我突然觉得自己有必要证明自己，我无须别人来取证。我翻起身来，一下子把护士按在床上，非常顺利地将她强奸了。这个过程，我听女护士始终在不停地说："真棒。"

一周之后，我无罪获释。据说是女护士向法院提供了真实的医学证明，证明我的确是一个阳痿症患者，其严重的程度，已经达到阳事不举的地步。

我老婆到羁留所来接我回家，在路上，我跟她说，我日过那女护士。我老婆笑了笑不以为然，她说我用词粗鲁，没有一点儿文人气质。文人就不应该使用日字，何况我还是一个阳痿症患者呢。我生起气来，我赌气地离开人行道，走到马路边，有意和她拉开距离。突然一声凄厉的汽车刹车声在身边响起，紧接着一个身穿厂服的瘦弱姑娘被一辆宝马撞飞到我的脚边，鲜血顷刻间流了一地。宝马迅速地逃离了现场。看得出姑娘已经活不成了，她死不瞑目的双眼在看着我。我俯下身子，把姑娘紧抱在怀里时，我的眼泪终于下来了。

我抱着姑娘在光天化日的马路上大哭起来。我老婆站在我身边冷冷地看着我，冷冷地说："她是你亲娘吗，哭那么伤心！离大哭的日子还远着呢。"我说："这姑娘很瘦，我爱她。"

警察到来时，我说是我害死了她，请他们给我定罪。警察是个熟人，见是我，回头对我老婆说："你老公真是个有爱心的好人哇！这年头这样的好人不多了。"我老婆答了一句："他好不好只有我知道。"

一个月之后，我这样一个好人，实在受不了我老婆给我熬的牛鞭汤，决定去市场买两斤猪骨头，顺便看看那个卖肉的姑娘。

我见到她时，她在肉案上忙活着，像庖丁解牛一样熟练，刀在骨头与肉之间来回穿插，游刃有余。她看到我来，大概觉得好久不见，想打个招呼，但话出口时却变成了："我有厌食症。"她眼神忧郁地看着我又说："我找不到对胃口的食物。"我叹了一口气说："你不是有大肥猪的肉吗？"

"我有瘦的权利。"姑娘说。

"好吧，我爱瘦姑娘。"我说。

我离开时，没有拿上骨头，我是故意给了钱不拿骨头的，我要等她给我送来，因为我真的爱瘦姑娘。

# 我 痛

山里的花鹧鸪很少在晌午时叫，一般都是在早上或者日落前。雄性鹧鸪好斗，叫声和别的鸟不同，有点像人拉长声调在唱“捉——咕——咕——咕”。方圆五亩地之内，很少有两对鹧鸪共存，非要斗个你死我活不可。不过这扁毛畜牲用来做汤，味道却是极好，能把人的舌头鲜掉一半。做法也简单，取三斤重的小南瓜，顶部开个小口，把去毛并掏掉内脏的鹧鸪切块放进南瓜里，加适量的水，盖上南瓜盖子，放锅里蒸三小时。不用放别的调料，顶多放点盐。山里别的食物不多，但南瓜倒是屋前屋后到处都是，有时南瓜的蔓子还从墙角的破洞中爬到屋里来。

我住到这个荒废的果园来已经五年了。十多年前，附近的村民响应政府的号召，和开发商签了发家致富的协议，各家各户在自己的自留山岭，全种上橙子。每年九月底，山里的橙子林黄澄澄一片时，开发商便把大货车直接开到山里来。他们在山里建起简易的小房子，又在房子前开辟出一片空地当作收购场。每日的傍晚，村民们便络绎不绝地把金黄的橙子挑到收购场里来。那时候我父亲在收购场里也算个人物了，因为他把守着收购场的大秤。在频繁的报数中，我父亲一句话就能帮村民赚回一个季度的肥料钱。

现在再回过头来说当年那起强奸案已经毫无意义了，听说来娣已经嫁到比我们还偏远的广西山区。我刚出狱的那一年，临近年关，还在她娘家门口见过她，但她早已经面目全非。身材完全走了样，见了面，我甚至认不出来了，要不是她一声惊叫，我还真想不起她就是当年的来娣。她那一声惊叫，唤起了当年我和她在橙子地里的情境，那时她应该才十四岁，我则刚满十八岁。十几年的光阴，一下子就把一个鲜嫩的姑娘折磨成一个满脸黄斑的中年妇女了。我不敢说我住到山里来是为了赎罪，事实是我从出狱回到村里的那一刻，我就想着怎么避开所有人的目光。我在村民的眼里无疑就是一个活生生的禽兽，他们见到我的表情就像吃饭时看到碗里有只苍蝇的表情。父亲倒没有像当年那样让我跪下来向邻居认错，但我从父亲的行动中看出另一种残酷：他把水牛住的老屋清理出一间来，将我睡过的破床搬过去，然后一声不吭地掉头就走。我突然心生悲凉：是的，像我这种人也就只配和畜牲为伍了。我想，我最好就是在所有人的视线里失踪。我二话不说，挟起我那几件破衣服就直接住到山里来了。

锅里的鹧鸪南瓜汤已经蒸了不止三个小时了。太阳已经落到西山了，天色也暗了下来。为了捉鹧鸪，我在杂草丛生的果林里"捉咕——咕咕"地整整叫了两个小时，才捉到一只好斗的雄鹧鸪。据说，雄鹧鸪最补身子。枯井里那东西如果还活着，这鹧鸪汤应该可以让那东西站起来。其实不应该叫东西。是的，我习惯了狱里的叫法，正确的叫法是人，一个女人。我中午在枯井里见到她时，她还能说话，但声音微弱，我估计她已经饿得不行了。我把随身带的一壶水缓缓往井里倒，我想，她能喝上一口就喝一口吧。我倒光壶里的水又伏到草丛中学鹧鸪叫，捉这东西，还真的很需要耐性。

五年来，我在山里还没有和任何一个活着的人说过话，现在突然强烈地想和人说说话。平日里我只和鸟说，或者坐在坟头和坟里头的死人，我说监狱里的那些故事。没有经历过牢狱之灾的人，一辈子也想象不到那是一种怎样的生活！每说到那些故事，我就不自觉地感觉到身体上某个部位辣辣地生痛。疼痛让我想起来娣，想起那一片黄澄澄的橙子林。

来娣说："我痛。"

我说："一会就好。"

来娣还是说："我痛。"

我说："我亲你就不痛了。"

我亲她长得像青涩橙子一样的乳房，我闻到橙子一样的清香。我的头有点晕，后来，我要亲她的嘴唇，她突然就尖锐地叫起来："不——要！"叫声几乎响彻果林，也是那一声尖叫引来了我所有的灾难。

我想，我应该找个活着的人说说话，哪怕是个哑巴。

我把喝剩的鹧鸪南瓜汤全倒进碗里，拿出两根平时捉猎物的绳子，又用树藤结成一个简单的篮子。我得趁天还没有黑，把鹧鸪南瓜汤送到枯井里。

第二天中午，当我再次来到枯井边，清除了井边的野草，阳光直射井底，终于可以清清楚楚地看到井里的女人。此刻井里的女人正在焦急地朝上望，大概是有了一碗鹧鸪南瓜汤入肚，人显然是有精神了，见到我，欣喜万分，以为得救了，颤抖抖地站起来。这个不到五米的枯井，我趴在井口木然地望着她，并没有想过要伸以援手。一个声音清晰地浮上来："恩人，快救我。"

我坐直身子，四周望了望，说："我干吗要救你？"

井里一下子没有了声音。

"你要什么条件才肯救我？"女人的声音显得有气无力。

"你有什么条件？"

"我有钱。"

"有钱？"

"对，我口袋里有三千多块钱，够不够？"

我不吭声了。

"我银行里有存款，我身上带着卡，卡里有三万多块，我把卡给你，密码也给你，这样你就随时可以去取来用了。"

我趴在井口上咧着嘴，笑得无声无息。几年来，我第一次这样笑。

"好，好，好人，你到底想要怎样才肯救我上去呢？"女人似乎有点心慌，说话也结巴起来。

这是一个漂亮的女人，虽然井里有点暗，但我还是清楚地看到她是个美女。我单从她一身打扮就知道是城里人，城里人到底和乡下人不同，出口就是讲钱。

我还是望着她笑，无声无息。

我不知道从井里往上看，我这样子是不是特别像语文课本上写的葛朗台，反正井下那女人望着我，再一次把价钱涨到了五万块。我还是没有说话，在短短的几分钟里，价钱就涨到了十万。看来城里人真是有钱啊。

"你是怎么到这枯井里来的？"我突然有点讨厌听女人谈价钱，问了一个与救人毫不相关的问题。我的好奇心还没有完全丢失，在荒山野岭的枯井里，突然出现一个城里的美人，有点像天上掉下个林妹妹一样。这事真透着古怪。

　　"是这样，我们一共有二十多人，到山里来驴行，驴行你懂吗？纯粹就是来山里玩，后来我掉队了。我又饿又渴，见到树上有个橙子，金黄的橙子真是诱人啊，我一高兴也没怎么看，一下就掉到井里来。要不是你，我再饿两天就没命了。好人，你就救人救到底吧，把我救上去，你要什么，只要我能够给你的，我都给你，都给你。"

　　我要什么呢？我什么也不要，我只想跟一个活着的人说说话，说说我在监狱里的那些事罢了，那些事我从来没有跟任何人说过。还有来娣，她真是个好姑娘，她皮肤白嫩，小眼睛小乳房，浑身散发出一股橙子的清香。在我之前，来娣还是个处女。她说痛时眼睛一直看着我，我就一直记得她说这话时既渴望又痛苦的表情。

　　"你是处女吗？"我问。

　　井下一阵长久的沉默。

　　"你早就不是处女了吗？"我接着又问。

　　"不是了。"女人说。

　　我看到女人迅速低下头，我有点失望。不过这也是意料之中的事，看她胸前那两坨肉已经熟得像两个大橙子啦。

　　"几岁的事？"

　　"十四岁。"女人的声音有点低。

　　那一年，来娣也是十四岁呢。她说她已经满十四了，我不知道后来在审判时，她为何变成了不满十四岁。但我没有作任何辩解，我承认了一切。当宣判我的那一天，审判长宣读我的罪行，说我禽兽不如，竟然强奸未成年幼女，实在是罪大恶极。我站在被告席上，心里却在想着来娣。

　　"地点呢？"我收起笑容。

　　"这很重要吗？"女人反问我。

"很重要，"我说，"是在橙子林里么？"

"不是，在一个破电影院里。都猴年马月的事了，对我来说，一点也不重要，我已经差不多忘记了。"

"电影院里那么多人，能做这事？"我觉得有点不可思议。

"也没有什么，电影院里有包厢，放的又都是三级片，大家都在干这种事，谁在乎你？"女人的话题打开了，意犹未尽地接着又说，"你不知道，那时候大白天里进电影院的全是那些无所事事的街头小混混，手上拖的全是未成年少女，根本就没有人管也没人问。那时候不懂事，人家说请我看电影，我想也没想就答应了。那家伙要解我的裤带，我怕他扯坏我的裤子，还是我自己解开的。事后我问他叫什么名字，你想他怎么说，他居然说我不像个处女。简直是个王八蛋！可事已至此，能有什么办法？只能怨自己年轻不懂事，这么重要的一件事，就这样在那个破地方完成了，对方还是一个陌生人。算了，不说了。我想你应该到过那些鬼地方吧？"

我真的没有去过那些地方，但我不能说我没有去过，那样就显得我没见过什么大场面。

"我那时就是个烂仔加禽兽。"我说。

井里又是一阵沉默。

"你那时有高潮吗？"

"没有。"这回她倒是回答得很干脆，"在那种鬼地方，能有什么高潮呢？你不知道，女人的第一次，很难有高潮的，只有痛。"

我心口突然一阵抽搐的疼痛，默默地站起来往回走，井下传来女人不断的求救声，越来越弱。我回到屋子里，躺在木床上，只想痛痛快快地哭一场，多少年没有痛快地哭过了。但是眼泪却流不出来，我死命地往大腿上拧，把大腿拧得红一块紫一块，可我仍然哭不出来。我在疼痛中渐渐入睡，一直睡到日头落到西山，我才醒过来。可我还不想起来做饭，头脑昏昏沉沉，耳边总响着一声尖锐的叫声。

我记得初进监狱时，自己也曾经这样锐叫过。我是痛得叫出声来，可是没有人听到，我的求救声淹没在一阵接一阵的浪笑声里。后来我不叫了，我把自己想象成一只袋鼠，我想，一只袋鼠就够了。

天黑断时，门外响起了嘈杂的人声，我睁开眼，发现有手电光照到屋里来。我没有关门，我从来没有关门的习惯。接着又听到有人问："有人吗？"随即便响起敲门声。我起来点了一支蜡烛，烛光映照出门外六张脸，四男两女。

一番询问之后，我总算明白，这六个人就是来找枯井里那女人的。我把他们让到屋里来，招呼他们坐，但他们都不坐，因为屋里就只有两张小竹凳。一个女的跟我要水喝，我指了指屋角的水缸，那女的似乎渴极了，两步跨到水缸前，也不讲究了，往她的水壶里装了水仰起脖子就喝。其他人见状，也一个个走到水缸边喝水。喝完水，几个人便商量怎么去找人。俩女人表示累了，建议在我这里歇一宿，明天再找。但另外四个男人的意见很一致，认为现在正是关键时刻，也是救人的最佳时机，否则后果不堪设想。最后争论的结果是四个男人接着去找人，两个女人留下来歇。商议好后四个男人就匆匆忙忙起程去找人了。这个过程我一句话也不说，他们也没有问我是否愿意留她们歇一晚，也许他们认为我留两个女人歇一晚是天经地义的事。

因为没有吃晚饭，我肚子有点饿了，我便生火煮番薯粥。我喜欢吃这种粥，近来老是便秘，只要一便秘我就煮番薯粥喝，既简单，也能解决问题。两个女人大概以为我是在给她们煮粥，很高兴地拿了竹凳围坐到灶头边来。

山里的夜很静，俩女人在小声地讨论着救人的事情，两人似乎对失踪者颇有成见，话题越说越离谱，把她们之间的一些不足挂齿的个人小恩怨添油加醋地说了一遍又一遍。我瞄了一眼她们，其中一个长得很白，身材丰满，有点杨贵妃的味道；另一个很年轻，二十出头的样子，腿长腰细，一身阿迪达斯的运动装，浑身散发着青春的气息。

"那骚货就是个害人精！"

"勾引男人的本事比谁都强！"

"我们还费那么大的劲来找她，真是笑话！"

"最好是让狼给吃了！"

"骚货。"

"害人精。"

我瞄了俩人一眼，没有说话，不断地往灶里添柴。两人终于哑了。

屋里只有毕剥烧火的微响，偶有一声怪叫从林子里传到屋里来，也不知道什么动物发出的声音，总之能让初到山里来的人毛骨悚然。俩女人听到这些怪声，不自觉地向我靠近，淡淡的香水味钻到我的鼻孔里来。

我煮好粥，拿盘子满满盛了一盘，也不招呼两个女人便坐到床上吃起来。两个女人见我开始吃了，也不等我招呼，洗了碗去盛粥，却不料扑了个空，锅里已经没有粥了。她们站在灶头边，互相望了望，又一齐望向我。我感觉到她们的目光里有刺，但我仍然在喝我的粥，我喝粥的声音很响，烛光摇曳，我看到她们的影子映在墙上，像两头小兽在对着我张牙舞爪。

这个时候，她们才极不情愿地从包里拿出饼干来，就着凉水吃了起来。我没有搭理她们，自顾自地喝完粥，洗干净盘子，吹灭蜡烛，便躺到床上来。这时，两个女人才感觉到有些不妙。

"我们睡哪？"

"我这里只有一张床，我给你们睡，我就没得睡了。"我不动声色地说，"你们如果想到床上睡，得回答我的问题。"

"你的问题？"两个女人异口同声地问。

"问题很简单，你们照实回答就得了。"说完，我故意等了一会，听到她们焦急地问我什么问题时，我才慢条斯理地问："你们还是处女吗？"

大概是想不到我会问这样的问题，又不知我是何意，两个女人一时竟不敢回答。

黑暗中，我打了一个长长的饱嗝。

"我孩子都两岁了，你难道看不出来吗？"是杨贵妃的声音。

过了一会，我又听到阿迪达斯说："我也不是了。"声音像猫叫，有一种让人想入非非的感觉。

"你们的第一次是在什么地方？"

"几岁？"

"有高潮吗？"

我不知不觉地就把问井下那女人的问题又问了差不多一遍。

两个女人或犹豫，或迅速，但总体上回答还算积极。其中"阿迪达斯"的第一次乏善可陈，无非就是经不起勾引，在宾馆里让一个比她大十几岁的有钱佬干了。让我觉得有趣的是杨贵妃，她的第一次，竟然是在长途汽车上。她说，那时候的长途汽车是睡铺的，男男女女，混着睡。半夜时，她发现有一只手在解她裤子上的纽扣。她没有叫，只死死地按住那只手，但是那只手倏忽一下，便摸到了她的奶子，她当时只感到一阵酥麻，后来的事，就再也按捺不住了。值得一提的是，她们两个是在十四岁那一年失去了贞操，且都没有高潮。

我没有食言，把床让给她们睡了一夜，但这一夜，我坐在墙壁的一角，半夜里还听到她们翻来覆去的声音，估计她们一夜没睡着。

我也没有睡着。我是肚子胀得无法入睡。

天还没有完全亮，俩女人就迫不及待地离开了，她们离开时我还歪在墙壁边装睡。她们招呼也不打，匆匆地越门而出，甚至把一支手电筒遗留在床上。我猜想这是她们睡觉时为防着我，把这当武器放在床头的，因为走得匆忙，忘记拿了。

天色尚早。经过一夜的消化，我感觉肚子舒服了。我脱光衣服赤条条地躺到床上，草席上还有俩女人留下的余香，我深吸一口气，还是睡不着。我起来煮了一锅番薯，吃了一条当早餐，手上拿了两条，然后来到枯井边。此时，太阳还没有出来，东边的山岭霞光万道，但那光照不到井里来，看不清井里女人的具体情况。不过我早有准备，我带来了手电，我打亮手电，朝井里照了照，见女人躺着一动不动，我不知她死活，捡了一颗小石子扔进井里，听到女人"嗯"了一声。知道她还活着，便把两条番薯也扔到井里去。

我坐在井边，看朝阳慢慢地升起，林子里的雾也渐渐散了，四周的景色清晰起来，鸟儿们在果林里叫得正热闹。这时，我听到井下传来女人的叫唤声："水，我要水。"我探出头来，还是看不清女人的脸。我扯起昨天放下去的篮子，见篮子里的碗竟然被舔得干干净净。我拿起碗，回到屋里盛了一碗水，但我并没有马上把水放下去。

我对井里的女人说："水来了，不过你得先把衣服脱了。"手电的光照着女人的脸，女人仰头望着我，一脸不解，但随即就开始脱衣服。我关了手电，等她脱。过了一会，女人便脱得只剩下裤衩了。我说："全脱了。"女人犹豫了一下，还是把裤衩也脱了，她赤裸裸地坐在井里，低垂着头。井里还是很暗，我没有打亮手电，但我能看到井里白亮亮的一片。

"你试过自慰吗？"

半晌，没听到女人回答。我打亮手电往井里照，见女人弓着背，双肩在抖动。

"自慰，你不懂？"

"我懂。"

"我想看看。我给你拿根黄瓜来。"

我说完就往回走，我到菜地里摘了一根黄瓜，到屋里仔细地洗干净，我把黄瓜放在篮子里，慢慢放到井里。

"你试试这个。"

我听到嗯的一声之后，一阵奇怪的声音传上来，这声音，我敢肯定不是女人自慰时发出来的。我忙打亮手电，只见那根黄瓜已被女人啃得只剩下一小截了。我端起那碗清水，照着女人的头就淋下去。

"你等着喝西风吧。"我说完就头也不回地离开了。我回到屋里，带上工具去捉鹧鸪。米桶里的米已经不多了，我得多捉几只鹧鸪去换米，光吃番薯也是不行的。

但是这天的运气真是不好，竟没有遇上一只鹧鸪。傍晚时分，我只好垂头丧气地往回走，不料却在溪边捉了一只三斤多重的山龟。山龟比鹧鸪值钱，真是意外之喜。当晚我就带上山龟，连夜出山。我要趁黑避开警察拿到镇上的老灶头饭店去。否则，要是被警察逮到，这山龟就有可能成了他们的盘中餐。老灶头的老板倒是很慷慨，他说："哑巴，你要是能开口说话，你说一千，我就给你一千块。"我望着老板油光可鉴的光头一声不哼。我想，他愿意给我多少就多少，反正我在他们的眼里都是哑巴了，就哑巴到底吧。

"是真的哑了。"老板说。

结果老板给了我三百块钱，还招呼我饱餐了一顿。我当晚没有回山，在镇上的小旅馆花了十五块住了一晚，临天亮时，还心有不甘地冲了一个热水澡才到市场买米。

当我好整以暇地再次来到井边时，已经是第二天的中午时分了，太阳正直直地照到井底。我一来到井边，女人马上就发现了。只见她已经穿好衣服了，正仰望着我，一副可怜兮兮的样子。

"好人，我真的是太渴了，我不是故意的，我是真的受不了。好人，你真想看，麻烦你再拿一根黄瓜来，好么？"女人边说边又开始脱衣服。我犹豫了片刻，还是去地里再摘来一根黄瓜。我把黄瓜放到鼻子底下闻了闻，又放到衣袖上擦了擦，我觉得干净了，这才慢慢把篮子拉上来。

太阳还是耀眼地照着，林子里的知了，在毫无征兆的情况下突然吵成一片，像一支庞大的乐队在演奏着。一声尖锐的呻吟声在蝉鸣中从井底破空而出，我打了一个冷战，想朝井里看看，但我没有动。木佛一样坐在井边，身体上某个部位又开始感到疼痛，疼痛让我立刻把自己想象成一只袋鼠。

井里的呻吟声越来越高，我已经失去看女人的欲望。我朝着天上望了望，空空荡荡又明净如镜。我感觉到眼泪就快出来了。我飞跑回屋里。我把屋里所有的绳子都集中起来，又到地里摘了一篮子黄瓜，我想我得让女人吃个够。

后来的事情显得有点令人难以置信。

我把绳子绑在井边的一棵小树的根部，当我顺着绳子慢慢溜到井底时，我突然看到女人的眼睛像火一样亮了，她的脸开始活泛起来。是的，没错，我真的只想找一个活人好好说说话，说说那些不为人知的故事。我希望女人能好好听我说。

女人侧了侧身，让出一个空位来。我坐到她的身边，一股恶臭突然扑鼻而来，我皱了皱眉头，坐到女人的身边，左右看看，发现此前的第二根黄瓜也不见了，我一阵恶心。本来很想说话的我，突然间就没有话说了。我仰头望向井口，只见太阳就在井口吊着，像一只发光的红盘子。好久，我才说出一句话来，我说："讲讲你的故事吧。"

在这样狭窄的空间里，光着身子的女人目光躲躲闪闪地看我，有点不知所措，呼吸也粗重起来。我静静地坐着，慢慢地闭上眼睛。井里空气污浊，太阳还在头顶，有鸟的叫声从井的上空划过去，余音在井里嗡嗡直响。

"我的故事其实并不复杂。"我听到女人终于开始说话，她的声音显得笃定起来。

"怎么说呢，那一年，我在电影院里破了处，也就是说，我把自己的第一次献给了一个陌生的男人，直到后来我也不知道对方叫什么名字。但就是那一次，我不幸怀上了孩子。"

我突然睁开眼睛，望着眼前这个赤身裸体的女人。她的皮肤其实很白嫩光滑，这一点和来娣很是相似，这一刻我甚至有过想摸她一把的冲动，但我最终没有动。

是的，来娣也是在那一次后，怀上了我的孩子。我那时还在狱中，母亲来看我，她说来娣有了我的孩子。我很是高兴，我跟母亲说："我就算死也值了。因为我有了孩子。"可是母亲却在离开前告诉我，我的孩子早已胎死腹中。来娣后来是打掉了孩子才远嫁广西的，她还小，什么都得听家里人的安排。

"我的肚子渐渐大了，家里人逼问我孩子是谁的。我答不上来，因为我根本就不知道那男人叫什么名字。父亲一气之下，竟然把我赶出家门。那时候，我很坚强，我决定打掉孩子，独自生活。"女人一边吃着我带来的黄瓜，一边滔滔不绝在讲她的故事，她咬黄瓜的脆响在井里回荡。

女人后来在说什么，我一句也没有听进去。我如老僧入定一般坐在井底，脑子里全是一片黄澄澄的橙子林，橙子的清香在井里到处弥漫，我又听到一声尖锐的叫声在空中像鸟一样划过去。

这一觉睡得真是死实，我直到第二天晌午才醒过来。女人已经不在了，篮子空了，绳子也不见了。看来女人是顺着绳子爬上去了，她不但爬了上去，还把绳子也拉了上去。

我抬头仰望，太阳还悬在井口，明晃晃的太阳光像一把利剑直直刺到我的身上来。我感到了疼痛，于是我也锐叫了一声："我——痛！"

# 失　语

　　我是在汴京城外见到子厚的，此前我并不知道他就是大名鼎鼎的张载。他戴着一顶破旧花边狐皮帽，乘着一辆破马车，吱呀吱呀地响在汴京城外往西方向的官道上。其时天空沉暗，似乎要落雪，北风呼啸，偶尔能听到孤鸦的低鸣。赶车的年轻小伙子，是张载的外甥宋京，只见他神情哀戚，一副忧心忡忡的样子。

　　这是宋神宗熙宁十年冬天一个寒冷的早晨，子厚，也就是张载，再一次辞官西归，和前次辞职不同，这一次，他是病退。

　　这辆破马车跟随张载多年，从嘉祐二年，张载进士及第，荣归横渠时开始，这马车就没有停止过服务。现在，这马车已经残破不堪，换过的车轴亦不堪重负，摩擦声如风烛残年老人的呻吟，让人担心随时都有可能咔嚓一声，从此寂灭。原来的实木顶篷现已穿了好几个洞，从车里仰面看，可以看到灰沉的天空。此前还有窗布，但最近不知被何人割走，只得临时从破旧的衬衫上剪了一块粗布用绳子绑着两边，扯成一个奇怪的多边形。寒风从外面灌进来，撩开

119

狐皮帽的一角，我于是看到子厚瘦得只剩下骨头的脸。也许是由于两腮陷得太深，所以显得颧骨奇高。要不是那深邃的目光，真能让人疑心那是一具历经千年而不腐的干尸。

只有那匹马显得雄壮有力，子厚十分喜欢这匹马。它原是天水守将吕微仲的坐骑，去岁子厚曾与微仲一聚。子厚原来那匹老马把主人送到目的地后，竟倒毙于军营前。两人煮酒夜谈，相见甚欢。所谈宗旨自是无不知则无知，有不知则有知。子厚还记得，后半夜时，他和将军到营房外巡查，兴之所至，子厚不由得吟起子瞻词：会挽雕弓如满月，西北望，射天狼！豪气还在，唯人已垂垂老矣！后来，子厚试图拉开一把硬弓，但最终只拉开一半，一阵咳嗽便如战鼓擂响般滚滚而来，顿时惊起了守夜的士兵，远远还听到他们的呼喝声。

子厚其实喜欢军营生活，他恋恋不舍，也念念不忘。国家安危，匹夫有责，何况子厚。临别之际，微仲亲自把他的坐骑牵到子厚跟前，深深一鞠："与君一席话，胜读圣人书，子之所见，世罕有其匹。此地一别，不知何年才能见君一面。微仲无以相赠，特以坐骑相送，略表寸心。"

这真是一匹雄壮有力的马！子厚没有推辞，他一下子就喜欢上了这匹马，他不断地抚摸马的身体，又抱着马头亲热一番，闻着马儿喷出腥热的气息，他本想作诗酬谢，但冲口而出的却是："我喜欢这匹公马！"

可惜壮志未酬，却要战马送归。没有人前来相送，只有嘚嘚的马蹄声响在西去的官道上，子厚难免倍感寂寞。

前面是个拐弯，道路开始收窄，隐约有马蹄声传过来。宋京并不在意，他现在最为担心的是舅舅的身体还能不能支持到长安，到了长安就离家不远了。现在还有好远的路程呢，手上的银子不多，万一途中出了些什么差错，他都不知如何是好，所以舅舅的每一声咳嗽都能让他的心一阵紧揪。

当宋京看到那辆豪华马车突然间逼近时，他心里一惊，本能地收紧缰绳，但对方的车子却直冲过来，把他们的马车撞翻在路边，当场就断了一条顶篷的横梁，马在那一刻也脱了缰。子厚被掼出车外，仰面摔了一跤。他的身体本已极度虚弱，肺病把他折磨得有气无力，如此剧烈的冲撞，让他差点儿背过气去。

好久，才听到一声悠长的咳嗽，像深水里一个水泡，从子厚的肺里缓缓冒出来，胸部的剧痛让子厚无法说话。

宋京也摔得不轻，但他顾不得自己，赶紧扶起正在咳得面红耳赤的舅舅，掏出他自己用的手帕要给子厚擦去嘴角上的血迹，被子厚竹枝一样的手挡住了。子厚爱洁，他不能容忍一条别人用过的肮脏手帕伸到自己的嘴边。宋京呆了呆，赶紧从舅舅怀里掏出他平时用的手帕来，擦干血迹，又拍净他身上的泥土。宋京正想扶子厚坐起来，身后一声暴喝让他不得不回过头来。

一个胖子站在他们身后，显然是个富有人家，肥胖的手指上个个都穿金戴绿。一身绸缎长袍，一看就知道是汴京城里最好的出品。胖子站在子厚和宋京的面前并不说话，说话的是站在胖子身后一身管家打扮的中年男人。

"嘿！不想活了？你老娘的皮，敢挡我们大爷的车。知道我们大爷是谁吗？你到汴京城去问问，我们赵五爷的名号……"

中年管家还想多说几句威风话，但赵五爷挥了挥手，他立时闭嘴，垂手站到了一边去。

"看看少爷，是否受惊了。"赵五爷说话声音不大，但他说的话就像一道命令，管家当即一路小跑着过去了。

子厚当然知道赵五爷，不过从未谋面。据说此人和皇家有点儿沾亲带故的，本是做珠宝起家，现今富甲京城。最近赵五爷给他的大儿子赵欢捐了个小官，在殿前司都指挥使手下做事。

子厚不屑于与商人交往，他不知道这赵五爷是啥脾性，但见对方气度不凡，说话不像平素见惯了的那种有钱人颐指气使，心里略为宽慰。子厚心里奇怪怎么在这里碰上他。其实也不奇怪，前段时间，赵五爷带着小儿子外出游玩，今晨才回来。不想在临近京城，却凑巧撞上了子厚的马车。

赵五爷看着地上的子厚，见他一副寒酸相，皱了皱眉，嘴角动了动，但还是不置一词。此时，管家喘着粗气来到赵五爷的身边，汇报情况：

"少爷无大碍，在玩斗鸡呢，他还说，我们的马不够人家的好看哪。马车也没大问题，只是一块窗布给撕破了。"

"好，你留下来代我处理，我和少爷坐别的车先回京城。"赵五爷打了个呵欠，也不问地上子厚的伤势如何，便转过身，慢条斯理地和他的小儿子上了另一辆车，走了。

此时，管家在子厚和宋京两人身边转了两圈，说："我们的窗布破了。"宋京不明就里，回答说："我们更惨，我舅舅摔伤了，车顶的横梁也断了一条。"

"你们？我可不管！"管家说。

"你想怎么样？"宋京这话一出口，就觉得有点儿气短了。

"你们撞了我们赵五爷的车，得赔。"管家说。

"明明是你们撞我们，怎么说……"宋京话还没说完，听到他舅舅沙哑的声音说："赔他。"

听了舅舅发话，宋京也不和对方争辩，回头去找包袱，银子都在包袱里呢。他明白舅舅的意思，不要惹麻烦，尽早起程。一块窗布不值多少钱，虽然手头银子有限，但赔一块马车窗布的钱还是有的。

拿到包袱的宋京于是说："好吧，我们赔你一块窗布，你说，要多少钱？"

"这可不只是一块窗布的事，这块窗布是连着车门的，要换，得整块车门一块儿换。"管家说话的口气有点儿像赵五爷。

坐在地上的子厚听了，不由得抬起头来。他发现管家正一脸笑容地望着他，那神情仿佛是他多年的朋友，他们正在交流着学习《易经》的心得。子厚心里一沉，多年在朝做官的经验告诉他，越是这样的人便越是不好对付。

果然。

管家接着给他们开出了车门和窗布的价格。当子厚听到对方说一共是三百一十八两五钱时，一阵咳嗽突然袭来，让他差点儿喘不过气来。别说三百两，就是零头十八两五钱，他也拿不出来。

"你抢钱啊？"宋京气得脸都歪了，这孩子一生气，脸就开始变形，生生歪向一边。

"嫌贵？你去打听打听，我们赵五爷家的东西，哪一件不是宝贝？你来看看，这门是用什么木材做的，这是正宗的占城黄花梨，我告诉你们，这么一小块单是运费就值一百两，我们五爷家这个算是最便宜的了。"管家满不在乎地说。

子厚颤巍巍地从地上站起来喘着粗气说："载没钱……"一口痰迅速又堵上来，他又开始不绝声地咳。

"再没钱，也得赔，是吧？我一看这位老先生就是位仁义的人，讲信用的人，也是识货的人。"管家阴笑起来。

"你这是敲诈！"宋京忍不住了，吼了一句。

"你这说法要戒，五爷估计不爱听这样的话。"管家仍然一口有钱人的腔调，仿佛他就是赵五爷了。

"你知道他是谁吗？你读过《正蒙》吧？读过《易说》吧？他就是我朝的栋梁张载。"宋京说。

"你就蒙吧。小伙子，你吃大蒜了，口气挺大的呀。撞坏了我们五爷的马车，管你是东良还是西良，是张再还是李再都得赔。"管家并不买宋京的账。

"吾，吾确乃子厚。"子厚终于说了完整的一句话。

"那好哟，就当你是子厚吧，我说你现在都国家栋梁了，何至于要赖这区区三百多两银子呢？这跟你平时所倡导的可是两回事呀。"管家这一番说话让子厚的脸立时变成了猪肝色。

"汝，怎能说吾赖，吾，吾怎能赖汝？"子厚气得连话也说得结结巴巴起来。

"好，好，你不赖，那你赔呀。"管家见他气得脸都赤了，有意逗逗他，"想做圣人啊，那就要付出点代价，要不谁都能当圣人喽。"

子厚颓然坐下，强忍住喉咙里一股往上翻的腥气，断断续续地对宋京说："银子，给，罢了。"

宋京叫了一声："舅舅！"

"给。"子厚说。

"不。"宋京看到舅舅已闭上了眼睛，便明白不给是不行的了，舅舅的脾气他是知道的。

但是包袱里那点银子还不够人家塞牙缝，管家连看也不看一眼宋京递上来的银子，他又笑了，笑得一脸富贵气：

"又耍滑头了吧？小伙子，你逗我玩来着？我们五爷打发乞丐也不止呀！你们把我当乞丐了啊！"

"放下。"

宋京手里捧着银子正不知如何处置，听到子厚的吩咐，如释重负地把银子放到地上。他回到子厚的身边坐下来，心里五味杂陈。他跟着舅舅求学多年，从未遇上如此难堪之境，当真是虎落平阳被狗欺哪。一个小小的管家就如此嚣张了，那些有钱人岂不更是无法无天了。世风日下，有奶就是娘，面对如此世道，舅舅怎能不心痛，那简直是在他心口捅上一刀呀。想到这里，宋京不由得落下泪来。

"莫哭！"

宋京一惊，望了他舅舅一眼，见子厚仍然在闭目养神，神情肃穆，不由得让人起敬。于是便收了泪，自己好歹也算子厚半个学生，不能丢他的脸。

正僵持间，远处一阵马蹄声由远及近。转眼之间，几匹快骑便来到他们的面前。管家一见为首者，当即作揖施礼，向来人问好："子盼兄，别来无恙？"

听到子盼两个字，子厚突然睁开了眼睛。陆子盼，这个汴京城里最强势的地痞恶霸，据闻门下走狗达万人之众，连开封府都惧他三分。早在神宗五年，子厚就建议要铲除这些地痞恶霸的势力，无奈应者寥寥，朝廷似乎也无暇及此。他心里暗暗叹息，看来自己这把老骨头是回不到横渠了。子厚已经做了最坏的打算。

事实上陆子盼没有子厚想象中横蛮凶残，相反，他更平易近人，也比管家更好说话。当他知道事情的原委，尤其当他知道眼前坐在地上的这个干瘦的老头就是大学问家张载时，他居然给子厚施了一礼。子厚坐在地上，以他的为人，本来是准备还礼的，他挣扎了几下，无奈，没能一下子站起来。更难能可贵的是，在陆子盼的周旋之下，管家居然放弃了索赔。当真是太阳从西边出来了。

子厚望着陆子盼绝尘而去的背影，不由得苦笑了起来。他远没想到，如此巨大的索赔案，竟不用官府，直接在一个地痞三言两语之下就化解了，而且不用赔一两银子。他终于松了口气，但内心却更为沉重。

子厚让宋京收好银子，准备整装出发。突然子厚听到管家一声惊呼，他循声望去，只见微仲送给他的那匹公马此刻正趴在赵五爷那匹母马背上日得正欢！管家拿着马鞭，狠命抽了好几鞭，才把这对野合的露水夫妻分开。各自拿好了缰绳，管家一脸严肃地对子厚说："你老是学问家，又是道德家，你也看到了，这已经不是一块窗布的事了，五爷那边我怕是不好交待了。"听了管家这一番话，宋京的脸唰地一下子就白了，他拿着缰绳的手微微地发抖。

"吾能自律，亦能律人，唯不律于畜牲。"子厚嘴里虽然如此说，但他心里也没有底，明摆着是自己的马日了人家的马，这道理上就亏了，而且这还不是赔钱就能解决的问题。

怎么办？三人你眼望我眼，一时都愣住了。一块窗布事小，陆子盼就能解决。但这种事，如何解决？当真是令三人头痛。

"这关系到五爷的面子，还是等五爷亲自来处理吧。"管家也觉得事态严重起来了，他也不敢擅作主张。

双方一时便僵在那里，谁也拿不出什么办法来。他们争论的中心从畜牲渐渐转向了人。管家认为这是一起蓄谋已久的强奸，是对五爷极大的侮辱。于是争论开始升级，他和宋京展开了一场人身攻击。他骂宋京是个十足的流氓，而宋京呢，则回敬他是个想立贞节牌坊的婊子。双方你来我往，异常热烈。这个过程子厚不发一言，他坐在地上，只感到寒风刺骨，他很想让宋京把马车扶起来，让他坐到马车里去，但他插不上嘴，只好由他们争。

很明显，这样等下去或者争论下去对子厚相当不利，他的身体支持不了那么长时间的等候，我有心帮帮子厚。

顺便说一下我的身份：我是风流底市的一名警察，一名上了十年班的老警察。我知道我的到来，对任何人来说都是突然的。我自己也说不清楚是怎么回事，反正是在执勤过程中瞌睡了一会，醒来就到了汴京。我刚好是整个事件的唯一目击者。我走到子厚和管家跟前，向他们各自敬了个礼。他们对我的敬礼十分不解，见我衣着奇特，管家便问："你是子盼兄的人？"也许陆子盼手下多奇人异士，所以管家有此一问，我说我不是。

"所为何来？"

"为调解来。"

管家不由得从鼻孔里哼了一声，我知道他心里不屑，但我不介意，仍然提出我解决问题的方案。方案中最关键的一环便是换马，如此既解决了五爷的面子问题，又解决了子厚西归路上的交通问题，可谓皆大欢喜。我一边说，一边暗里观察管家，发现管家在暗暗点头。其实我也帮他解决了一个难题，要知道也正是他的失职才导致五爷的母马被日。所以当我一说完，管家便表示同意。子厚虽然心痛将军那匹良马，但他也想不出更好的解决办法来，也只能首肯。

这件事至此总算有个了结。子厚的马虽然被换了，事实上他并不吃亏，因为母马说不定就此怀上了，明年要是能生下一只小马驹他就赚了。按理，他应该高兴才是，但子厚脸上一点儿也看不出高兴的表情。在上路的时候，子厚终于问了我一句："子因何窥得管家欲谋吾马？"

"我并没有看出他想要你的马。"我说。

"为什么你一说换马，管家就同意了呢？"宋京道。

"我是本着解决问题而来，我是从管家的切身利益考虑，试想，五爷如果知道了这件事，管家能逃避责任吗？他巴不得换马呢。何况赵五爷的小儿子还十分喜欢你们的马，如此一来，他回去后，又立功了。"我答。

我听到车里的子厚噢了一声，恍然大悟的样子。好一会，子厚才又问："子操何业？"

"警察。"

我说了警察这个词，车厢里便不再有言语。我跟宋京说我身上没有银子，没法活，要求路上有所照顾。宋京请示子厚，半晌，车厢里传来一声：可。我于是坐到宋京的左边，一边看他驾车一边和他嗑话。我由此得知，宋京还没有成家，他还不想成家，张载的学问他连皮毛也没得到，他想成为舅舅这样有学问的人。我对他不由得也肃然起敬。一路上我得以分食他们一早就烙好的大饼，那大饼真香，是真正的麦香。

车到洛阳，我见到了传说中的二程，也即是程颢和程颐兄弟。子厚虽然是他们的表叔，但对他们兄弟也很尊敬。他们三人谈了半夜，子厚只字未提路上遇到的事情，临睡前，他却跟他们兄弟说："载今遇一奇人，本有所得。唯病之故，恐再难著书立说，此乃载生平憾事也。"

翌日起程，二程本有银子相赠，但子厚坚辞。从出洛阳城不久，我就发现了一只奇怪的鸟，外表似鸡，但比鸡漂亮不止十倍，其鸣声高亢，响彻云霄。它跟着我们，在马车上空一路飞翔。我问宋京，宋京也不认得。忽听车厢里传来一声叹息："其声孤清，必凤凰也。载恐难及故里矣。"

果然不久后，子厚的病便开始加重。大咳过后，往往见血，大饼已经无法下咽了，他现在只想喝一碗热热的小米粥。但我们身处荒郊野岭，看上去远近并无村落，实在是一粥难求。也许天不绝子厚，走了约五里许，近黄昏时竟然在路旁得见一户人家，宋京决定借宿于此。

　　屋里只有两个男人，一大一小，大者年近五十，小的十七八岁光景，显然是父子俩，不见有妇人，明眼人一看就知道是猎户。只是这猎户委实贫穷，用家徒四壁来形容也不为过，唯一让人觉得还算财产的便是屋前木桩上拴着的一头瘦毛驴。房子是用木材搭起来的，屋顶是一层接一层的茅草，日子久了，雨水能渗到屋里来。屋子中央用三块石头架起了一只瓦锅，我们到时刚好闻到了小米粥的清香。主人对我们的光临热情有加，不但让子厚喝到了小米粥，还让出了屋里唯一的一张床。子厚推辞不过，夜里邀我同睡，我躺到他的身边，却睡不着。那父子俩在吃过晚饭后，就不见了人影。为了安全起见，宋京把马车赶到屋里来，他就睡在马车上。

　　天亮时，父子俩捉回两只野鸡。儿子被冻得满脸紫红，但仍兴高采烈地生火煮水杀鸡。做父亲的呢，也不闲着，不知道他到哪儿弄来一抱干草，小心切碎后便拿去喂马。看得出这人是爱马的，他望着马儿那热烈的表情就像望着自己心爱的婆娘一般！

　　我们在这里整整住了三天，三天里，子厚不但每顿有小米粥，还有野鸡汤喝，加上休息得好，子厚的病居然大有起色，面色红润了不少，精神也好了起来，看来他缺的是营养。三天之后，子厚便思着还乡。父子俩也不挽留，不过孩子的父亲却提了一个颇令子厚为难的要求。

　　他想要那匹马。

　　子厚感激这父子俩的热情招待，可是没有马，他怕回不到故乡，子厚不禁有些犹豫。对方见他犹豫，便提出用那头毛驴来换。

　　"先生可以骑毛驴，毛驴虽然慢些，但它走得稳，对先生的病体大有好处。"

　　儿子及时的帮腔让子厚无法拒绝。宋京虽然觉得不妥，但子厚话已经说出口，也不好反悔了。子厚便索性连马车一并送给了猎人。父子俩自然感激万分，一直送我们走到森林的边上，才喜滋滋地返回。

从公马换成母马，又从母马换到毛驴，子厚思忖着下一步会不会换作步行呢？这个还真的不好设想。

令子厚高兴的是，头顶上那只凤凰一直跟着，我们走到哪它便飞到哪，从未离开过。我们走进森林不久，那只凤凰又引来了另一只，一只跟着一只，最后来了数不清的一群。它们在我们上方的空中上下翻飞，鸣叫声响彻森林。

我很兴奋，从来没见过这种传说中的吉祥之鸟。我猜想：碰上了吉祥鸟，此后的路途应该是顺风顺水的了。

但是，我高兴得太早了。

我们还没有走出森林，就碰上了一伙强盗，为首者骑着一匹大白马，威风凛凛地拦住我们的去路。宋京早已吓得面无人色，连子厚也不知道如何是好。秀才遇着兵，有理说不清，更何况是强盗。子厚知道多说无益，只有等着挨宰的份了。

强盗自有强盗的规矩。他们要我们把身上所有的银子全拿出来，连同毛驴，一同送到他们的手上。这个过程如果有丝毫的怠慢，他们就要剁掉我们的双手，挖去我们的双眼。宋京也不等子厚的指示就赶紧解下包袱，拿出寥寥可数的几粒银子准备送过去。在要不要把毛驴也牵上这个问题上，宋京有些犹豫，毕竟舅舅还坐在毛驴上，所以他只能悄声征询子厚的意见。

"莫。"子厚说。

"要剁手挖眼呢？"宋京说。

子厚此时又已经闭上了眼，不再回答。宋京只好拿着银子送过去，走到一半，听得强盗的暴喝："你不想要手了？把毛驴一起牵来！"宋京站在那里左右为难。紧接着啪的一声响，宋京便挨了一马鞭，脸上立时现出一条鲜红的鞭痕来。

　　我忍无可忍，拔出手枪，照着那匹大白马就是一枪。大白马应声倒地，坐在马上的为首者也跟着滚落地上。此刻所有人呆若木鸡，包括子厚。忽然人群中发一声喊，所有强盗顿时四散而逃。顷刻便不见了踪影，留下那匹大白马，倒在地上，鲜血汩汩地流。我们头顶上的那群凤凰，也为枪声所吓，飞得老高，只是，过了一会儿又飞下来在我们的头顶上空盘旋。

　　"你这是啥武器？威力这么大？"上路时，宋京跟在我身后终于忍不住了问我。

　　"手枪。"我说。

　　"啥枪？"他似乎不明白。

　　我做了个勾扳机的手势，然后说："十丈之内如中要害无论人畜，必死无疑。"

　　我以为子厚肯定会问我这武器如何制造之类的问题，但奇怪的是，子厚并没有，他只是呆呆地望着我，嘴里发出一种类似凤凰鸣叫的声音，但没有凤凰叫得响亮。宋京觉得奇怪，舅舅从来没试过如此。他走近子厚身边，轻声相问，但子厚依然如故，甚至连看也不看宋京一眼。后来子厚终于不叫了，他一路沉默，一直快到临潼，我才发现子厚竟然是失语了，也就是哑了。我暗暗心惊，担心是自己那一枪，把子厚吓哑了。到了十二月二十五日，我们行至临潼，住进了馆舍，我才发现子厚并不是为我枪声所吓。

　　一进入馆舍，子厚就抓住我的手，在我的手心里缓慢地写字：

　　"载无别求，唯望子能为天地立心，为生民立命，为往圣继绝学，为万世开太平。如此载当瞑目。"他写得很慢，生怕我不认得字，一边写还一边用目光询问我是否明白。他热切地望着我，干瘦的脸慢慢活了，眼神里仿佛有一种清可见底的纯净。我心里一酸，在他的手心里写了三个字：我懂了。

写完字，我再也忍不住泪水，任其汹涌而下。子厚见了，又在我手心里写了两字：莫哭。忽然间，子厚的目光变得炯炯有神起来，脸上呈现一片红光，我以为他的病好了，心里一阵欢喜，却不知这竟是回光返照。

天黑时，子厚又让宋京给他准备一大盆热水，放到院子中央，他光着身子躺在木盆中沐浴。后来，水渐渐冷了，子厚又让宋京给换了一盆。洗了两个时辰，子厚才起来穿衣，他只喝了一碗白开水，还没有吃晚餐便就寝了。子夜时分，凤凰群集馆舍上空，彻夜鸣叫。

翌晨，子厚死。一场大雪终于来临。纷纷扬扬的大雪让宋京一筹莫展。他没有哭，只是跪在子厚的床前，三天里只吃了一只烧饼。他手里的银子根本就买不起一具棺木，更谈不上为舅舅风光大葬。我见此情境，悄然走出馆舍，找到一个当铺，我想把这唯一值钱的枪给当了。我在当铺里开了第二枪，结果这把跟随我多年的枪，终于换回一两八钱银子。

这点银子也不过杯水车薪，刚好够我们的住宿费。我也无可奈何了。唯一能做的，就是静静地守在子厚的遗体旁，默默地向上苍祈祷。所幸的是，三天之后，子厚的门人从四面八方纷纷赶来，才得以买棺成殓，护柩回到横渠。

据史料记载，张载临终时，只有一个外甥守在身边。其实史料记载有误，他临终时不止外甥一人，至少还有我，我目睹了子厚从失语到死亡的整个过程。我至今还记得，他执着我的右手，在我手心里郑重其事地写字的情景。

有人大声喊捉贼，我为喊声惊醒，我习惯性想拔出手枪，却发现枪不见了。环顾四周，发现自己又回到了现实，回到了车水马龙

的都市，居然流了一地的口水，这才知道刚才自己瞌睡时做了黄粱
一梦。但梦中所见，仍然历历在目。

# 坟　场

　　乙未年八月十五日，我提着灯笼在热闹的大街上赶路。我要去的地方是个坟场，但是去坟场的路，我已经忘记了。我穿行在人流里，希望能从中找到一张熟悉的面孔。

　　到底是节日了，每个人脸上都洋溢着喜庆。有人手里拿着孔明灯在沿街高声叫卖，一帮小孩围着看，叽叽喳喳的像一群小鸟。我左躲右闪地走着，一下不留神，被人一头撞到我怀里来。我定神一看，是个男孩。男孩七八岁光景，手里拿着一支雪糕，雪糕把我的上衣弄得花花绿绿。我正准备数落他几句，话还没出口，男孩突然惊叫了起来："三舅，我可把你找到了！"

　　三舅？我不禁有点愕然。我唯一的外甥去年中秋已丧生于一次车祸中，我哪来的外甥呢。我说："小家伙，你认错人了吧？"那男孩说："三舅啊，别使性子啦，还是回家吧。"

　　真是奇怪了。这小孩怎么说话怪怪的呢？我说："我不认识你呀。"男孩说："三舅，这个时候你开什么玩笑啊？家里都乱成一锅粥啦。"我板起脸来跟男孩说："我什么时候跟你开玩笑了，我是认真的，我根本就不认识你。"男孩一下跳开一步，像打量陌生人一样上上下下打量着我，看了一会，男孩哧地笑了起来说："三舅呀，你别来这一套了，你这一套过时啦。"

我不禁有些疑惑起来，这男孩会不会是神经有问题了呢？可是看他言谈举止，似乎也颇为正常，为何会如此呢？难道我长得和他三舅一模一样，以至于连他的亲外甥都会认错了吗？可是细细想来，也没有这个可能，一个人就算外貌再相似，言行也大有不同，很难达到以假乱真的地步。何况我已经一再表明了自己的身份，莫非这是一个陷阱？我警觉地看了看四周，大街上仍然热闹非凡，一切看起来似乎没有什么异常。

我懒得再搭理他，只管走自己的路。才走了两步，又听到那男孩说："三舅，你别走得那么快，你等等我呀。"我边走边说："我不是你三舅，你最好别跟着我，要是不听话，到时可有苦头你吃！"男孩停下了脚步说："你屁股后面是不是有块巴掌大的胎记？"我猛然回过头来说："你是怎么知道的？"我屁股后面的胎记，极少人知道，可这小屁孩是怎么知道的呢？那男孩笑了起来说："有一回你带我去水库冲凉，我偷看你换裤子，除了知道你那块胎记，我还知道你的卵泡有鹅蛋般大，他们都叫你大卵袋，没错吧？"

真是见鬼啦！

我等男孩走近我身边，我把灯笼换到左手，伸出右手来握住了他的左手，然后不动声色地用力握紧，随着我手上的力度不断增加，男孩终于痛得弯下了腰。我以为他会叫出声来，可他一声不吭。我见他紧咬着牙关，汗水和泪水从脸上直流下来。我就这样紧握着男孩的手不放，拖着他在大街上行走。

大街上的人越来越多，我思忖着如何离开这热闹的地方。男孩企图挣脱我紧握着的手，但是他的努力显得多么的徒劳，我拖着男孩像拖着一条生蹦活跳的鱼穿行在人流里，我手里的纸灯笼不知何时已被挤扁，成了挂在小塑胶棒上的一张白色的旗，我举着它投降一般以最快的速度离开大街。

我现在走在一条运河边，终于远离了热闹。现在太阳西斜，天空高远，树阴下的人们显得悠闲而惬意。我左顾右盼地走在运河边上，我还是希望在这里能碰上一个熟悉的人因为不知道往哪里走才是坟场。到坟场去的路在我的记忆里相当模糊。记忆中要经过一片菜地，菜地里常年种着绿油油的芫荽。每天的傍晚，菜农在菜地里收割芫荽，风便从树林那边吹过来，把芫荽的香气吹到坟场来。脑海里除了这芫荽的香气还有那些菜农们伏在菜地里的身影，从坟场那边望过去，他们像极了一条条爬在芫荽上的害虫。

可是去坟场的路我怎么也记不起来了。我在运河上走了好远的路，遇上的都是陌生人。我没有向陌生人问路的习惯，因为我从来不相信陌生人。

后来我在树阴下碰到一个年轻的女子，那女子抱个小孩坐在树下的一张石凳上给孩子喂奶。她把上衣撩得老高，左边白生生的一颗奶子全露了出来。她似乎很陶醉，低着头一眼不眨地端详着她的孩子，直到我走近她的身边她才发觉，惊慌失措地把奶头从孩子的嘴里拔出来，迅速地拉下了上衣。孩子被他母亲突然抽走了奶头，急得哇哇大哭了起来。女人见我还站在她跟前，红着脸一边哄孩子一边留意我走了没有。我说："你孩子饿了，要吃奶呢。"她抬头看了我一眼，见我还是没有走的意思，一时不知如何是好。孩子的哭声终于战胜了女人的羞耻心，女人心软了下来，遮遮掩掩地撩起上衣，很快地把奶头塞进孩子的嘴里。孩子有了奶吃，哭声立止。

　　我站在女人跟前，静静地看她在奶孩子。女人低着头，专注地给她的孩子喂奶。四周很静，只听到孩子吮奶的声音。那声音仿佛一股热流穿过我的肺腑，让我沉入那种无边的温软之中不能自拔。忽然听到身后的男孩说："三舅，你也想吃奶啊？"我回头看见男孩正在朝我挤眉弄眼，一副下流的衰样。我握着他的手猛然用力，男孩痛得立刻说不出话来。他弯着腰，仍然一声不吭，豆大的汗水和泪水又从他的脸上流了下来。

　　女人也许意识到我站在她跟前的时间长了点，她扭过身子，面对着运河，背朝着我奶孩子。我拖着男孩子，悄悄地又移到她的面前。但是女人并不愿意我看着她奶孩子，她见我移到她面前，她一个转身，又用她的脊背对着我。如是再三，女人终于愤怒了。她冲我骂了起来："你有病啊？"我想跟她解释，话还没有出口，只听得男孩接了过去说："我三舅是想吃奶了，你好心给他一口奶吧。"女人的脸唰地红到了脖子根，她又骂了一句："变态佬，要吃奶是吧，找你妈啊！"

　　这一次我破例没有用力捏男孩的手掌。男孩得寸进尺地说："我三舅从小就没有妈，他可怜呀。你给他一口吧？好人有好报的啦。"妇人没想到男孩会说出这种话来，气得眼泪在眼眶里打转，一句话也说不出来，只是看着我们干着急。男孩像个大人一样和女人商量起来："趁现在没人看见，就给他吃一口吧，反正吃一口也不会饿了你的儿子，是不是？"听了男孩这说话，那女人忽然抱起孩子就走。男孩说："三舅，看来你的奶喝不成了。"我不理他，拖着他一路跟着女人走。

　　走了一段路，女人回头见我还跟着她，她慌神地跑了起来，女人跑起来的样子像一只受到惊吓的鸭，肥硕的屁股不断地左摇右摆。我在后面看得难受，我朝她喊："妹子，你用不着跑，我不是那个意思，真的不是呀！"听到我在喊，女人跑得更快，屁股摇得更厉害。我只好不喊了，默默地跟着走。这样又走了好长一段路，女人突然停了下来，她站在一个水果摊档前喘着粗气，见我们还是朝她走过去，便顺手从水果摊上拿起了一把短短的水果刀，她用刀子指着我愤怒地说："再跟来我可要斩人了！"

我把拖在身后的男孩拉到她面前说："麻烦你帮我斩了这个下流的东西！"我的话吓得男孩面如土色，他在我手上用力挣扎，像一条被钉在木板上临宰的黄鳝，在不断地扭动着身子，却于事无补。女人把刀子扔到男孩脚下说："我怕弄脏了我的手，你们有什么脸面活着，你们都自杀吧！"男孩赶忙用右手捡起短刀，在裤子上擦了擦，又放到鼻子上闻了闻说："三舅，好锋利的一把刀哇！"我对女人说："我不是他的三舅，你别误会。"女人听了却把头别向一边。男孩趁女人不注意悄悄地把刀藏到了裤腰里。

女人抱了孩子又朝前走，我拖着男孩也跟着朝前走，我还是喜欢看她奶孩子，想听孩子吮奶的声音。我们才走了几步，忽听到身后有人说："你们把刀还给我呀！"我回过头，见摆水果摊的老太婆一瘸一拐地追了过来。我叫男孩把刀还给人家，但男孩不愿意。我又用力捏了起来，痛得男孩又把腰弯了下去，可他死也不把刀还给人家。我不再管他，拖着他又朝前赶。身后那老太婆的喊声便越来越小，最后终于听不见了。

女人远离了运河，走上了大街。在一个拐角，女人遇上了两个治安员。两个治安员只是听了她的一面之词，二话没说便要把我们带回治安办。一路上，那个长着满脸麻子的治安员用他的防暴警棒不停地捅我的屁股，一边捅一边说："他妈的，耍流氓，我让你也尝尝被耍的滋味！"他捅一下，我便用力捏一下男孩的手掌。男孩终于忍不住叫了起来："别捅他了，我求求你啦。"但麻子无动于衷，依然捅一下就骂我一句。而男孩呢，则被我拖着一路号叫着回到治安办。

麻子把我们赶到一个楼梯间里。楼梯间是用角铁隔离起来的，是一个临时关押嫌疑人的地方。楼梯间靠左的门边坐着个老头，看样子是专门看守楼梯间的。老头隔着角铁栅栏问：

"你真穷到要耍流氓了吗？"

穷与耍流氓有什么关系？我不明白他这样说是什么意思，难道只有穷人才耍流氓吗？

我说："我没有耍流氓。"

老头说："还死不承认！"老头说完走了出去，没过多久又回来了，回来时，他手里多了一根长棍，看样子也是准备捅我的。男孩见状赶忙说："是的，我三舅是个穷光蛋。他要是有钱，早去找小姐了，哪用得着调戏妇女。"我没有向老头解释，因为我知道这是多余的。

老头呵呵笑了起来说："还是小鬼聪明，有前途，大大的有前途，前途大大的光明呀！"

我在楼梯间待了一个多小时，麻子才来开门带我出去，临出楼梯间时，我故意把纸灯笼插到了楼梯间的角铁缝里。老头见了，朝我做了一个下流的手势，那意思是他要操我娘。我想给他回一个同样的手势，但没法空出另一只手来，只好作罢。

麻子把我们带到二楼的一间办公室。一进门，就见一个肥头大耳的男人微闭着双目坐在大班椅上，双腿搭在办公桌上不停地抖，一边抖一边在哼着一首什么歌。我听见麻子低声下气地说："队长，人带来了。"队长双眼一翻，停止了哼歌，打量了我们一眼问："这孩子是怎么回事？"麻子接话说："可能是这死色鬼的儿子吧。"队长哦了声。我身后的男孩纠正麻子说："我才不是他儿子，他也没资格当我爸爸，他是我三舅。"只听得队长冷笑了一声说："有意思。"说完，队长突然大喝一声："蹲下！"我站着没动。麻子走过来，猛踢我的脚，我站立不稳跪到地上来，男孩也被我一下子带倒，伏到我的身后。队长走到我的跟前，抬脚用他的皮鞋尖抵着我的下巴叫我抬起头来。我抬起头，队长便用他的皮鞋尖在我下巴上磨蹭了几下笑嘻嘻地问我："刚才做什么坏事来着？"我摇头。队长又问："你摸人家的奶子了没？"我还是摇头。队长很有耐性地再问："那女的漂亮吗？"我仍然摇头。

队长见我一问三摇头，朝麻子打了一个眼色，麻子立刻像只足球一下子就弹到了我的跟前，出其不意地一下子踩住我的左手，变戏法一般拿出一根竹制的牙签，朝着我的食指缝猛插。一阵剧痛让我不由自主地用力紧握男孩的手，男孩大声呻吟起来，一边呻吟一边号叫："你们别搞我三舅了！"麻子回头与队长对望了一眼，队长说："看不出这色鬼倒是有个好外甥啊。"麻子马上附和说："队长英明，是个好外甥，确实是个好外甥。"

这时候桌上的电话响了，队长慢条斯理地拿起话筒，刚喂了一声，马上换了一副脸孔，人也矮了半截，连连说了几个是才放下电话。

队长终于又恢复了他的傲慢，他走到我的面前，又把他的皮鞋伸到我面前，抵住了我的下巴说："给你一个机会，我的皮鞋脏了，麻烦你帮个忙。"我知道他是想让我舔干净他的皮鞋，很多人都有这种习惯。我望了一眼窗外，窗外的天空瓦蓝瓦蓝，有风从窗外吹进屋里来。我脸上微凉。

麻子见我没动作，从背后踢了我一脚，我往前一冲，我的头几乎到了队长的胯下了。我抬起头，望了队长一眼说："真奇怪，你裤裆里怎么长了一朵菜花呢？"队长狼狈地夹紧了双腿，脸色变得十分难看起来。只见他后退两步，气急败坏地说："你、你再说一遍？"我说："你裤裆里长了一朵漂亮的菜花。"麻子大惊失色地说："你疯啦，再敢乱说我割掉你的舌头！"我说："我没说错呀，他那里真的是长了一朵菜花嘛。"

麻子一下子又踩紧了我的左手掌，用牙签把我另外几根手指全插了一遍，插得我的手指鲜血直流，每插一下，我便听到身后的男孩惨叫一声。开始男孩叫得还是比较响亮，后来他的声音便越来越小，最后只能听到长长短短的呻吟了。

"告诉我，你看到了什么？"一个声音在我耳边响起来。是麻子，他像条狗一样也爬到地上来，看着我的双眼，我从他的眼球里看到自己还活着。

"菜花，漂亮的。"我说。

"死不悔改，不见棺材不掉泪，你找死！"麻子一把抓住我的头发，往地板上猛撞，把办公室里的木地板撞得嘭嘭作响。几个治安员跑过来看热闹，队长朝他们挥了挥手，几个治安员识趣地离开了。队长对麻子说："够了，别弄出人命来，放他们走。"麻子立马停了下来，看了看队长说："太便宜这色鬼了吧？"队长说："今晚谁来看管他？你吗？"麻子说："队长英明！我忘记今晚是中秋节了，好的，放掉，放掉。"

我眼冒金星地拖着男孩从治安办里出来，不分东南西北地乱走了一气，只想着远离这个地方。这时，太阳已经落到西山了，我才想起今天此行的目的，不由得急了起来。我站在马路的中间，不知往哪个方向走才是坟场。

记忆开始有些明晰起来，我记起了一些事物。噢，我记得了，在那片菜地中间还有一棵光秃秃的松树！松树原本是枝繁叶茂的，后来一场大雨，雷电把叶子全烧光了。坟场的老板说那是一棵风水树，自从松树的枝叶被烧光了之后，抬来坟场的死人也多了起来。

从菜地再往回走，是一个锯木厂。锯木厂的老板是个独眼龙，他养了一头不知名的奇特小兽，绑在锯木厂的门口。每个经过锯木厂的人，我相信都会对那头小兽印象深刻。因为那头小兽每遇上一个路人，它都会向人家伸出它那透明得看得见骨头的小手，要跟人家握手。我记得我曾伸手和它握过，那透骨的冰凉曾让我不由自主地打了个寒战。

锯木厂再往回走是个孤儿院。孤儿院的院长是谁？好像就是我的三舅。那个双目失明的盲女是谁的女儿？是煮饭阿姨的吗？好像是，又好像不是，我不能确定，唯一能确定的是盲女在十三岁时曾被人强奸过。我还记得盲女被人强奸之后，第二天她的眼睛便复明了。她整天躲在墙角自言自语：我宁愿什么也看不见，我什么也不想看见。后来我三舅就失踪了，有人说在坟场见过他，也有人说在一个叫大鹏的海边见过他，但谁也不能确定我三舅去了哪里。不过，我相信他还活着。

从孤儿院再往回走是什么？好像是有一座桥，但我不能确定这桥是不是在这个地方。不过，在这里我脑海里留下了一股奇怪的气味，隐秘而兴奋，在漆黑的夜空中如鹰一般盘旋而下。有压抑的哭泣声从墙边的角落里传出来……

记忆在这个时候开始模糊起来，像一条被大水冲垮的独木桥，终于断了，我无法再记起还有些什么人或事。

我极目远望，我希望能找到一座桥，哪怕是一座独木桥。可是所看到的除了高楼大厦还是高楼大厦，纵横交错的路让我无所适从。我回头看了男孩一眼，男孩此刻双目微闭，似乎是累得睡着了。我用力捏了捏，男孩吃痛，立刻睁开眼问："到了吗？"我说："怎么走？"男孩似乎对这里的道路相当熟悉，他随手指了一条小路说："条条大路通罗马，怕什么呢。"我也觉得去坟场走小路可能是对的，二话没说就拖着男孩走上了唯一的一条小路，我希望能在天黑之前赶到坟场。

我原以为走上了小路就安全了。不想走了没多久，天还没黑，又碰上了麻子。麻子似乎知道我要走这条路，老早就在路的前面等我。我只顾着走路，并未留意到其他。麻子噌地从路边跳出来，吓了我一跳。我以为他又要为难我，我忙拉着男孩闪到路一边去。不想麻子的表现却大出我的意料之外，他拉住我的左手连连向我道歉。我不知道他又要耍什么花招，我马上主动把脸伸到他的面前说："别插我手指了，请打我的脸吧。"麻子怔了怔，忽然朝自己的脸噼啪打了两巴掌说："老哥，我向天发誓，我所做的一切都不是我愿意的。人在屋檐下，不得不低头呀。老哥，您说是不是？"

我不可能相信他说的话。我不理他，赶紧朝前走。才走了几步，听到麻子说："老哥，您可要相信我。我是诚心来向你道歉的。"我头也不回地说："你再打几巴掌我就相信你了。"本来这是我随便说的一句戏谑话，没想到，身后居然响起了噼啪噼啪的巴掌声。我回头看过去，只见麻子当真用力左一巴掌右一巴掌地打起自己的脸来，麻子边打边说："我的好哥哥，这回您相信我说的话了吧？"不知为什么，我听了麻子这话，只感到全身冷汗直冒，快步往前走，连话也不敢再说了。这时身后的麻子着急叫了起来："老哥您别走得那么快呀，等等我，小弟我还有事跟老哥您商量商量。"我不敢再回头，只顾低头赶路。只听得麻子又说："老哥呀，我是真的有事跟您商量，您慢点走，我们边走边谈好吗？"这时，男孩接过麻子的话说："三舅，说不定人家是有好事要找你呢，你怕什么，他真能吃了你吗？"麻子听了男孩这番说话，很及时地大赞了男孩一通，说他有见识，长大了肯定是个了不起的大人物。

我很想再给点苦头这个未来的大人物吃，可是我现在已经差不多筋疲力尽了。右手除了紧扣着男孩带着他朝前走，已无力让男孩弯腰了。麻子见我并不反对，快速走到我的身边对我说："老哥呀，老实跟我说，您真的能看穿衣服吗？"我被麻子弄烦了，我损他说："就算隔着一层皮我也能看得穿你的心长成个什么样子。你信不信？"麻子兴奋地叫了起来："噢，那就太好了，我们发财的机会来了。"我还没有想好如何回答他，忽然听到男孩问道："发财？你想带我三舅去娱乐城吗？"麻子一拍男孩的头说："小家伙，你真是聪明绝顶，一猜就中，没错，如果你三舅愿意跟我合作，我包你们能赚个盆满钵满的！"

我任由麻子和男孩在不停地讨论如何合作、如何分成诸如此类的问题，对他们的谈话并没有往心里去，心里只想着如何才能到达坟场。脚下的路越走越是让人生疑，这路怎么如此眼熟呢？我仔细一看，原来我已在不知不觉间又走到了运河边。

天黑了下来，暗红的月亮升起来了。我低着头，沿着运河堤一路朝着刚来的方向走。麻子见我一直不发表意见，他心急了，不断地要我表个态。我只好表个态，我说："做梦吧，你。"麻子听了一把抓住我的手臂说："我的好哥哥，您到底要怎样才愿意跟我合作呢？"我想也没想就说："为了表达你的诚意，你跳河吧。你要是跳河了，我就跟你合作。"

我没想到麻子会把我的话当真，只见他二话没说就往运河里跳。扑通一声，我见麻子已经掉到河里了，他一边在河里挣扎，一边朝我喊："我的好哥哥，您答应过我的事可别反悔啦！"

我原以为自己会因此高兴起来，但是，我看着在水里扑腾的麻子，心里竟然连一点快意也没有。我甚至有些难过地说："我并不是真的要你跳河，你何苦呢？"我话音刚落，忽听到身后的男孩说："其实要跳河的人是你。你有什么资格站在岸上？"我回头看了一眼男孩，只见他轻蔑地说了一句："人渣！"

我心里一颤，久违的泪水在此刻终于涔涔而下。

我默默地流了一会儿眼泪，叹了一口气说："没错，我是人渣，我应该跳河。"说完，我掉过头来，正准备跳下河去，忽然右手一轻，回头一看，男孩已不见了踪影，剩下一只血淋淋的手掌，早已齐腕切断，正被我紧紧地握在手里！

# 刘知府夜访纳瓦西

　　刘知府这个小伙子今年才二十出头。按照大家习惯的说法是"90后"。他父亲刘统一是我十几年的同事。我们在宝安的兴业厂干了十五年。十五年没挪过窝的同事已经很少了。2008年经济危机时，像我这种年纪，一没技术二没文凭的普通工人没有被裁掉，全赖刘统一鼎力相助，才得以苟延残喘。工厂里就我和刘统一寥寥几个老臣子。

　　刘知府原来就读深圳大学，也算是说得过去的大学了。但他只读了两年便退学了。他振振有词地说："当代的教育，培养的只是高分低能的庸才罢了，你看人家韩寒不也是大学没读完吗？"刘统一被儿子这番高论气得差点吐血，盛怒之下，便把刘知府招到工厂来当工人，流水线上最普通也是最苦最累的工人。刘统一的用意很明显，摆明了要让社会这所大学磨一磨刘知府这小子，不料刘知府却欣然接受，不但很乐意去上班，甚至还规规矩矩地上了两年。

　　两年来，刘知府不但在自己的岗位上任劳任怨地工作，还富有创见地提出了不少建议，让工厂的流水线得到了最有效的改善。鉴于此，厂里准备破格提升刘知府为主管助理。大家都为刘知府高兴，不料刘知府却做了一个令所有人大跌眼镜的决定——他不干了。在工厂宣布提升他为主管助理的第二天，他便到叶经理那里辞职。

其时，叶经理正坐在他办公室里喝茶，他连看也不看刘知府一眼，他只是一边泡他的茶，一边听取手下汇报工作，仿佛刘知府并不存在一样。刘知府呢，他并不急，很有耐心地站在一边等，因为他要即辞即走，一次性结清所有的工资。

叶经理还在喝茶，一个女秘书拿文件来让叶经理签名。叶经理拿着签字笔好像是忽然想起了刘知府："你真的要走？"

"必须的。"刘知府说。

"给我一个理由嘛。"叶经理说。

"不需要理由，我有离开的权利。"刘知府说。

刘知府话音未落，刘统一便火气十足地冲了进来，扬起手就要给刘知府两巴掌。刘知府把脖子伸到他父亲面前说："打吧，随便打，你也有这个权利。"刘统一的手便停在空中，那样子倒有点像是向刘知府投降一般："俺的儿呀，你到底咋了？干得好好的，你咋能任性呢？你告诉爹，你到底是为啥要走啊？告诉爹好不？有啥事解决不了的？是李莉出啥事了？"

李莉是刘知府的女朋友，在精工厂做文员。精工厂挨着兴业厂。平时刘知府要见李莉，一个电话打过去，几分钟，他们就可以见上面。两人已经好了一年多，就差没有同居。平时李莉都管刘统一叫爹了，那亲热的劲儿，仿佛她已经是他刘统一早就过门的媳妇了。刘知府现在突然要辞职走人，刘统一自然便想到是不是小两口发生啥口角了。这边刘知府还没有解释，那边李莉的电话就打了过

幸福咒

来。电话是打给刘统一的，让人想不到的是，刘知府为什么辞职竟连李莉也不知道！

这下连叶经理也有点糊涂了。他瞄了一眼刘知府，见他像没事人一样端起茶就喝，他不禁来火了。

"你真要走，我也不拦你。但你得喝一杯洗脚茶，工资才可以完全结清。这规矩你懂吧？"叶经理冷冷地说。叶经理说完，便将茶壶里的温水倒掉，亲自去接上开水。这是兴业厂的新规矩，但凡即辞即走的员工，如果想结清所有的工资，就得喝一杯洗脚茶，否则得倒扣一个月的工资。在兴业厂据说喝过洗脚茶的人屈指可数，其中有叶经理的前任杨经理。刘知府朝叶经理咧嘴一笑说："看来我有福了。好啊。洗脚茶有味道。"

刘知府大大咧咧地坐了下来，不紧不慢地脱了鞋袜，把光脚丫子伸到茶杯上方，毫不犹豫地端起茶壶就往脚上淋。热气腾腾的茶水淋到刘知府的脚上，顺着脚背往下流，然后注入杯中。这个过程，刘知府竟连眉头也不皱一下。刘统一本来想阻止刘知府喝洗脚茶，但叶经理把他拦住了。说话之间，刘知府便把洗脚茶给喝光了。喝完洗脚茶，刘知府啧啧嘴巴，说了一句："到底是经理的茶，味道好极了！"惊得在场的人目瞪口呆。

结清了工资，刘知府又做了一个不可思议的决定：他要和女朋友分手，为了将这个决定贯彻到底，当晚他将在永丰大排档设分手宴，诚邀同事和好友一聚，以示好聚好散。宣布完这个决定之后，刘知府不顾一旁气得吹胡子瞪眼的刘统一，转过头来笑着对叶经理说："我现在不是兴业厂的人了，我现在以外甥的身份请舅舅你也参加我们的分手宴吧。"叶经理点点头连说了几个好，然后掏出一个厚厚的红包递给刘知府说："我这辈子吃过这宴那宴，就是没吃过分手宴，区区薄礼，就权当是你们的分手礼吧，请知府大人笑纳

148

喽。"刘知府笑了笑，说一句谢谢，毫不客气地笑纳了。

很快，刘知府晚上要请大家吃分手宴的事便在厂里传开了。大家议论纷纷。车间、宿舍、饭堂甚至洗手间，只要有人的地方，就少不了在谈刘知府，都觉得他真是个人物——连洗脚茶都敢喝。同时大家都在猜测他为什么要辞职，辞职和女朋友李莉分手是否有联系。有一个版本说，刘知府中了五百万元的彩票，他现在是有钱人了。想想啊，有了五百万元，还稀罕一个主管助理吗？当然喽，有了钱，甩了女朋友，换换新口味也是有必要的。持这个版本的人最有力的证据就是晚上的分手宴。看来有了钱，干啥事都够豪气，连分手都大摆筵席。另一个版本则说刘知府可能得了绝症。一般得了绝症的人行为都难免有些怪异。他们的证据就是洗脚茶。一个正常的人，如何喝得下洗脚茶呢？可他刘知府不但喝了，居然还说味道不错，这就很说明问题了。明显就是不正常嘛。还有，一个正常的男人和女朋友分手隐瞒都来不及，还设宴大肆宣传，这是正常人干的事吗？诸如此类的说法让人终究是猜不透刘知府葫芦里卖的是什么药。各种版本都有各自的理由。这些理由似乎也都很充分，弄得大家便很期待晚上的分手宴。受到邀请的人无端地生出一份自豪来。说话之间更是硬气不少，仿佛刘知府已经是他的莫逆之交了。

值得一提的是，我也荣幸地受到了邀请。那时候我还在上班，刘知府找到车间来。他把我拉到车间的楼梯口才停下来，说了晚上的分手宴请我务必参加，最后他欲言又止地说："史良叔叔，有些事……算了，一时之间我也说不清楚，我以后再跟你说吧。"我说我能理解，年轻人在外头遇事要多考虑，不要仓促下决定。刘知府点点头说："这个我明白。但我必须离开，我一天也待不下去了。"他又一再叮嘱我晚上一定要捧场。望着他离去的背影，我五味杂陈。

　　老实说，我差不多是看着刘知府长大的。当年刘统一从老家把他带到深圳读书时他才六七岁光景，上学之前刘统一要给他改名，我戏谑地给刘统一提建议，我说现在大家都想当官，就叫小家伙做刘知府吧，当知府也算是九品的官了，相当于宝安区的区长啦。不想刘统一竟然采纳了我的建议，从此就叫刘知府。

　　小时候的刘知府虽然顽皮，但也算是听话。高中毕业了，刘统一要他考深大，他就考了深大。不读书了，刘统一把他弄到工厂上班，刘知府也没有说半个不字。即便是刘知府的女朋友李莉，也是刘统一给他安排的。李莉的父亲和刘统一是多年工友。有次两人喝了点酒，戏言要结成亲家，结果不到一个星期，李莉就和刘知府谈上了。当然，这当中也有我的一点小功劳。刘知府从小便比较黏我这个史叔叔，有时候也比较听我的话，有什么话也愿意和我说。但是刘知府此次辞职，我却是一点儿风声也没有收到，尽管厂里诸多版本，可我从刘知府欲言又止的神情，知道他肯定有别的苦衷。不过我有信心在晚上的分手宴上找出真正的原因。

　　晚上九点多，大伙陆续前往永丰大排档。刘知府早已经在那里候着了。刘知府客气地向大家一一行礼请大家入座，大家便纷纷入座。刚坐定，刘知府的舅舅叶经理和他父亲刘统一也到了。他们手上各自拎了两瓶酒。四桌人刚好一桌一瓶。酒席刚开始，便有人发现分手宴少了女主角李莉。于是问刘知府李莉怎么没来？刘知府便吩咐大家先吃，他转身去请李莉。工厂里的清汤寡水把大家的胃都撑成了一头饿狼，谁还跟他刘知府客气呢。

　　酒过三巡，大伙都有了几分酒意，肚子也填得差不多了。这个时候，大家才发现不但女主角没有来，连去找女主角的刘知府也还没有回来。有点不胜酒力的刘统一骂骂咧咧地掏出手机给刘知府打电话，不料却是关机，又给李莉打，这回是接通了。可是李莉却说

150

刘知府没有去找过她。刘统一心里咯噔一下，豆大的汗珠便从额上冒了出来，酒已经醒了一半。有个和刘知府同一个宿舍的工友主动请缨回工厂去找刘知府。十几分钟后，他一个人急匆匆赶了回来。谁也想不到，刘知府竟然连夜离厂了。他到底去了哪里，厂里没有人知道！

这个结果多少让人觉得有些难受，大伙都不吃了。刘统一只得去结账，但刘知府早就将账结了。原本很值得期待的分手宴因为主角不在场闹了个不欢而散。在回来的路上，大家又开始讨论刘知府设分手宴的目的。大家讨论来讨论去，都觉得这是刘知府的金蝉脱壳之计，他就等大家在吃喝时趁机离开。

刘知府这个举动急坏了他的父亲刘统一。他像一只热锅上的蚂蚁，在工厂里团团乱转。从车间到厕所，工厂里他能想到的每个角落他都找了一遍，但仍然是一无所获。有人提醒他到写字楼的楼顶看看。他一想有道理，又急急忙忙地往楼顶冲。这年头，跳楼的年轻人真是太多了。刘统一哪能不急啊。但当他站在写字楼的楼顶，望着灯火通明的繁华都市，哪里有刘知府的影子？刘统一不由得悲从中来。他忍不住扯开喉咙骂了一嗓子："刘——知——府，俺——日——你——娘！"一夜之间，刘知府就像一滴水消失在大海里。工厂里没有人知道刘知府的下落。刘统一来找我商量对策，一时之间我也无计可施，还真的搞不懂到底发生了什么事。

两个星期后，我接到刘知府打来的电话。他在电话里说，他到了贵州的夜郎。我颇为诧异，问他何事跑到夜郎。电话那头的刘知府沉默了半晌才幽幽地说："我要去找纳瓦西！"我追问他关于纳瓦西的信息，不想刘知府虚晃一枪，借口没有时间解释，就匆匆挂了机。

关于纳瓦西，我是后来在和刘知府断断续续的沟通过程中才渐渐了解到一鳞半爪。

去年八月，网上有一则新闻，说五个患了癌症的老人，结伴环游中国，网上称此次旅行为"最后的死亡之旅"。五个老人中最年轻的六十八岁，叫刘汉生。刘知府说，刘汉生其实就是他爷爷。

刘知府的奶奶死得早，刘知府来深圳读书之前一直在老家由刘汉生带着。自从刘知府来深圳读书后，刘汉生便在老家一个人独自生活。去年三月中旬，刘汉生被查出晚期肝癌。我还记得刘统一当时为此还请了两个星期的长假回了一趟老家。刘统一回厂之后，我偶尔问起他父亲的病情，刘统一闪烁其词，没有作正面回答。当时我也没有在意，想不到，刘汉生竟然加入了"最后的死亡之旅"。

"死亡之旅"的成员来自全国各地，五人中一个是大学教授，一个是工厂老板，一个是退休公务员，还有一个是演员，只有刘汉生是个老实巴交的农民。工厂老板开了一辆半旧的进口皮卡来参加此次旅行。他们在刘知府的老家河南新郑集中，八月一日刘汉生五人在黄帝故里拜了黄帝陵之后宣布出发。他们原计划走陕西过四川，然后折向东进入湖北境内，游了两湖两广之后，再转向西前往云贵高原。但实际上，去年十一月下旬他们到了四川之后，并没有按原计划走，而是直接进入贵州。临近年关时，他们在黔西一个小镇休整。离旧历年还剩下三天，演员便死于食道癌，走完了他表演的一生。四人匆匆埋葬了演员，再次上路。正月十七，过了元宵节，他们到达黔西的夜郎，在这个富有传奇色彩的地方他们遇到了点小麻烦。

他们在傍晚时分进入夜郎境内，驾驶员由公务员换成了老四。他们已经习惯把老板称作"老四"。然而就是这个老四，在进入夜郎时，差点让他们全军覆没——皮卡在过弯时突然失控，还好车速不算快，加上刹车及时，才没有导致连人带车直接冲下山谷。惊出了一身冷汗之后，大家才有时间回过神来下车察看，原来是前轮一个轮胎没气了。四人也没做多想，七手八脚地换上备胎又继续上路。行了大约两公里，车子转了一个大弯，居然发现路边有一间补胎店。为了预防不测，老四决定将换下来的轮胎补好了再走。

这间所谓的补胎店实在简陋，不到一人高的土墙残破不堪，屋顶是老式的土瓦外加上茅草。要不是门口挂了块补胎的牌子，只怕谁都觉得这就是山里农家的羊舍。店主是个年约三十岁的男人，长着一脸麻子就不说了，穿一身看不清原色的灰不拉叽的衣服，看起来起码有一个月没有洗了。一口半生不熟的普通话，连教授也听得云里雾里。最后店主伸出五个手指，"维西，维西"了半天，他们终于明白他要价五十块。这个价钱比起大城市还是高了一点，可是在这荒山野岭的，他没有狮子大张口就已经不错了。老四没有还价，只是一个劲地催他动作快点。

补胎本来就简单，是个技术含量不高的活计，可是这个麻子居然折腾了半个小时也没有弄好。此时太阳彻底落山了，天色也暗了下来。起风了，山风吹得人直打哆嗦。接着又下起了蒙蒙细雨。贵州的天气向来就是天无三日晴。这雨一下，就更加阴冷。四人又冷又饿，老四的性子本来就急，看着麻子磨磨蹭蹭的，实在是受不了。他捋起袖子，亲自动手，十几分钟就弄好了。麻子束手站在一旁，看着老四把轮胎装好，嘿嘿地笑了两声，似乎是有点不好意思的样子。

重新上路时，坐在后排的教授突然发起了高烧。公务员自带的药箱里备有退烧片，教授就着矿泉水吃了一片，整个人就歪在后座上，看样子随时有见马克思的可能。很明显，教授现在需要一碗热粥和一张床，得赶紧找到住宿的地方才行。老四一边开着车，一边留意路边有没有农家。皮卡在大山里转来转去，走了五六公里，天黑时，车子刚转过弯，突然奇迹般发现前面不远的三岔路口居然有一户人家。就在大家觉得可以松一口气时，这辆不争气的皮卡，再一次以同样的方式搁浅——前轮又有一个轮胎瘪气了。唯一不同的是，换成了另一边的轮胎。

所有的一切，冥冥中似乎老天在为他们安排好了住宿的地方。后来的事实证明，这个地方确是大山里的一个陷阱。值得敬仰的是，刘汉生明知道这是一个陷阱，但他仍然选择留了下来。

"我爷爷是一个英雄。"刘知府在电话里这样说，言语之间，向往之情溢于言表。

我没有见过刘汉生，唯一的印象便是网上关于他们五个癌症老人环中国旅行的寥寥数语。其中仅有一句关于刘汉生的描述："刘汉生是唯一老实巴交的农民。"刘知府在后来的讲述中，也说过类似的话："我爷爷就是个老实人。"但他再一次重申："但这不妨碍我爷爷成为一个英雄！"

事实上刘汉生也是个老实人。从敲门开始，老四便隐隐觉得这家农户有点不妥，可是他说不出所以然来。门明摆着是虚掩的，他们敲了半天，没有人应。公务员和老四对望了两眼，心里都在盘算着如何是好。老实人刘汉生却不管那么多，他一手扶着教授，一手便推开了大门。

屋里很暗，老四打亮随身手电，赫然发现脚下竟然侧身伏着一个女人，四人不由得都吃了一惊。手电光照着女人苍白的脸，只见她张着嘴，一张脸瘦得只剩下皮包着骨头，眼睛大而无神，长发又乱又脏，身上一股恶臭老远都闻得到。看不出她的年龄，但四人都看得出女人已极度虚弱，她空洞地仰望着，嘴里正含混不清地发出微弱的呻吟声。

自出发以来，他们也曾数次求宿于农家，但从来没有遇上过这种情形。此时教授吃过药后出了一身汗，高烧渐退，教授见老四和公务员还拿不定主意，便对刘汉生说："先救人吧。"于是刘汉生便拿来矿泉水，尝试先给女人喝点水。喝过水，女人似乎缓过神来了，终于说了一句完整的话来，女人说："我饿。"声音虽低得如蚊蚋，但大家还是听到了。这个时候，老四找到了电灯的开关，他拉亮了电灯。眼前的一切，再一次让他们感到十分惊奇。

屋内靠墙摆着一张破旧的木床，床上的蚊帐已经千疮百孔，象征性地挂着。床前摆着一张木桌，桌上放着一堆玉米、土豆、番薯和花生。床的对面便是灶台，灶台的墙边挂满了腊肉。很明显，屋里并不缺吃的东西，可是女人却说她饿，看样子还饿得连话也说不出来了。

这事透着古怪，老四和公务员不敢贸然行动。只有刘汉生，他扶教授坐到屋里唯一一张木凳上之后，便试图去扶起女人。不料竟扶不起来。仔细察看，竟然发现女人的手和脚不但严重扭曲变形，甚至连手筋脚筋都被挑断了。刘汉生顾不得她身上的臭味，俯身便把女人抱到了床上。女人本来有话要说，但她虚弱的身子经不起折腾，刘汉生把她抱到床上时，她短暂地晕了过去。

老四和公务员还在商量怎么办，老四觉得这地方不对路，认为最好是尽早撤离，免得招来麻烦。但公务员觉得教授正在发烧，最好是留下来休息一晚。两人扯来扯去，没法扯清去留。教授坐在木凳上，微闭着眼说了一句："先弄饭吧。"于是大家便觉着肚子确实饿了。灶台上包括大米什么都是现成的。刘汉生二话没说，便去生火煲粥。在此期间，女人又醒了过来。她侧着身子，双眼死死地盯着正在煮粥的刘汉生，一直没有移开过。老四觉得很是奇怪。他悄悄地把他的疑惑和公务员说了，公务员这时才留意起女人来，他观察了一会便下了一个高深莫测的结论："刘汉生这回有麻烦了。"老四听了他的结论，笑了，老四心想：到底是干过公务员的人，想问题就是全面。

屋里的柴火有点湿，不是很好烧，刘汉生弄得满屋都是烟。教授经不起烟熏，咳了好一阵。老四过来帮忙烧火，不想弄得屋里的烟更浓，公务员便笑他是猪八戒捉妖精——帮倒忙。搞得刘汉生连连道歉，老四反而有点不好意思起来。

好不容易才煮好粥，刘汉生给教授盛了一碗，回过头来，见女人正目光灼灼地盯着他，他又盛了一碗捧到床边，小心翼翼地喂女人吃。女人吃了几口粥，突然"噢"地叫了一声，眼泪就汩汩地流了下来。刘汉生见不得女人的眼泪，有点不知所措。他手忙脚乱地帮女人擦去眼泪，忽然听到身后的老四说："果然。"刘汉生没在意，但见女人的嘴还张着要粥喝，于是坚持给女人喂完碗里的粥。

吃过粥，老四和公务员又开始讨论去留的问题。教授吃了粥之后，他的烧也彻底退了，关于去留的问题，他没有发表意见，只是坐在凳子上做沉思状。刘汉生呢，因为刚才要喂女人吃粥，所以他反而到现在才有时间捧着一碗热粥，蹲在地上慢条斯理地喝，边喝边听他们在讨论。屋外的山风在呼呼地吹，木门不时地来回撞击土墙，发出沉闷的响声。发黄的电灯吊在头顶，被风一吹，昏暗的灯光来回摇晃，让人无端地生出一丝丝恐惧来。

其间，教授拿出手机给家里打电话，他想听听外孙女的声音。但外孙女上钢琴课去了，没在家。教授匆匆跟女儿报告一下行踪就收了线。这时老四和公务员已达成了共识，公务员已同意老四撤离的建议，正准备征求教授的意见，床上的女人忽然很清晰地说了一句："你们赶快走吧！"众人一齐望向女人，只见女人苍白的脸上有了一抹血色，女人接着又补充了一句："你们带我走吧！求你们了。"公务员望了一眼老四，见老四轻轻地摇了摇头。公务员便很默契地掏出五百块钱，压到床前的桌子上说："多有打扰，请收下吧。"女人突然叫了起来："我不要钱！我要离开这里。我——求——你们了！"由于身体虚弱，女人像一条上了岸的鱼，张着嘴大口大口地喘着气。刘汉生见老四已经扶起教授，知道他们已经决定离开了。从出发到现在，刘汉生就极少表达过自己的意见，差不多都是老四和公务员说了算。这时候刘汉生还是一言不发地跟在他们身后，直到老四换了轮胎，刘汉生才搬下自己的行李，决定留下来。这个决定无疑让老四他们甚为不解。

"你真的要留下来？"老四问。

"俺还是留下来吧。"刘汉生答。

"你没看出这地方是个陷阱吗？"公务员问。

"俺知道。"刘汉生答。

"你知道还留下来？找死啊？"老四接着问。

"女人挺可怜的。"刘汉生说，"俺不能不管。"

"我们当初是怎么说来着？"公务员又问。

刘汉生沉默了一会，说："咋死都是死，死在哪也是个死。俺现在想明白了。"

"老三已经不在了，他临终前说的话，你还记得吗？"教授忽然插了一句。

"俺记得，他的遗愿只有你们能完成了，俺对不起他。"刘汉生说。

"好吧，人各有志，你真要留下，我们也强求不得。保重了。"老四说完，便上了驾驶室。公务员拉着刘汉生的手说："汉生，你小心啊，这地方太鬼了。你保重。"教授上车之后，他摇下车窗说了一句："刘老弟，没想到你比我们还想得开啊，好样的。"

皮卡渐渐远去，灯光转眼便消失在大山里。刘汉生拿着手电回到屋里，发现女人把脸埋在枕头上嘤嘤地哭。屋里的灯还亮着，风从大门灌进来，吹得地上一片狼藉。刘汉生放下行李，反身把门关好。

床上的女人忽然停了哭声，她翻过身，见是刘汉生，以为刘汉生回来是带她离开的，顿时惊喜万分地说：

"你们真是好人！"

刘汉生没有解释，他见地上又乱又脏，便默默地收拾起屋子来。女人看着他在有条不紊地收拾屋子，眼神渐渐暗淡了下去。当刘汉生收拾停当坐到床前，他想告诉女人，老四他们已经离开，但冲口而出的却是："你好些了没有？"

"他们离开了？"女人幽幽地问。

"走了。"刘汉生答。

"你不走？"

"俺留下。"

"你还是走吧。"

"俺不走。"

"你不怕？"

"怕啥？"

"你不怕死？"

"该死的阎王爷也救不了。"

刘汉生见女人又要流泪的样子，慌忙安慰她："别担心，有啥委屈的，跟俺说说，哦？"女人的眼泪最终没有流下来。沉默了一会，女人说："我想洗个热水澡。"刘汉生点点头，站起来就到灶台那边生火烧水。

水烧好后，让刘汉生想不到的是，床底下居然有一个能躺着洗澡的大木桶。刘汉生一边往大木桶里装热水,一边暗暗称奇。这种只有在大酒店才看得到的木桶,大概是屋里唯一的奢侈品了。当刘汉生帮女人脱去衣服,看到女人满身的伤痕时,他感到喉头发硬,怀里的女人突然变得轻了起来,刘汉生把女人像婴儿一样抱进热气腾腾的木桶里。

"闺女,爹帮你洗澡。"

"哥。"

"闺女,莫哭。"

"哥。"

"闺女。"

"哥。"

……

屋外寒风仍旧肆虐,大山深处,隐隐传来一两声狼嚎。屋里刘汉生帮女人穿上了她唯一一套新睡衣。洗过澡后的女人判若两人,她瞬间容光焕发起来。刘汉生发现女人其实并不老,四十出头刚好是做他闺女的年纪。

这一晚,平凡而老实巴交的农民刘汉生完成了他人生中最光辉的一页。尽管刘知府在讲述中有诸多语焉不详之处,但刘汉生的个人形象却结结实实地在我的脑海里生了根。他略显笨拙地背着女人义无反顾地离开屋子的背影,无疑给夜郎的天空抹上了最温暖的色彩。

事实上,我已经猜得出那个麻子并非善类,但我没想到他竟然卑劣到这等的地步。他不但把逃婚来到夜郎的女人劫持回来当老婆,甚至在女人不同意的情况下,残忍地挑断了女人的手筋脚筋,把女人折磨得半生不死。更可恶的是,他还别出心裁地把女人当成了诱饵,博取过路人的同情,以此骗钱。他名义上在补胎,实际上却干着伤天害理的勾当!

其实刘汉生并不想当晚离开,他早就已经将生死置之度外了,但女人强烈要求离开,他终究经不起女人的苦苦哀求。于是他从自己的行李袋中取出一件厚棉衣,帮女人穿上。棉衣又厚又长,女人穿在身上,像裹了一张棉被。女人忽然笑了起来:"哥,我穿得像只企鹅呢。"女人笑起来像个孩子。刘汉生"嗯"了一声,他咧了咧嘴,不过他没有笑出来,却说了一句:"中,俺闺女漂亮喽。"他像父亲一样摘下头上的帽子,给女人戴好后便背上女人摸黑出门。

黑黢黢的群山令人眼前一黑。从远处望过去,刘汉生的手电筒无异于暗夜里一粒萤火虫,在寒风中明明灭灭。细雨早就停了,风也息了。前面已经没有路了,一个小山岗挡在前面。

"哥,我们上山吧。"女人伏在刘汉生的背后轻声说。刘汉生也不问缘由,背着女人,深一脚浅一脚地往山上走。还好小山并不高,女人也不算重,可是即便如此,刘汉生上到山顶时还是累得上气不接下气。自从查出肝癌以来,刘汉生便觉得体力一天不如一天了。

"哥,辛苦了。"女人说,"放我下来吧。"刘汉生找到一块干净平整的石头这才把女人放下来。关了手电,刘汉生也坐到石块上。四周黑得伸手不见五指,山上寒气仍旧逼人,女人尽管穿了厚厚的棉衣,还是冻得直打哆嗦,于是刘汉生把女人搂到怀里。女人的呼吸开始有些紧张,但一会儿就平静了。女人说:

"哥,你叫啥名字?"

"刘汉生。"

"好名字,一听就是个男子汉。"

刘汉生突然感觉腹部一阵剧痛,仿佛有一群蚂蚁在身体里疯狂地噬咬。他强忍住，没让自己喊出来。耳边又听到女人说："这小山岗据说叫好汉坡，就不知道这里出了哪些好汉。"刘汉生忍住绞痛"嗯"了一声。自从进入贵州以来，刘汉生便发现疼痛的频率加快了，程度也加重了，自己能忍受的限度也越来越低。当疼痛消退时，他几乎虚脱，抱着女人的双手不自觉地一松，他脑子有点晕眩，他极度瞌睡，他甚至想，最好在他睡着时，不知不觉中就见了阎王。迷糊间，他听到女人说："哥，我给你讲讲纳瓦西吧。"刘汉生强打精神，双手重新搂紧女人说："中。闺女，你讲吧。"

"我们族人有个传统，男人老了，快要死了，如果死在家里，对他们来说是最窝囊的事情，也是最耻辱的事情。他们一般会在大限来临前沐浴更衣，自己独自到山上喂狼。走不动的，就让孩子背到山上去。他们宁愿洗净身子喂狼，也不愿意别人看到自己垂死的样子。我们族人管这些以身喂狼的男人叫纳瓦西。"

刘汉生听到纳瓦西时，精神为之一振，他低下头来，想看看女人的脸，但夜色太浓，他根本就看不清。他想问问女人，纳瓦西翻译成汉语是什么意思，不过他还是忍住了。他想听女人继续往下说。

女人歇了歇，又说："我父亲是个纳瓦西。我十岁那年，他已经病得不轻了，他是爬到山里去的。我母亲是汉人，不愿意他把身子喂狼，我没有哥哥，弟弟还小，我根本就背不动父亲，我是看着他爬到山上去的。我母亲哭着跟在父亲的身后一路走，我父亲被逼停了下来，他目光凌厉地盯着我母亲，一言不发，直到我母亲转身往回走，才继续向山上爬。我看到父亲满手都是鲜血。"

"你父亲是个英雄。"

"谈不上英雄，他在家里连一只鸡也不敢杀。"

"闺女，你叫啥名字？"

"赵云。我父亲给我取的汉名。"

"赵子龙？"

"啥龙？"

"这地方有狼吗？"

"有。"

"好。"

"你怕不？"

刘汉生没有回答。这一刻他想起了和他一起结伴环游的老四他们，不知道他们现在到哪个地方了。还有老三，就是死于食道癌的演员。刘汉生记得演员的遗愿是有一天能够登上珠穆朗玛峰，最后死在那里。当时刘汉生心里只觉得好笑，认为演员太做作了，死了也要表演一番。但是此时的刘汉生心里忽然好像有点明白了。

"可惜我刚才没有洗澡。"好一会，刘汉生才答非所问地说了这么一句。他接着又问赵云："闺女，你介意不？"赵云答："哥，我不介意。"女人在他怀里动了动身子，似乎贴得更紧了。后半夜时，刘汉生听到怀里的赵云说："哥，星星出来了。"似乎又起风了，远处隐隐传来狼的嚎叫声。

刘汉生到底有没有喂了狼？关于这个问题，我一直想知道。但刘知府并没有交代。他在和我失去联络前有两句话让我印象深刻。第一句是：夜郎人并不像传说中自大，他们甚至很谦虚，还很好客。第二句是关于他父亲的，刘知府说："我父亲是一个窝囊废！"

我真没想到刘知府会这样说他父亲。不过老实说，自从刘知府走后，刘统一就做了两件极愚蠢的事。

第一件事与工厂里一个年轻人跳楼有关。本来很简单的事，现在的年轻人，谈恋爱是再正常不过的事。当然，分手之后有点小情绪也没有什么大不了的。唯一不对的是，这年轻人把这点小情绪带到了工作中。刘统一自从刘知府走后，一直心情不好，作为生产主管，教训了那年轻人几句，不想竟然就此酿成悲剧。事后，工厂里决定找个心理辅导师来给工人讲讲课。刘统一负责这件事。据刘统一说，他请的是国内最著名的心理大师。

大师来到工厂之后，自然是受到热情的款待，在五星级的大酒店里吃饱喝足又拿到了一笔丰厚的报酬之后，这才施施然前往工厂讲课，意外的是，讲堂上只有刘统一一个人。更让人意外的是，刘统一让大师坐到台下当学生，他自己呢，竟然人模狗样地坐在台上讲课。他滔滔不绝地在台上讲了一个多小时还有点意犹未尽。但坐在台下的大师早就不耐烦了，平素习惯了高高在上讲给别人听，现在却叫他坐在台下听别人唠叨，叫大师如何受得了啊。

关于刘统一在台上到底讲了些什么内容，我们都没有听到。有小道消息说，大师从讲堂里出来时，面色铁青，他气急败坏地对前来道歉的叶经理说："刘知府算个鸟，他就是一个不折不扣的傻帽！"

第二件事在第一件事发生之后一个月，刘统一也辞职了。我问他："好端端的你辞啥职，刘知府一时头脑发热也就罢了，难道你一把年纪也头脑发热了？"刘统一愤愤不平地答："俺要去找俺知府，俺要亲自问问这小子，他凭啥说俺是一个窝囊废？"

看我这乌鸦嘴，真不该把这些话也跟刘统一讲。但我又想，即便不说，也难保他不辞职去找刘知府的。他们父子俩，在某些地方总是惊人的相似。

# 后　记

写完这篇小说时，已是凌晨三点多钟。我推开窗，冷冷的月光照到房里来。床上是正在酣睡的妻子，她正在梦呓，说话含糊不清，我间或能听到她在说洗衣机什么的。想必是前几天到苏宁花了一千七百多块买的洗衣机，她多给了二百块。她一直耿耿于怀，要让我还她二百块钱，以至梦中还在说洗衣机这事儿了。

小说虽然写完了，但我的心情一点儿也不轻松，我不知道它能不能为我多赚到二百块钱，用来堵上我妻子喋喋不休的嘴，所以我决定写一个长一点的后记。

小说中的这些人，都是我身边的熟人。刘统一一直是我多年的邻居，史良更是我的表哥。多年来，我们一直住在深圳关外一个名叫新桥的小村子里。先前我们一起租住在一个大合院里，大家出门抬头不见低头见，谁家炒了蒜苗腊肉，整个院子便满是腊肉的香味。夏天天气热时，屋里坐不住，大家便搬出凳子坐到树下纳凉，一起胡吹海侃。家长里短，工厂里的人事倾轧，谁和谁又离婚了，诸如此类。后来大院要拆旧建新，大家这才分开住。史良搬得稍远，住到相邻的另一个村子。刘统一仍旧和我做邻居。

其实我主要还是想说说我这位表哥，也就是史良。表哥史良是公认的老好人。他二十二岁就结婚了，表嫂是四川人，长得牛高马大，皮肤细嫩，样子也漂亮，大家都说表哥史良有福了。可是一直没有生育，怀不上孩子。也不知道到底是谁的原因，反正他们在一个被窝里睡了十几年的觉，就是睡不出一个孩子来。听说他们也去看过好几回医生，但我们一直不知道医生的结论。两人瞒得很死，不过大家猜测，肯定是两人的身体都有毛病。不过表嫂的脾气倒是日益见长，动不动就把表哥史良骂得狗血淋头。表哥打不还手骂不还嘴，一副逆来顺受的样子，让我们看了生气。觉得他才是个真正的窝囊废。不过也奇怪，刘统一的儿子刘知府从小就爱黏他。表哥也很喜欢刘知府，一有空就带着刘知府到处逛，刘知府想吃啥，只要表哥史良手里有钱就给他买啥，仿佛表哥史良才是他的父亲一般。

2009年6月，我姑父在龙华建筑工地跌断了大腿。表哥史良请了假前往照料。我曾在小说《观生》里说过此事。事实和小说略有出入，实际的情况是，我姑父当时还没有住到下水道的桥洞里，而是表哥史良把他接到家里住。因为这件事，表嫂没少和表哥吵，她觉得要照顾老人是个麻烦事，又说影响她打麻将，于是整天不给我姑父好脸色看。其中的原因估计是我姑父不止史良一个儿子。后来还是建筑工地的老板赔了一笔钱，表嫂这才不再说什么了。但是表哥的兄弟也就是我表弟史进却不乐意了。他认为表嫂不能独吞这笔赔偿。他从淡水专门来了一趟宝安，就此事和表哥史良交涉。但是表嫂死活不肯拿钱出来。她扯大嗓门便骂表哥："你还叫史良？你就是一坨屎！有时候你比一坨屎还不如，一坨屎还能当肥料养养花啥的，你能吗？我呸！一坨屎！"表嫂别的艺术细胞没有，骂人的细胞倒是不少。她变着花样来骂表哥史良。表哥呢，默得像块石头，任由她骂，一副事不关己的样子。表弟看这阵势，也不好意思要钱了，乖乖逃回淡水。

此后不久，姑父就离开了表哥家，独自住到了下水道的桥洞里。我和表哥史良曾经去看望过他，劝他搬回来，但他死活不肯。直到姑母从老家来，才把他接回老家去。姑父离开深圳的前一晚，表哥史良炒了好几个姑父爱吃的菜邀我一起吃饭。我带了两瓶杏花村过来。父子俩便不管不顾地喝了起来。喝到几分醉时，表哥史良突然给姑父跪了下来，眼泪哗哗地流了一脸。出来打工这么多年，我从来没有见表哥史良哭过。他总是一副乐呵呵的样子。即便表嫂像骂一条狗一样骂他，他也从不生气。那一晚，表嫂一直在外面打麻将，表哥和姑父喝光了两瓶杏花村，最后在出租屋里抱头痛哭了一场。

姑父离开深圳回老家不到一个星期，表哥史良就失踪了。没有人知道表哥史良去了哪里。这事惊动了姑父，他顾不得腿脚不灵便，亲自坐车前来深圳找儿子，动用了好多关系，还上了电视的寻人广告，可就是没有表哥史良的半点消息。这回表嫂也慌神，她冲姑父又哭又闹，泼妇骂街一样说是我姑父害了她，嫁给他儿子就没过上一天好日子，还说表哥史良是个生不了儿子的废物。姑父气得一言不发就回了老家。表嫂呢，没有表哥的经济来源，马死落地行，也只好找个工厂上班去了。

半年之后，我才打听到表哥史良的消息。他其实就住在离我们不远的另一个村子里。据说他和一个女人住在一起。我亲自去查看，发现消息不假。更让我想不通的是，和表哥史良住在一起的女人，长得又矮又肥，且又老又丑，样子比表嫂差了不止一个档次。我远远看去，表哥史良挽着那老女人的手，正喜气洋洋地从外面逛街回来。见到我站在他们家门口，表哥史良并不惊讶，慷慨地拉着我要下馆子。这种情况要换作以前，表嫂是断定不会给钱让表哥下馆子请客的。

在馆子里吃饭时，表哥史良只字不问表嫂，仿佛已经没有了这个人一般。在我的感觉中，表哥史良变得自信满满起来，说话的神态居然有点刘知府的味道。吃饱喝足之后，表哥史良给我透露了一点刘知府的消息。他说刘知府父子在贵州发财了。他们经营起旅馆生意，势头很猛，目前已经开到第十间连锁店了。我其实挺关心刘知府的爷爷，我问他，刘知府到底有没有找到他爷爷刘汉生。吃了几两烧酒的表哥史良，有点不胜酒力，他含糊不清地说："他们只找到了一副骨头，对，对，对，是骨头。是一副骨头。"

我后来才知道，刘汉生的确是死在贵州，据说是一个叫纳瓦西的夜郎人就地把他埋了，连副棺材都没有。

# 三生记（之一）

## 观　生

　　观生姓王，王字在我们那里又与望音相近，我因此常常叫王观生做望观生。观生和我是同村人，又是我表哥，年纪与我不相上下，但他比我早三年来深圳。我读高中的那几年，观生每次从深圳回家，都来看我。我还记得他每次来，远远看见我就高声说："书呆子，你不去深圳真是浪费啊！"观生的言下之意我当然明白，不过那时我父亲对我期望甚高，卖了家里唯一一头水牛作为我读高中时的学费，我不敢拂他老人家的意，只想着不出意外地读完高中，拿到毕业文凭之后溜之大吉。当时我对打工的向往之情在观生面前表露无遗。

　　观生也许想不到，很多年之后，我和他一同在深圳打工，而且大家都是住在远离市区那些廉价的旧屋里。观生大概早就忘记了当年他对我说过的那一番话。他现在和我一样被生活弄得焦头烂额。

　　观生比我结婚早四年，娶了一个比他小八岁的广西妹。当时的广西妹只有十六岁，粉嫩的一个小人儿，在工厂里被观生搞大了肚

168

皮之后，只好哭哭啼啼地挟了个小包裹跟了观生。婚后的头三年，广西妹一口气就给他生了三个小孩。两男一女，让村里人羡慕不已。那几年，观生很是骄傲了一阵子，觉得自己给父亲长脸了。观生的母亲，也就是我的姑姑死得早，姑父将观生兄弟俩拉扯成人已属不易，村里人谁想得到观生能娶得上老婆？而且娶的是如此粉嫩的一个小姑娘！？就凭这一点，观生就有理由骄傲，观生的骄傲从他的脚步声就可以听得出来：观生每次从我家门前走过，脚下都好像挂了个铃铛，他那时的脚步声听起是多么的清脆有力！我姑父其时亦在深圳某个建筑工地做泥水工，听说收入竟比一个吃国家粮的老师还要高，难怪观生的脚下能生出风来。

不过很快，观生就高兴不起来了。为了逃避计划生育的处罚，观生想方设法东躲西藏，一年中有时竟搬家达三四回之多。工作呢，也不断地换来换去，从工厂里的流水线工人到街边小贩，观生做过的工作不下十种。观生老婆倒一直是在工厂里干活，与观生的不如意相比，广西妹在工厂里弄得风生水起。仅五年时间，她就从流水线上一个打工妹做到了工厂里的主管。广西妹做到主管之后的第二年，也就是2001年，她成了别人的老婆。

观生一下子傻了眼，他无法面对这个事实，跑到工厂里闹了好多回，都没有结果，广西妹连面也不给他见。最后一次观生拿了把菜刀牛皮哄哄地想往工厂里闯，给三个门卫拦在厂门口结结实实地收拾了一顿。自此之后，观生也就死心了，再也不去找广西妹了。不过，广西妹还不至于如此绝情，到底还念着她的三个孩子，叫人给观生送来了三千块钱。观生接过钱的那一刻，眼泪顿时就涌上了眼眶，很生气地把钱扔了一地，说："人都跑了，这些钱顶个鸟用！"送钱的人见他如此，想捡了钱回去交差，不料观生怒喝一声说："你敢，再捡老子就废了你！"来人临走前丢下一句："你不是不要吗？"观生低下头一边捡钱一边说："不要？谁说我不要？我的钱我扔哪里关你鸟事？"

没有老婆的观生，生活一下子就捉襟见肘起来。好在他还有个老父在建筑工地干活，时常接济他。不过拖着三个孩子也真够他受的。已经没法进厂打工了，观生只好做点儿小生意，在肉菜市场里摆青菜档聊以度日。我偶尔从工厂里来看他，在市场里见到观生把三个小孩用绳子像串蚱蜢一样串在他的青菜档里，三个孩子在有限的自由里相互打闹着，自得其乐。我跟观生说："这样可不行，得有个女人才像个家。"观生咧嘴一笑说："女人吗，都是姓赖的。没有一个会跟你来真的！"我知道他这是气话。果然观生马上又压低了声音说："你以为我不想女人吗，我天天想，夜夜想着呢，可是谁愿意嫁给我呀。"这倒也是实在话。哪个女人愿意嫁给拖着三个孩子的观生呢？

第二年的夏天，我的第一个儿子降落人世。我母亲从老家来给我带孩子。增加了人口，再住在原来的单间里就不方便了。于是观生自告奋勇地带着我到处找房子。看来看去，观生不是说太贵了就是出门不方便。后来，观生在离他租房不远的地方找到了一处房子，观生说这房子风水好价钱也适中。我向来就不相信什么风水之说，不过那房子委实是便宜，虽然旧了点，但母亲说旧房旺主，住起来舒心。于是我就依了观生之言住了下来。安顿下来之后不久，才明白观生的用心，原来观生之所以要找离他租房近的地方，就是为了在他去市场卖菜时有个人帮他照看孩子。我母亲自然是他最理想的保姆了。

不能不说观生是走对了这一步棋。我母亲住下来之后，不用观生开口，就主动帮观生带起了孩子。更让观生暗里欢喜的是，母亲跟邻里相熟之后，开始走街串巷地帮观生默识起对象来了。

没过多久，母亲就给观生找了一个本地姑娘，是个鸡胸。母亲也反复说明了这一点，还问观生嫌不嫌人家的鸡胸。观生说："那姑娘我见过的，看上去性格蛮好。"当然有关姑娘家每年的分红，观生其实也是一清二楚。观生当即就满口应承了下来。母亲正式介绍他们相识之后，就让观生请姑娘下馆子吃饭。一顿饭下来，观生就不同意了。母亲当然要问观生怎么回事。观生的理由是："对方太小气了，吃一顿饭还要什么AA制，说什么有钱人，我呸！"不过后来观生又跟我补充了另一个理由，观生附在我的耳边悄声说："鸡胸也就罢了，还搞出个驼背来，驼背加鸡胸，晚上睡觉可就不方便了，这还不是一般的不方便，而是前前后后都不方便！"看来，王观生的想象力还是有的。

之后不久，鸡胸就嫁人了，老公是一个外省仔。当然外省仔除了得到老婆之外，还额外得到了一幢房子。母亲连说可惜。观生嘴里虽没说什么，但神情相当落寞，平日里到我家串门也少了。

半年之后，母亲给观生又介绍了一个女人。这女人我也认识，就住在我上班路上的一块菜地旁边，大家都叫她狗姨。说起狗姨，大家都知道她的故事。那时候狗姨不叫狗姨，有一个很普通的名字，叫刘梅。刘梅原先并不养狗，在工厂里做个小小的组长，也就是管十几个工人的流水拉拉长。刘梅跟工厂里别的拉长不同，她心地善良，人缘好，所以她拉上的工友们都喜欢她。

卓一凡原来就是刘梅手下的一名普通工人，后来之所以能成为刘梅的老公，据说有很多种版本，其中一个版本是卓一凡曾在刘梅面前割脉誓情。女孩子家终究是熬不过那些甜言蜜语，心一软，就成了卓一凡的老婆。婚后的头两年，卓一凡对刘梅确实不错，用一句话来概括就是千依百顺。可惜这样的日子并不长久，从卓一凡调到办公室里当个小小的管理员开始，卓一凡的脸就变了。

关于他们的婚变，大家都归咎于卓一凡，说他为了娶上一个本地女子，不惜抛弃了糟糠之妻。刘梅呢，她可从没想过卓一凡会跟她离婚，她根本就没有这个思想准备，当卓一凡突然说要离婚时，她哪里接受得了这种现实呢？但是卓一凡又在她的面前玩起了他那惯用的一手：割脉。看着鲜血满地直流，刘梅心又软了，觉得自己没有必要阻碍别人的幸福，便答应了卓一凡的离婚请求。离婚后的刘梅把工作也辞掉了，在离村子不远的地方租了一块地种青菜。其时，她肚里的孩子已经有四个多月了。

女儿生下来之后，刘梅在菜地边搭起了几个小棚子，养起狗来。刘梅的狗分两大类，一类是宠物狗，另一类是肉食狗。主要还是以肉食狗为主。因此到了秋冬时节，刘梅的狗棚子就热闹起来，前来买狗的生意人在狗群前指指点点，亲切而又带点戏谑的口吻把刘梅喊成狗姨，狗姨的名字就由此得来。我曾经听观生说，他以前也来找过狗姨，但不是为了买狗。我问他不为买狗那是为什么，观生就嘿嘿地笑而不答。现在想起来，才明白观生的良苦用心。

狗姨也许就是在一大群前来买狗的人当中认识了观生。我母亲跟她说起观生这个名字时，狗姨笑了笑说："我知道他，老婆跟人跑了，留下三个孩子，在市场摆青菜档的。"母亲赶忙给观生说好话："观生人倒是挺好，性格温和，就是孩子多了点。不过这也没关系，三两个孩子么，说长大就长大了。你看我，五个孩子，泥里去水里来，滚几滚就人模狗样啦。"狗姨没说答应也没说拒绝，只淡淡地说了句："先看看吧。"

观生就冲着狗姨这句话而来。观生到市场里买了两条鲤鱼，拎在手里就来了，狗姨也没把他当回事，该担水浇菜还是担水浇菜。观生拎着鱼站在菜地旁，一边看一边对狗姨说："你这块地都渴好几年了，让我来给它浇浇水吧。"狗姨听了就扔下水桶，说：

"好呀，你王观生有本事就来浇吧。"观生也没有推辞，很自然地把手上的鱼递给了狗姨，果真就去挑水浇菜。狗姨呢，手里拎着观生给她的鲤鱼，站在菜地边看了一会，笑笑，再笑笑，说："可惜呀，可惜。"观生听到了，仍然低头很认真地浇菜，并没有问狗姨可惜什么，等到浇完菜，观生对狗姨说："是时候让我给你也浇浇水了。"正在给狗喂食的狗姨说："还不是时候，况且我也没有渴到马上要浇水的程度呢。"观生笑了笑，话题一转说："你的狗养得真不赖，我想跟你学养狗。"狗姨说："你想养狗？这可不是一件容易的事，因为学养狗第一条是先让自己成为一条狗，由人变成狗，你做得到么？"观生说："我明白了，就让我先从狗做起吧。"

第二天吃中饭的时候，观生退了租房，租了辆三轮车带上他的所有家当和三个孩子，就直奔狗姨而来。见到狗姨，观生第一句就是："我来学养狗。"狗姨板着脸似乎有些生气，但一时间气又不知道往哪里出，见观生三个孩子瘦骨伶仃地站在面前，伸手摸了摸孩子的头就骂了起来："王观生，你个混账东西，你看看，你都来看看你养的什么孩子，简直就是三个瘦猴么！"观生低声地回了狗姨一句："没妈的孩子嘛，以后就看你的本事了。"狗姨再也没说什么，赶忙给孩子张罗午饭。狗姨也是过来人，清楚个中艰难，她自己带着一个孩子尚且不容易，何况观生还是带了三个呢。于是他们两家就这样做了一家人。

观生在菜地里一住就住了好几年，几年里，我和观生也少了往来，很难说是谁的错，大家都为自己的生活在忙，似乎彼此之间满足于知道对方还活着，就是这样，活着就不错了，谁还顾得了那么多。也许更主要的原因在于我自己。我也不知道到底是哪里出了差错，反正这几年里，我也搬来搬去，工作也在走马灯似的换，生活实在弄得如一团乱麻，难说有什么起色。与其说是亲戚之间懒得走动，不如说是我自己羞于面对现实。在强大的现实面前，我还能说些什么呢？母亲见我折腾来折腾去的也没弄出什么动静来，去年就带我儿子回老家去了。不过我宁愿相信母亲是觉得自己拖累了我，才回了老家。

今年八月，由于全球经济危机波及我所在的工厂，工厂首先是裁员，裁这个裁那个，最后终于是撑不住了，倒闭也是意料之中的事。只是苦了我这种日子紧巴巴的打工仔，一下子没了工作，实在是让我难以适应。现在找工作也不像以前那么容易了。整天在家里做家庭煮男，日子长了，实在也无聊得紧，想起好久没见观生了，不知他现在怎么样？认真算起来，我已经有两年没见观生啦。

没想到就在这个时候观生却找上门来了。

观生的变化我从他的敲门声就可以听得出来。观生从前来看我，一边嘭嘭地把门拍得震天响，一边扯起他的破嗓门大喊大叫。这次就不同了，门外的敲门声轻得仿似敲门人生怕门会叫痛一般，我竟误以为又是那些推销员。我躺在自家的破沙发上看电视，懒得起来，任门外的敲门声在响。但门外的敲门声响得烦人，我起来去开门，就见观生抱着一条狗，一脸苦相地寒缩在门边，见是我，观生便有气无力地叫了一声："桥弟，你的门槛比以前高了。"我说："我的门槛再高也挡不住你老人家么，看来我的待遇还不错嘛，连你家的看门狗也出动了。"观生一边将狗放进屋里，一边说："桥弟，一言难尽哪。"我一惊，心里想："这个王观生，莫不是跟狗姨离婚啦？"

我这样想其实还是高估了观生，实际的情形比我估计的还要糟糕。自观生搬到菜地之后，凭着他们夫妻俩的勤劳节俭，生活曾一度有些起色。但天有不测风云，人有旦夕祸福。观生的父亲，也就是我的姑父，去年在建筑工地工作时竟然跌断了双腿。而这件事，作为表亲，我竟然一点也不知情。而观生为了给父亲医腿，同时讨还公道，争取应得的医疗费，在去年一整年，都是奔走在医院与工地之间。最后总算是讨回了点钱，可是这点钱也仅能填补医院的大窟窿而已。

事实上，这还不是观生此次搬家的真正原因。实际的情况是观生买外围六合彩欠下了一大笔赌债，观生无法面对六合彩债主隔三岔五的逼债，除了选择搬家，搬到一个没有熟人知道的地方之外，别无他法。难怪一大早的，观生就来敲门了。

"只是可惜了这条狗，这是一条好狗，我是真的舍不得它。但是我现在住的地方，实在是不方便带上它。况且现在它又有了身孕，看情形，几天之内就要生了，你说我能忍心把它扔掉吗？何况它还是一条如此听话的狗呢。我想只有你才能照顾好它。"观生一边说一边蹲下身来，抚摸着狗头又说："它其实是有名有姓的，它叫赖添儿。你要正儿八经地叫它的名字，它才理会你的哦。"

我有些不以为然，又觉得有些奇怪，从来没听过有人给狗起这样别扭的名字。我问观生怎么给狗起一个这样奇怪的名字。观生惨然一笑说："这名字奇怪吗？我觉得很好，也很顺口的。只是你自己还没有习惯罢了。"我试着叫一声赖添儿，可是那条狗只是抬头看了我一眼，对我并不怎么理会，连尾巴也不摇两下。观生就解释说："添儿还没有和你成为朋友，它暂时是不会理会你的。你要是跟它熟络了，你就知道它的好，它比人还听话，还忠心耿耿哩。可惜我现在是无法带上它，过些日子，我条件许可了，我再回来接它，你就暂时帮个忙吧，我也是实在没办法了，才找上门来。桥弟，这么多年来，我没求过谁，我父亲断腿入院，我也没告诉你，觉得自己能解决的事就自己解决，不麻烦别人，但是这次不同，我

175

又搬得这么匆忙，除了你，我实在是想不出还有谁能帮我照顾好我的添儿了。"

观生都说到这份上，我还有什么话可说的呢。刚好我租屋的旁边有一废弃的旧屋，我想这完全可以安置这条名叫赖添儿的母狗。我跟观生一说，观生还是有些不放心，亲自去看了看，觉得可以将就一下，但我看他的神色总归是不太满意。我对他说："你总不会想叫我让出住房来给狗住吧？"观生连说不敢。于是，我和观生合力将旧屋的门修好，观生这才把他的狗领进去，又是好一番交待才跟他的狗恋恋不舍地分开。

在此之前，我从来没有养过狗，哪怕是一只小猫，我也没有养过。不过我觉得养条狗也未必麻烦到哪里，每天的剩饭剩菜，我想就可以对付它了。事实上我既是这样想，也是这样做的。但是那条名叫赖添儿的母狗却一点儿也不领我的情。我还没有打开门，它就对我狂吠起来。我一向就怕狗，我连门也不敢开，只匆匆从门洞里将剩饭剩菜塞进去，就狼狈地退回来。过了十几分钟，听它安静了下来，我才偷偷去看一眼，发现我塞进去的剩饭剩菜一点儿也没有动过，狗缩在墙角，双目微闭，对一切不理不睬。我以为它对剩饭剩菜不感兴趣，于是我给它买来了点狗粮，可是它仍然故我，我还没有走近，它就狂吠起来了，接连三天，它都是如此，没人来时它就躺在墙边一角，连水也不喝一口。见此情形，我赶忙给观生打电话，将情况给观生作了汇报。电话里观生似乎有些不太耐烦了："不吃？这个贱骨头，不吃你就老老实实地饿它一个星期，一个星期之后，你再给它吃的，哪怕是给它一口饭，你以后就是它的主人了。"

对观生说的话我有些半信半疑，不过我还是照观生的吩咐做了。不再给它端东西吃了，免得浪费狗粮。不料六天之后，这条名

176

叫赖添儿的母狗竟然生下了三条黑得透亮的小狗来。于是我再给观生打电话，目的是向他报喜，可是电话里听不出观生的一点儿喜悦来，似乎这事已经与他没有任何关系了。观生在电话里冷冷地说："我知道了，你自己想怎么处理就怎么处理，我自己的事情还忙不过来呢。"

我没想到观生竟是这样的态度，以他的性格，其实我应该可以猜得到的，观生做什么事情都算计得如此到位，我想就算是对一条母狗的未来，观生也是一早就算计好了的。观生这样的态度反而让我对狗产生了同情，我又给母狗端来了狗粮，这回它没有吠我了，但是母狗仍然没有动那些狗粮，躺在墙边一角，任由三只小狗在身上拱奶。也许是因为饥饿，三只小狗无法在母狗干瘪的乳房上拱出奶来，没吃到奶的小狗们饿得嗷嗷乱叫，那样子怪可怜的，看得我也在一旁干着急。可是我有什么办法呢？母狗不吃东西，似乎是在向我绝食示威，我拿它一点儿办法也没有。

吃晚饭时我跟妻子说了这事，妻的白眼一翻说："人都吃不饱啦，你还有心思管狗？"妻子的工厂这段时间也在裁人，她心里也是烦得很，她哪来什么好心情呢。不过妻最后一句话却提醒了我。妻说："你要是个开牛奶厂的老板，哪怕是三鹿奶厂的老板，小狗也不至于饿死，好歹也能省下它们这一口。"

没错，小狗要是能喝上牛奶，应该是可以活下来的。可是我并不打算给小狗买奶粉，我自己都喝不上牛奶，自然是不会有闲钱给小狗买奶粉。我的想法其实很简单，这段时间不是那个三鹿奶粉在社会上闹得沸沸扬扬的？既然大家都谈奶色变，我想大家是不敢喝三鹿奶粉了吧？那些买了三鹿奶粉的人家，肯定会往垃圾桶里扔的。

第二天，我吃过午饭，闲来无事，到垃圾收集屋看了看，还真的有人扔了两罐三鹿牌奶粉在那里，看来我运气真是不错。我也没多想，就捡了回来。但是在准备给小狗冲奶粉时，我到底还是犹豫了起来。这几天我也一直在看新闻，在关注着三鹿奶粉事件。我在考虑三聚氰胺既然能损害婴儿的肾脏，难道小狗就能幸免吗？我不知道这样做是对还是错，如果有一天，小狗因为吃了这种奶粉果真死掉了，我想观生也不会找上门来跟我算账，他既然全权由我来处理，我当然不怕他找上门来。相反小狗一天没有奶吃，也终难免一死，与其让它饿死，不如让它苟且地活下去，能否逃过三聚氰胺就看它们的运气了。

给小狗端来冲好的牛奶时，我学着观生的口吻正儿八经地对正躺在墙边双目微闭的母狗说："赖添儿，你也喝一点吧。"母狗的双眼忽然一亮，双目怔怔地盯着我，我忽然害怕起来，我怕母狗会突然向我发难。我一边防着母狗，一边小心地把牛奶轻放在母狗的脚边，然后快速地退到门边。也许是母狗觉得我并没有恶意，终于垂下头来，专注于它的孩子。看来是我自己多心了，母狗虽然还饥饿着，头脑想必还是清醒的，否则我叫赖添儿时，它怎么会有反应呢？

第二天早上，我再去看它们，发现母狗已经不在了。木门正开着，但是小狗们还在，相互挤在一起睡得正甜。看来母狗是扔下了小狗逃跑了。我突然心生悲凉，我没想到母狗竟然会在这个时候扔下了这些还没有开眼的小狗而跑掉。但转念一想，要是换上我，情况又如何呢？没准我也会扔下它们跑掉。活着就意味着一切。在不能同时活着时，就有选择地活着，这也许是动物的一种本能吧。

中午老婆下班回家吃饭时，说在菜地看到了母狗。老婆说："这真是一条恋主的狗。都好几天了，它还跑回去，我看到它在菜地转来转去，肯定是在找它的旧主。王观生这个人不怎么样，养的狗倒是有情有义。唉，人要是有这狗一半忠诚，我看这世界也不至于如此。"我忽然想到一个可怕的问题："难道为了忠诚就可以抛弃一切吗？包括自己的孩子？"不过我没有就这个问题跟老婆进行探讨，这样她会越发没完没了。

傍晚我给小狗端来牛奶时，突然发现母狗又回来了。看来是我错了，母狗并没有抛弃它的孩子，它只是想家，想它的主人罢了。母狗现在已经瘦得只剩下一副骨头架子了，乳房不但干瘪着而且已经开始萎缩了，尽管早就没有了奶水，但母狗仍然躺在地上给小狗们拱奶。见到我端奶进来，母狗的眼神不再令我害怕，相反已经友善起来了，它甚至摇了几下尾巴。见此情形，我赶忙又去把剩饭菜汁端到母狗的面前，说："赖添儿，你再不吃东西你会饿死的。"母狗仿佛听懂了我的话，颤抖抖地站了起来，看我一眼，摇几下尾巴，然后低头吃了起来，它吃几口就停下来看我一眼，吃几口就停下来看我一眼。那眼神热切而充满感激，就像是我多年不见的一位老朋友。看来母狗已经把我当成它的新主人了。

一个月之后，小狗们没有奶吃了，我不再到垃圾桶里找三鹿奶粉了。不过我也买不起狗粮，除了家里日常那点儿剩饭菜汁，我实在也是不可能给它们找到更可口更有营养的食粮。这样一来，问题又出现了。家里那点儿剩饭菜汁到底有限，连三个小狗都喂不饱，母狗就更不用说了。母狗宁愿饿着肚子在一旁看着小狗们吃，也从不跟小狗们争抢食物。它总是等小狗们吃饱之后，才走近来舔一舔残羹剩汁。看到这种情形，我委实于心不忍，于是增加了一个人的口粮，当然是希望母狗也能吃上两口。但是妻子却心细如发，这样的日子才两天，她就发现了我的小动作。她对此提出了异议，认为狗既然是王观生的，那应该还给王观生，我们养到现在已经是仁至义尽了。

妻子说的也有道理，我正想着如何跟观生说这事，观生忽然就从龙岗打来电话，说他父亲也就是我的姑父失踪了。事发突然，让人猝不及防。我在电话里问观生是怎么回事，观生在电话里支支吾吾地说："桥弟，你过来就明白了。"观生的模棱两可让我心下生疑：莫非是狗姨容不下姑父？事情如果真是如此，就真是应了那句老话：清官难断家务事了，谁来都不容易解决。不过据我日常的观察，狗姨似乎不是那种小肚鸡肠的女人。看来事情绝不简单，否则观生就不会强调非要我到场不可了。看来这一次，我只有走一趟了，反正目前还没有找到工作，到别的地方看看，散散心未必是坏事。

然而事情有点出乎我的意料之外。当我找到观生时，我发现观生对父亲的事一点儿也不着急。他对父亲的事绝口不提，见到我时第一件事竟然是先带我到一家大排档，点了几个我爱吃的菜，然后一人一瓶啤酒就先喝开了。我虽然是满肚子疑问，但见观生不着急，也只有耐着性子，先吃饱喝足再说也不迟。两瓶啤酒下肚，观生这才叹了一口气对我说："桥弟呀，我心里苦啊。其实我知道父亲现在住在何处。"见我一脸不解的表情，观生又说："常言道，家丑不可外扬，可是现在家里出了这样的事，就算我不跟别人说，只怕有人也会满世界里宣扬，巴不得全世界的人都来关注这件事哩。"

事情果然与狗姨沾不上半点关系，而是与观生的弟弟，也就是我的表弟有关，不过总的源头还在于我姑父。我是到了这个时候才明白，观生为什么说家丑不可外扬了。

其实我不说读者也明白是怎么一回事了。不错，观生他们家的问题，就是个赡养老人的问题。本来我姑父要是身体没病没痛的，也不至于观生兄弟大吵大闹，乃至反目成仇。在此之前，大家的经济情况尚可，将就着还能过，现在经济危机来了，情况不同了，问题也就出现了。我姑父由于年纪大，无法在建筑工地干活，加上身体不好，这里病那里痛的，这样一来，观生的负担就重了。于是观生来找弟弟商量如何医治父亲的病。不料，我的表弟却认为，我姑父跌断双腿时，一直都是观生跟工地老板周旋，其中工地老板到底赔偿了多少，他并不知情。表弟的意思不言自明，这就意味着观生可能私吞了赔偿。观生自己觉得十分委屈，于是兄弟俩为此大吵了一场，最后做弟弟的采取了不理不睬的态度。最终的结果就是导致我姑父离家出走。

　　既然问题的源头在于我姑父，那就得先把我姑父找回来再说。观生不是说他知道姑父住在哪里吗，他为什么不把我姑父找回来？我就这个问题责问观生。观生又是长叹一声说："父亲他不愿意回来，我也没有法子啊。"

　　经过一番了解，我更感到意外的是，姑父现在竟然是住在桥洞里！且不说桥洞里怎么住人，就是生活也成问题啊。但是观生却对他父亲的生活持乐观的态度。观生说："蛇有蛇路，鼠有鼠洞。父亲的生活倒是不成问题，说来也许你不相信，那就是到下水道里摸硬币，运气好时他一天能摸到好几十块哩，只是下水道里那个味儿实在是不好受，我去过的，我请了他几回，可是他就是不愿意回来，说现在自己能养活自己了，不用麻烦我们。不过说实在，我是不想让他住在桥洞里，那是人住的地方吗？可是我没办法啊，我父亲的脾气你是晓得的，他决定的事，就算是八头牛也拉不回来。"

　　且不说他是我的姑父，就是一个住桥洞里的陌生人也值得我去见识见识。我决意要去看看姑父，顺便劝劝他回来住。我要求观生带我去。但观生说现在不是时候，要等到傍晚才行。我见时间还早，又去了一趟表弟那里，但表弟不在家，他老婆说一大早就去了淡水。

从表弟那里回来，观生对我说他中午时还见过弟弟，不可能一大早就去了淡水，肯定是他老婆在讲大话。看来表弟是有意不见我了，这种态度让我这个和事佬心里也窝了一肚子的火，要不是为了姑父，我才懒得管他们的事。

太阳快下山时，我和观生一同去了桥洞。果然就见到了姑父。两年没见姑父，发现姑父比以前老了很多。头发差不多全白了，不过精神还算不错，一个人坐在桥洞里，居然还有兴趣玩扑克。见到我，姑父马上高兴起来，说今天收入不错，只摸了一个上午就搞到七十多块，还说要请我下馆子喝酒。

我无来由地一阵心酸，我执意要姑父带我去看看他住的地方，姑父笑了笑说："没什么看头，住在哪里都是一个鸟样，皇帝也不能同时睡两个人的地方嘛。不看了，不看了。还是说说你吧，你最近还好吗？"我简约地将我这两年的情况跟姑父说了一遍，然后就劝姑父回去。但是姑父态度坚决地说："我现在住在下水道里也很快活，生活也不成问题，比那些在工厂里的打工妹收入还高呢。我回去了反而惹麻烦，完全没有这个必要。家和万事兴啊，只要他们兄弟不再争吵了，我就算在桥洞里住上一辈子也是高兴的！"

无论我怎么劝，姑父就是决意不肯回来，我一时也想不出什么好的法子，只好让他暂时住在桥洞里。看来我是白来龙岗一趟了。

第二天，观生送我去车站坐车，一路上，观生突然问我："桥弟，要是有那么一天，你老了，你的两个儿子也发生了这种事，你会怎么办？"观生这一问让我哑口无言。我能怎么办？我有些气愤地说："我就学我姑父，住到桥洞里去，最后死在桥洞里算了。"

观生沉默良久，接着说："你这是气话。其实我能理解我父亲，只是作为人子，我肯定不会让他长久住在那里，桥弟，你要相信我。总有一天，我会接他回来住，日子再艰难也要接他回来，只是目前他在气头上，我也不好说话啊。桥弟，我想你是能理解的。"平心而论，观生还算是孝顺的人。只是因为一些事情处理不得当，才导致这样的结果罢了。

从龙岗回来，妻子第一件事并没有问我关于姑父的事，而是怒气冲冲地要求我马上处理掉母狗和三只小狗。我知道妻子是嫌狗吃得比我们还多，家里负担重了。我也无话可说。我打电话给远在东莞开餐馆的侄儿，问他想不想养狗。开始侄儿有些犹豫，但当我说还有一条母狗时，侄儿动心了。他说过几天他来看看。

一个星期之后，侄儿来了，还带来了一个助手。侄儿到旧屋看了看之后说："可惜母狗太瘦了，要是再肥一点就好了。"

但是母狗对他们毫不客气，侄儿还没有动手，它就对着他们狂吠不止。侄儿拿来一条绳子，做了个活结，他们躲在木门的后面，让我把活结套在母狗的头上。侄儿说只有我才敢把活结往母狗的头上套，因为母狗相信我。

到底养它们有一些时日了，我有些不舍，但侄儿在门后面不停地催我快点动手，我只好把活结套在母狗的头上，然后扭头就走回家，还没有回到家，身后听到两声闷响，跑回来一看，母狗已经倒在地上，死掉了，三只小狗在一旁汪汪乱吠，却无济于事。大概小狗们也知道，从此之后，它们就是孤儿了。

其实我心里已经预感到侄儿会将母狗弄死的。现在秋风起了，侄儿的狗肉火锅正愁找不到便宜的狗肉。可我非但装作不知道，甚至利用母狗对我的信任，诱杀了它。可是我有什么办法呢？观生已经不要它们了。长期下去，我实在是养不起它们。这样的结果虽然有点残忍，但是三只小狗却可以暂时活下去，因为侄儿那里的剩饭菜汁从来就没有缺过。

然而，让我不安的是，佴儿把狗弄走不到三天，观生突然从龙岗来接他的赖添儿。我说他的赖添儿已经死了，观生似乎不太相信："你是说我的赖添儿死了？不可能，它这么听话，怎么会死？"于是我把他带到木门前，指着空空如也的旧屋，给他说了一遍前因后果。观生明知屋里是不会有狗了，可他还是到屋里转了几圈，终于也相信了。

默然地从旧屋里出来，观生仰着头望了望灰暗的天空，然后很突然地一股脑儿坐在地上嚎啕大哭了起来。观生一边哭一边叫着母狗的名字："添儿，我的添儿，都是我害了你呀。我的添儿哦，曾楚桥，你还我的添儿！"

观生看来是真的生气了，我从他的不辞而别中看出他对母狗的感情。想到自己竟是导致母狗死亡的罪魁祸首，我不禁心下恻然。

可是死的已经死了，活着的，仍然还是要活下去的。

此后不久，我也找到了工作，在一间塑胶厂里做普工，上班的头一天，主管找我们几个新来的员工训话。一踏进主管的办公室，我发现主管竟然就是观生的前妻，也就是那个给观生一口气生了三个孩子的广西妹。直到现在，我才知道她的名字叫陆添儿。

# 三生记（之二）

## 仲 生

　　女人悄无声息地站到对面的栏杆上。最初看到那女人的是仲生。他用手捅了一下我的腰，然后用嘴示意我看对面楼顶。这时我才留意到对面的楼顶上不知什么时候来了个女人。那女人长得当真是白，我从来没见过这么瓷白的女人。她上身只穿着一件既短又有相当透明度的白背心，因为没戴胸罩，背心里面的山山水水若隐若现，该肥的地方肥，该瘦的地方一律瘦下去。胸前和背后都露出一大片白得让人眩晕的肉体，因为离得不远，我看得有些蠢蠢欲动。

　　"真白。"仲生说。

　　我白了他一眼。这不是废话么。

　　"真的很白呀。"仲生又说。

　　那女人本来是背对着我们，听到说话声，忽然扭过头来，冲我们一笑。白得放光的脸如梦境一般难以把握。仲生站起身来，冲那女人一边招手一边说："妹子，你过来呀，你过来呀。"那女人像是什么也没有听到，迟缓的动作有点电影的慢镜头一样，抬起右脚

185

轻轻跨过栏杆，另一只脚放在墙里，双手举起作飞翔状。女人的这个样子，和电影《泰坦尼克号》里某个镜头相类似，仿佛就要往下跳了。

仲生说："妹子，你别站在那里了，那里危险，你过来呀，你过我这边来。"

女人的动作就定格在那里，久久不动。任仲生怎么呼唤也不理睬，只当是耳边吹过的风，她甚至连头也不回，保持着这个姿势一直到警察的到来。

"她要跳楼吗？"我看着楼下蚂蚁一样来回爬动的警察问仲生。仲生摇了摇头说："不可能。"仲生说得斩钉截铁。我问为什么。仲生说："她这么白，为什么要跳楼呢？"

"你的意思是长得黑的人就该跳楼了？"我有些愤愤不平起来。

"没错呀，你老人家长得这么黑都没跳楼，她都长得那么白了有什么理由去跳楼哟！"仲生的话让我有些哭笑不得。

人要跳楼就和天要下雨娘要嫁人一样，怎么会分黑白呢？可是在仲生的歪理里往往就是这样，长得白就是他的理由。

"是不是我跳楼了，你小子很高兴？"我故意跟仲生找碴子。

"要跳楼嘛，我可没想过要拦你。"仲生连眼眉毛都没动一下说。

"那我也跳给你看。"我一边说一边走到栏杆边，在离女人不到两米的距离停了下来，我不敢像女人那样把一条腿伸到外面去，我只是探头往下望了一眼，觉得有些头晕，就忙缩了回来。

我其实是想走近去居高临下地看看那女人，想看看她白背心里起起伏伏的风景罢了。不过那女人似乎并不在意别人来看她，她的姿势仍旧摆在那里，摆成了一尊白生生的陶瓷，她虚望着远方，时间仿佛已经停顿了。

警察上到楼顶时，仲生正准备跳过对面的楼房，他的一条腿刚跨过栏杆就被警察喝住了。三个警察带来了一个戴眼镜的老头。一个稍胖的警察喝住了仲生，走过来仰着头向仲生问话。另两个警察跟在那老头身后，准备好随时对女人施以援手。

我站在仲生的身后，听到那警察问仲生："你们认识她吗？"仲生摇了摇头。

"那么你们在这里做什么？"胖警察的声音开始变得严厉起来了。

"我们找不到地方睡觉，在这里暂住一晚。"仲生说。

"找不到睡觉的地方？"胖警察似乎是个新兵，不太了解这里的情况，他皱了皱眉头又问，"那么多的旅馆你们不住，偏偏要住到这里来，还说找不到睡觉的地方？老实交待，你们到底有什么目的？"

仲生想了一会，还没有回答，我忽然听到对面那戴眼镜的老头大声说："姑娘，你说什么？你是为了吸引大家的注意才到这里来？请问有这个必要吗？"

胖警察似乎也听到那边的问话，他很有风度地问仲生是不是也和那女人一样为了吸引大家的注意才到这里来。此时的仲生似乎有些羞涩，他低声说了一句："我没有她那么有想法，我们是没有钱住旅馆才到这里来的。"胖警察没听到，叫他大声一点，仲生于是吼了一嗓子："老子要是有钱不会住五星级宾馆却跑到这里来给蚊子咬呀，你脑子有病啊！问这样弱智的问题。"

仲生的话无疑是惹火烧身。那女人被警察救到安全地带之后，胖警察也把我们一起带回了派出所。事实上，我们一点儿也不怕胖警察把我们带到派出所，我们原以为到了派出所，今晚的住宿问题就解决了。不想在派出所的容留室，胖警察只是让我们看了一个小时的安全录像之后，就把我们放了出来。

我和仲生站在派出所的门口，一时无计可施。虽然我们的行李还留在烂尾楼，但今晚回那里住已经不可能了。胖警察把我们带下楼来已经惊动了看楼的老头，他不可能再让我们有机会上去了。仲生越想越气，掏出家伙冲着派出所的大门滔滔不绝地撒了一大泡尿。撒完尿，还不见有人出来把我们抓进去。仲生对此颇为不解："当真是怪事哩，没人理我们啊。我在他们的大门口撒尿了呀？"我说："天黑了，值班的人没看见呢，你再屙。"仲生说："我没尿了。"我说："这么快就没有了？没出息。"仲生说："我刚才不是撒了嘛，你有出息你弄一泡给我看看？"我说："我又不是猪狗。"

仲生忽然就哑了。

派出所门前的路灯亮了起来，仲生的眼也跟着亮了起来。我随着仲生望过去，却见那女人正从派出所里走出来，一直走到路灯下，走到仲生的跟前来。仲生又开始说起傻话来："真白呀。妹子，你真白呀。"那女人似笑非笑地对着仲生说："还有更白的地方，想看么？"仲生说："想。"那女人说："想就跟我来。"女人说完掉头就走，仲生当真着了蛊一般跟着她走。我连连叫了几声，仲生都不理睬，只好暂且也跟着走。

那女人并不回头，只顾低着头走路。仲生跟在她的身后，像一头被人家牵了鼻子的牛，也只是低着头走路。都市的繁华我们无暇顾及，冥冥中，仿佛有一只手在牵着我和他们一路前行。

此处的道路有些复杂，那女人左拐右转，搞得我们晕头转向，分不清东南西北了。最后女人好不容易在一栋高尚住宅楼前停了下来。仲生回过头来，冲我挤眉弄眼起来，但他高兴得太早了。女人并没有带我们上去的意思。她回头冲我们一笑说："等我。拿点东西。"说完，她径自上楼去了。我和仲生站在楼下等了十几分钟，我对仲生说："你还想过儿童节啊。"仲生摇摇头坚定地说："不。我要等她！"很难理解此刻的仲生怎么会如此固执，我认识他以来，只知道他是个随和的人。现在看来，仲生的确已经被女人迷住了，除此之外，还有什么解释呢。我想一走了之，又怕仲生说我不够朋友，只好陪着他在楼下苦等。

又等了十几分钟，还是不见女人下来，倒是等来了一个穿制服的保安员。保安员一来就要查我们的身份证，查完了身份证，又问我们来这里的目的，仲生说是等人，保安员问等谁，仲生一下子答不上来。正支吾间，忽见那女人出现在楼梯口。仲生抬手指了指那女人对保安说："我等的人来了。"保安回头见是那女人，忽然啪的一声双脚并拢，立正，然后敬了一个标准的军礼。

女人手上什么也没拿，她只是换了一件紧身的牛仔裤，身体上的线条更加别致，亦更性感动人。她不看保安，也不看我们，只是说走吧。于是，我和仲生紧跟着她走出来。

女人领着我们坐了一阵子公共汽车，然后又换坐地铁。我和仲生都是第一次坐地铁，感觉既新奇又紧张，可惜只坐了十几分钟，女人就领我们出了地铁站。仲生问女人到底要去哪里。女人停了下来，呆了呆说："想来就来，不想来就走人。"仲生望了望我，意思是还要不要跟着她走。我恶作剧地说："想来就来，想走就走喽。有什么大不了的。"仲生说："我还怕她卖了我不成，走啊。"

于是我和仲生跟着那女人一路穿街走巷，路终于越走越偏僻，热闹似乎离我们远了。天色也越来越暗，路上的行人已是越来越少了。前面是一个小公园。这个时候公园里基本上已没有人来了。

公园里仅有的几盏路灯，在高大且茂密的树木遮掩之下显得一片昏暗。那女人带着仲生故意朝着公园里最暗的地方走。这时，仲生忽然回头朝我招了招手说："兄弟，睡觉的地方有了。"我明白仲生是想在这个公园里挨上一宿。除此也别无他法了。在没有找到工作之前，吃饭的钱是绝对不敢乱花，比如睡觉我们宁可在公园里随便地挨上一晚，也不会花上十块钱去住一晚。

女人把仲生领到一片低矮的小树林前停了下来。远远地，我听到女人说："就这里吧，地下都是软绵绵的草地，舒服得很。"仲生又回过头来朝我挥了挥手，说："兄弟，就这里了。"看来仲生是想在这草地上和女人做那事儿。为了避免看到这种倒霉的事，我到公园的另一边找了一张石凳，用手抹了抹便和衣躺了下来。

公园里静得有点怕人，红红的月亮从树丛里颤抖抖地升起来了。微风吹过，四下里仿佛弥漫着一股说不出来的腥臭气味。我躺在石凳上仰望着星空，想一些漫无边际的往事。

记得去年六月，我还在一个叫淡水的地方上班。老板是我的一个远房表亲，他在远离城区的一条小溪边搞了一个生猪私宰场。我每天的工作就是给生猪放血然后褪毛，放血的工具是一把瘦长瘦长的尖刀，老板规定我每天给生猪放血之前一定要把尖刀磨锋利。每天傍晚我打扫完屠宰场的卫生之后就坐在小溪边的石块上就着溪水磨刀。夕阳恰好落到水库的大坝顶，把水库里的水染成屠宰场里的颜色，那是一种暗红的色彩，带着浓厚血腥味的色彩。

磨好刀之后，老板的女儿小叶就来喊我回去吃晚饭。小叶比我小一岁，在老家上完初中后就来屠宰场帮忙，十年间从来没离开过屠宰场。她的工作主要是买菜煮饭。除了我和老板，另一个男人是个司机，是老板的姐夫，五十出头的样子，负责开车把猪肉送到很远的工厂。

　　刚来时，我受不了屠宰场里的气味，整天一到吃饭就打嗝。后来小叶想到了一个法子，她瞒着我到屠宰场弄回一小撮生猪毛，又瞒着我把它烧成灰，然后叫我冲开水喝了。没想到她的这个法子居然很管用，从此我吃饭时就不再打嗝了。她后来小心翼翼地告诉我，她刚来屠宰场时，也和我一样天天不停地打嗝，试过很多法子，也吃过很多的药，就是好不了，最后还是猪毛烧灰冲水喝了才没事。小叶告诉我这些事情时，她的大眼睛一闪一闪地望着我，那神情就像一个做错事的小孩，正等着挨大人的一顿臭骂。老实说，从那时起，我就爱上了小叶。爱有时候就是这么简单，一个眼神就能让人心醉神迷了。

　　不过，这注定是一场只开花不会结果的爱情。很快，老板就发现了我和小叶之间的秘密。在一次我和小叶一起偷跑去水库里冲凉回来之后，他和司机二话没说拿条绳子就将我倒吊到屠宰场，并扬言要放我的血。如果不是小叶在半夜里偷偷将我放下来，我还真的不知道会不会像生猪那样被人家放血。我带上小叶塞给我的五百块钱连夜逃离了淡水，在几个城市之间荡游，不停地找工作，间或打打零工聊以度日。

　　离开屠宰场已一年有余了，现在回想起在屠宰场里与小叶那一场没有风花雪月的爱情，那种感觉就像害了一场病，这场病留给我的后遗症就是每当一想起在溪边磨刀的日子，屠宰场里的恶臭便潮水般向我涌过来，脑海里除了那些生猪临死前无助的眼神之外，就是无边无际且惨烈无比的号叫之声……

　　此时，月亮已经老高了，月光透过树叶照到我的脸上来，感觉一片清凉。远处有汽车的喇叭声尖锐地划破夜空，显得更为沉静。我正沉入对往事的追怀之中，忽然间听到树林那边的仲生大叫了一声，我急忙跑过去，见仲生躺在草地上双手捂着下体呻吟，那女人却不见了。我忙问仲生怎么了。仲生回答说："痛死我啦，兄弟。"借着月亮的微光，隐隐可见仲生的裤子已褪了一半，露出一半白屁股。我心下狐疑：仲生不是把那女人干了么？难道没得手？我问仲生："你没事吧？"大概疼痛稍减，仲生长吐出一口气说："她咬我了。"

"咬你？"我表示不解。

"是的。她咬了我一口。"仲生说。

"你是唐僧？她要咬你？！"我说。

"她真的咬了我。不信你看看。"仲生一边说一边将裤子全褪了下来。月光被树木遮住了，太暗，我看不清楚。我掏出打火机在仲生的下身照了照，果然见仲生的生殖器肿得像条番薯，看样子真是给咬了。

"呵呵，可能是她饿了，没看清楚，把你的东西当成了香蕉啦。"我笑了起来。

仲生对我的奚落似乎并不介意，站起来穿好裤子，然后又躺到草地上，长时间仰望着天空，一言不发。我坐到他的身边，试探着问了他一句："兄弟，你和她那么长时间，难道真的没干成么？"

"干了。"仲生说。

"干了她还要咬你？鬼才相信！"我说。

仲生侧过头来看看我，叹了口气说："你不懂。"

"那骚货既然让你干了，还要咬你？我真的不懂了。"我说。

"她有名字，她叫月梅。"仲生说。那声音让我听起来有一股酸馊的气味。

"月梅她很好。"仲生又说，"你不懂她的好。"

"你让她一身的白皮肤迷住了。"我说。

"月梅真的很好。"仲生说，"别说咬一口，就算咬上一千口，我也毫无怨言。"

眼前的仲生让我有点儿摸不着头脑。三天前，我和他相识在烂尾楼，当时我和仲生都急于找到一处栖身之所。结果当晚我们都毫不犹豫地选择了烂尾楼，后来我们一同结伴找工作，也许是同病相怜吧，就在这短短的三天时间，我们成了无话不谈的朋友，总的感觉仲生是一个性情爽快的人。

但是现在的仲生让我感到陌生。从见到月梅开始到现在，也就短短几个小时罢了。几个小时里，仲生真正和月梅待在一起的时间也就是在公园里的两个小时。我无法猜测在公园里的两个多小时里月梅对仲生都说了些什么，不过有一点是可以肯定的，仲生和月梅在公园的草地上一定是做过了。

"月梅真的很好。"仲生又说。

"她好在哪里？"我反问他。

"她的好你不懂。只有我懂。"仲生说。

"是她让你尝到了性爱的快乐，所以你说她好？"我问。

"不止这些。"仲生说，"远远不止这些。"

"别卖关子了。"我说。

"我，我，我也说不清楚。反正就是好。"仲生说。

"要是月梅真的把你那东西当成香蕉吃了，我看你还说不说她好！"我又笑了起来。

"就算她把我整个人都吃了，我也愿意。"仲生望着遥远的星际，幽幽地说。看来，仲生已经无可救药地爱上了这个来历不明的女人。

"可是她还是走了，是不是？"我说。

"嗯。"仲生说。

"她还会回来吗？"我问。

"大概是不会回来了。"仲生颇为伤感地说。

"我们现在怎么办?"我问。

"睡觉呗,还能怎么样呢。"仲生说完倒头就睡。离天亮还早,看样子也只能睡觉了。我们背靠背躺在草地上,谁也不说话,夜静得彼此能听到对方心跳的声音。

后半夜时,我们被一阵急奔而过的脚步声惊醒过来。树林的另一边,人影幢幢,几束手电光,探照灯一样照来照去,粗暴的喝骂声不断地传过来。我和仲生不知道发生了什么事,正惊疑不定,忽然一束光亮照到了我们的身上来,跟着就听到有人大叫:"这里还有两个!"

面对治安员的蛮横无理,我和仲生赶紧闭上了嘴。我们十分清楚,这回是秀才遇上兵,有理也说不清,只好再一次乖乖地坐他们的车回派出所,想不到的是,我们又回到了先前那个派出所。

令我们十分爽快的是,在派出所的容留室,我们终于安全且无风无雨地度过了这一晚。

第二天,八点钟左右,先前曾经把我们带回派出所看过安全录像的胖警察,见到我俩居然还在容留室,他十分惊讶,问明情况之后,他给我和仲生各倒了一杯水。喝过水,胖警察一直把我们送到派出所的大门口,望着胖警察转身而去的背影,仲生说:"看在他给我们一杯水的份上,我这泡尿就不在这里撒了。"我说:"大白天的,谅你也不敢了。"仲生横了我一眼,说:"不敢?"我冷笑了一声,只见仲生咬了咬牙,忽然掉头向派出所的大门走去。我一时间搞不懂仲生葫芦里卖的是什么药,只好在大门外等他。

仲生进去不久就出来了,出现在我面前的仲生居然拿回一袋馒头,外加两杯豆浆。仲生把馒头一下递到我的面前颇为得意地对我说:"吃吧,你竟说我不敢?我还有什么不敢的?等我吃饱了,再好好地撒上它一泡尿也不迟！"

仲生虽然这样说，但最终没有付诸行动，大概是吃人嘴短，拿人手软，不好意思再在人家的门口撒野了，当然更重要的原因是我们现在要急于找厂，我们不能老是睡烂尾楼或者公园了，得尽快找到一个安身之所。

吃过馒头之后，仲生建议到就近的第三工业区去碰碰运气，我自然不会反对，因为我也清楚，不可能走到更远的地方了，错过了早上招工的黄金时间，去了也白去。

后来发生的事情有点出人意料，我想这事自然怪不得招工的人事小姐，工厂有工厂的规矩。不过，人事小姐的一句说话便让仲生在工厂的门口空等了一场。

事实上，我们在工厂门口足足排了一个多小时的队。轮到仲生时，人事小姐看了他的简历，连问也懒得问仲生就说："今天不招湖南籍的员工了，请回吧。"结果仲生在最后关头给刷了下来。我则因为是来自广东，被荣幸地录用了。交了身份证后，人事小姐要求我明天来上班。仲生排了这么长时间的队，没想到等来的是这个结果，他没有问人事小姐为什么不招湖南籍的员工，他只是恶狠狠地盯着人家的脸看了好一会，然后就垂头丧气地跟着我一起走出了工厂的大门。在工厂的大门口，仲生站了片刻，突然又拉开裤子的拉链，准备又冲着人家的大门来一泡尿。我盯着仲生的脸说："狗！"听到我说他，仲生的脸立刻就红了，迅速拉好拉链，掉头就走。

我跟在仲生的后头走了一段路，听到仲生边走边说："我尿急了，兄弟，我是真的尿急了。我不行了，我要找个地方撒尿才行啦。"我说："这里是工业区，要找个公厕可不容易呀。"仲生突然停了下来四周围看了看说："狗也要撒尿呀？"

"你的办法不是挺多的嘛，派出所的馒头你都有办法取得到，难道连一个撒尿的地方都找不到么？"我说。

"那当然。"仲生在这一刻又恢复了自信，"你看吧，我这尿一定要撒得体体面面的。还有，以后不准叫我狗了。"

我笑了笑说："有时候狗比人懂事呢。"仲生剜了我一眼，不再理会我，转身就走。

十几分钟之后，仲生大摇大摆地走进一个快餐店，果然如他所愿，快餐店的女老板热情地把他带到卫生间，让他相当体面地撒了一泡尿。我站在快餐店的门口，见仲生一脸得意地从快餐店里的卫生间出来，一边走一边拉上他的裤链。仲生还没走到门口，就被快餐店里的老板拦了下来，老板仍然很热情地招呼仲生坐下来吃饭。仲生原以为几句话就可以打发了老板，没想到对方比他更难缠。弄到最后仲生不得不撕破了脸皮说：

"你想怎样？"

"吃了饭再走也不迟。"老板说。

"我要是不吃呢？"仲生说，声音有些发抖。

"你不吃饭跑我这里来上什么厕所呢？我这里又不是公厕，你难道不知道吗？"老板的语气一变，有点来者不善的味道。

"我只是借用一下，对你们并没有什么损失是不是？"仲生的口气软了下来。

"没有损失？我这店子不用租金？冲厕所不用水？水费你帮我给吗？"女老板的声音突然高了起来。

"你的意思是要收费吗？好吧，我给你。"仲生实在是拗不过了，只好掏出一块钱来递给对方。不料女老板并没有接他的钱，只是冷笑一声说："一块钱就想打发我呀？拿块镜子自己照一下，你以为你是谁？"

见此情景，我赶忙进来打圆场。可是老板并不吃我这一套，她的宗旨很明显，店里的卫生间只是为了方便顾客。言下之意当然还是希望我们能成为她的顾客了。可是吃饭的时间还没有到，我和仲生心里清楚，在这种地方吃饭肯定是不划算的。正相持不下，忽然听到外面马路起哄的声音一浪高过一浪，似乎是发生了什么大事情。女老板警觉地望了我们一眼，然后走了出去。我和仲生也跟着走出店来。远远地，只见一女子光着雪白的身子，在马路上旁若无人地走过来，马路上的汽车堵起了长龙，喇叭声此起彼伏。

"月梅！"

仲生大叫了一声。我定眼一看，果然就是月梅，难怪那么白！我回头看了一眼仲生，只见他迅速脱下上衣，追了过去。但月梅并不领情，见仲生朝她走近，突然就拔腿跑了起来。仲生只好也跟着她一路跑。两人一前一后直往国道的方向跑，引得爱看热闹的人也一窝蜂地拥过去。我只好也跟着跑过去，身后听到老板骂了句："他妈的，碰上了俩傻×，真倒霉！"

初秋的阳光仍然猛烈，我追着他们跑了一段路便汗流浃背起来，累得差不多走不动了。我叫了一声仲生，但仲生并不回答，只顾紧跟着月梅跑。两人快跑到国道时，月梅拐上了人行天桥。上了桥，月梅就停了下来。后面跟来看热闹的人也停了下来，大家都在桥下看热闹。我跑上桥去，才跑到一半，就听到仲生喝了一声："兄弟，先别过来。"只见月梅的一条腿又已经跨出了栏杆，我只好停在天桥的阶梯中间，随机应变。

"你跟着我干什么？"月梅回过头来对仲生说，那样子看起来没有一点疯癫的迹象，语气冷静得让人难以相信。仲生不敢看她，低着头说："你先穿上衣服好吗？"语气里竟有乞求的意味。

"穿你的衣服？"月梅冷笑了一声说。

"暂时先穿我的，好吗？"仲生仍然低着头说。

"你身上有一股臭味我受不了。"月梅说，"你多少天没冲凉了？"

仲生忽然抬起头来，望了一眼月梅，又迅速低下头去说："我找不到冲凉的地方。"

"借口。"月梅说。

"我是真的找不到冲凉的地方。"仲生说。

"你为什么要说谎？"月梅再也不看仲生。

"我没有说谎。"仲生急了起来，随后用手指了指我又说："要不你问我兄弟，我说的都是真的。你先穿上衣服再说，好吗？"

"我白吗？"

"白。"

"我穿上衣服你就看不到了呀。"

"不，你先穿衣服。"

"我的腰好看吗？"

"好看。"

"我的奶子好看吗？"

"好看。"

"你喜欢我吗？"

"喜欢。"

"你爱我吗？"

"爱。"

"那你为什么总是不冲凉？"

"我找不到冲凉的地方呀。"

"借口。"

　　桥下人声鼎沸。我回头看了看，原来是警察来了。两个警察一前一后直往桥上冲。他们经过我身边时，一个警察朝我挥了挥手，叫我下去。我还没有动，就听得月梅对仲生说："我真的是受不了你身上的味道，你就别跟着我了。这世界没一个干净的地方，现在又来了两个臭警察，真是太令人失望了。"月梅说完头也不回就跳了下去，仲生锐叫了一声，也跟着跳了下去。

　　人行天桥其实并不高，但月梅还是死了。她是落地时被呼啸而过的车撞死的。仲生幸运一点，没有被车撞到，但是他一条腿断了。他醒来的第一句话是："月梅呢，我的月梅呢？"我说她死了。仲生默了半晌，突然说："月梅是我害死的。"我颇有些意外，不过我即刻就明白了仲生的心思。我说："兄弟呀，她是个神经病，你也神经病啦？"

　　"不，她很好。她很好。很好。"

　　"再好也死了，别再多想啦，好好养伤，我们还得找厂呢。"

　　"死了也好，要不，太阳会晒痛她晒黑她的。"

　　我一时无话可说。

　　仲生沉默良久，突然说："兄弟，帮我找个冲凉的地方，我要冲凉。"我心里一惊，抬头，见仲生此刻已是泪流满面。

# 三生记（之三）

## 余　生

　　一簇簇的簕杜鹃在院子里开成了红色的海洋，让人一眼难忘。余生每次来，都不曾敲过门，而是从一人高的围墙翻过去。在余生看来，翻墙而入自有另一番滋味。

　　余生每次爬上围墙，站在上面，注目院子里的一土一木，总要发一会儿呆，然后才扑通一声从墙上跳到院子里，轻手轻脚地拨开碍手碍脚的簕杜鹃，径直向女人的屋里走过去。因此他每次来，女人在屋里都能听到他落地时的声响，但女人从来不说他，也不问，随他喜欢，只要他还愿意来，什么时候来，或者采取什么方式进来，她从不介意。

　　这是一栋独立的平房，有些北方四合院的味道，但又不尽相同。它的天井连着小门，从小门出去还有走廊。走廊外才是围墙，围墙也有门，一个大铁闸门，大门一关，里面就是另一片天地。这在风流底已经不多见了。这里离热闹的村落较远，左边是依山而建的公园，右边是一条小溪，小溪连着风流底某水库。十几年前，女人从这条小溪里打上来的水可以直接饮用，现在不行了。因为工业污染，小溪里的水早就变了味。从小溪里的水变了味开始，女人就很少出门，除了买一些必需的生活用品偶尔外出，其余的时间，女人大都是待在屋里不出来。

院子颇大，从大门往西有一块二十平方米的菜地，菜地里的青菜品种不多，大都是应时青菜。没有家禽，女人也不栽花养草，围墙边那野生簕杜鹃原本在一角寂寞地生长，不想几年过去，便疯狂地长到屋边来。女人这才惊觉，出门的路也快被拦住了。可是即使如此，女人从来也没有想过要给它修剪修剪，任那些簕杜鹃红到屋檐下，又从屋檐下红到走廊里来。

屋里没有别的人，就女人一个。唯一的一只宠物狗，是三年前女人从小溪里救上来，取名阿旺，不料在去年被雷电击中，全身烧成黑炭，最后顺理成章地做了簕杜鹃的肥料。女人从此不再养宠物，见了那些流浪猫在屋子里旁若无人地来来去去，她从不动心。春日的夜里，任由它们在瓦顶上凄厉而尖锐地叫。

偶尔门铃响，总是收水电费的来了。女人并不开门，只是从门缝里把钱塞出去，轻描淡写地说一声谢谢。来人接过钱，把单子和零钱又从铁闸门缝里塞回去。仍然是浅浅的一声谢谢，只听到声音不见人。来人侧身听到院子里细碎的脚步声渐行渐远，出会儿神，摇摇头，也走了。

后来，水电费也不用收了，从银行的存折上扣，反正存折上有的是钱。从此门铃也不响了，时间一长，年久失修，也就坏了。

没有了门铃，日头一样从天井上空横过去。女人有时站在天井朝天上望，那红红的日头让女人有些晕眩，看不清四周，也感觉不到周边那墙有多远。这时候有关夸父逐日的传说便逶迤而来，喉咙里干渴的感觉就强烈起来。天井里有水龙头，女人随意打开喝几口水，日头就暗了下去。更多时候，女人愿意坐到走廊上，让时间慢慢地把自己黑下来。直到星星和月亮的微光把院子里的虫鸣拉到身边来，女人这才让晚风送她回到屋里去。屋里很少开灯，屋里所有的物件，分放于何处，女人都了如指掌。

夜色如潮，房里散发着老木古旧的气息。女人在床上穿上她自小就喜欢的红旗袍，走到天井里，让湿湿的月光晒下来，遥想星际那金风玉露般的相逢，把天井上空的繁星也看暗了。风不知从哪个角落吹进来，撩起旗袍一角，凉凉的。有树叶从天井落下，又飘到脸上来，女人知道这是秋天来了。

淅淅沥沥的秋雨能把院子里的日子下长，整日里没阳光，雨水横流，漫过布满青苔的天井，又流到走廊上来。女人光着脚在走廊上来回地走，等雨停下来，等太阳出现在天井上四角的天空中。

天明，水退去，走廊上留下些许模糊的脚印。

眼下却是夏天，夏天是一个让人想入非非的季节。围墙外有好几棵高大的台湾柳，夏天一来，台湾柳上的鸟雀们就热闹起来。在正午时分，屋里热得难受，空气也凝固了一般。女人热得睡不着觉，赤裸了身子直接到天井的水龙头冲凉。女人不怕被人看见，这里从来是被人们遗忘的角落。冲完凉，仍然赤裸了身子从屋里拿张小竹凳坐到走廊上，静静地待在簕杜鹃的花丛里，看阳光从树叶的缝隙中透下来，斑驳的影子在围墙边缓慢地移动。偶有四脚蛇从她的脚边快速地窜到另一边去，女人也不惊惧，即如余生的突然闯入，女人亦一样安静如水。

余生第一次来也是正午时分，阳光很好，余生在围墙外的台湾柳下用气枪打鸟。这里他来过多次，一直以为是座荒废的院落，他从来没想过要到院子里看看。他对一座荒废的院落没有兴趣，只想专心打他的鸟，以便尽早治好他的头痛症。

余生犯头痛症已经一年多了，开始时只是晚上临睡前疼痛从头的左耳边开始，然后沿着前额隐隐地痛上一圈。现在病情有了变化，夏天刚开始，头痛便发作频密起来。余生吃了不少的药，中西合璧，酸甜苦辣，什么药都吃过，但是毫无效果。后来就有人给他提供了一个偏方，偏方说用野生的麻雀头配天麻炖汤喝很管用。这个方子难找的是野生麻雀，也许是风流底的工厂太多了，都把这里的麻雀赶跑了。好在还有这样一个僻静之处可供麻雀们安身，于是余生三天两头拿支旧气枪到这里来打麻雀。

余生原本不想跳到院子里去，但是一只麻雀被他打中，挣扎着掉到院子里来。余生在爬上围墙的一刹那，一下子就惊住了。他呆在围墙上，一时之间竟不知如何是好。

女人坐在走廊的篱杜鹃里，看着围墙上的余生，不说话，也不动作，如一尊雕像坐在那里看他。那一刻，两双眼睛在对视，彼此在对方的身上看到了那些既熟悉而又陌生的东西。

回过神来之后，余生的第一反应是返身就跳回来，站在围墙外，余生依然在回想墙头上看到的那一幕：女人光着身子坐在走廊上，肥白的双乳自然地下垂在胸前，一头乌黑透亮的长发垂在身后，时间仿佛就停在女人的发梢。没有风，空气里却有种说不出来的淡淡清香在流动，那是一种能让人安静下来的香气。余生做了一次深呼吸，感觉肺腑里一阵清凉，仿佛有一道清泉从头淋到脚。女人对余生的出现既不惊讶也不表示欢迎，目光清亮悠长，有一种隔世的恬静与安然。余生耳边已听不到树上知了的嘶叫声，空气也停止了流动，只有太阳光热烈地照射过来，把院子里的一切照得犹如三十年代那些古旧黑白片里的影像。

余生怀疑自己是不是出现了幻觉。他朝天上望了望，天空一碧如洗，阳光辣辣地刺着眼。他朝天上空放了两枪，枪声把知了打哑了，四周静了下来，树上的鸟全飞走了。余生把耳朵贴近围墙，想听听围墙里的动静，可是围墙里什么动静也听不到，只有一片寂静。当余生放下气枪，再一次翻上围墙，他发现女人还是光着身子毫无掩饰地坐在那里，似乎就知道余生会再翻过来，目光由近而远，虚静地望着围墙外的天空。

天空高而远，天气晴好。仿佛一切都意味着这次邂逅是如此的美好。

"你来了。"

"是的。我来了。"

仿佛他们一早就已经相识，话语简单，但大家又心里明亮如镜。

"你坐，我去穿件衣服。"女人起身离去。余生一直目送女人光亮的身子在屋内消失，这才把女人坐过的小竹凳拿过来，但他并没有坐，而是把小竹凳抱在怀里。小竹凳还留有女人身体上的余温。脸贴在竹凳上，余生感觉女人就在自己的怀里。这样的一种感觉竟是如此的真切，以至余生又闻到空气里那淡淡的清香。余生的身子突然颤抖起来，他想大喊起来，张着嘴巴，却没有声音，像有一团棉花堵在喉咙，好久才呻吟般自语："我来了。我真的来了。"话还没有出口，泪却先流了下来。

女人无声无息地来到余生的身边，她穿了往日常穿的旗袍出来，旗袍虽然旧了，但能让人想象它往昔的红。那种褪色的红在女人身上是如此浑然天成，就像是与生俱来的那种颜色，体贴于发肤。女人就站在余生的身边，静静地看着余生，看着他把头埋在胸前，双肩有节奏地抽动。女人没有说话，只是在等他安静下来。

围墙外的鸟不知什么时候又吵起来了，余生这才感觉到女人来到了自己的身边，他停住了抽泣，但没有马上抬起头来，仍然抱头蹲在地上，低低地说：

"我喜欢这个小凳子。"

"我知道。"女人轻声说。

"我真的喜欢它。"余生又说。

"我知道。"女人说。

"我小时候亲手做过这种小竹凳。"余生又说。

"我知道。"女人还是轻声地说。

余生于是抬起头来，突然见到穿上旗袍的女人就站在自己跟前，余生双手拿着凳子，不知放在哪里才好，于是把手上的凳子递给女人说：

"你坐。"

"我不累。"女人说。

"你种的籬杜鹃开得很红。"余生说。

"我不种花，它自己长成这样。"女人说。

余生艰难地站了起来，他这才发现女人竟然和自己差不多高。

"你种的菜长得很好，很绿。"余生说。

"我不打农药，都长虫了。"女人说。

沉默了一会，余生又把手上的凳子递给女人。

"你坐。"余生说，声音依然生涩。

"我穿旗袍，坐矮凳不好看，你坐吧。"女人说。

余生轻轻把凳子放到地上，不过他没有坐上去。

"我不忍坐它。"余生说。

女人听了努着嘴角轻笑了起来，说："我们到屋里坐吧。"说完就转身朝屋里走。余生见女人没有穿鞋，左脚踝处文了一只紫色的蝴蝶，她往前走，紫蝴蝶也跟着她贴地低飞。

外面阳光很猛，屋里有些暗，强烈的反差导致余生过了几分钟才适应过来。大厅里的物件陈旧而简单，没有电视机，一只旧冰箱放在大厅一角，四件陈旧的木沙发摆在左右两边，木沙发上积满了灰尘，看样子已经好久没人坐过了。一张足够十个人吃饭的大圆桌，摆放在大厅的中央，让整个大厅显得没有那么空落。

屋里唯一一张干净的椅子放在饭桌边，女人似乎习惯了这张椅子。她一进屋就在这张椅子上坐了下来。她坐下来之后，才招呼余生坐，余生就近坐在一张满是灰尘的木沙发上，一点也不介意那灰尘弄脏了自己的衣服。女人见了，也不表示歉意，觉得很正常。

两人就这样坐在屋子里，相互端详着对方。女人不说话，余生也不说，他觉得女人肯和自己坐在一个屋子里，对他来说，已是莫大的荣幸，他不需要别的什么。大厅里就这样静了下来，只听到女人细长的呼吸声。

后来，余生在回忆起他与女人第一次见面，两人在大厅里静坐时，他心里从来没有想过要和她有什么肌肤之亲。乃至后来许多次见面，好多次大厅里的相对默坐，余生仍然没有这种想法。他觉得这样很好，不但能让自己安静下来，而且头痛症也随之减轻。直到立秋前的一个星期天，余生再来，两人还是在大厅里坐，刚坐下，沙发还没有坐热，余生的手机就响了起来。余生只是嗯了几声，断了电话就急着要走。女人既不问他为什么要走，也不拦他，仍然赤着脚来送他。穿过天井，来到走廊，两人不约而同地停在走廊上，女人在等余生说话，余生回过头，很突然地就说：

"我想亲你。"

"天气太热了。"女人说。

"我嘴唇是凉的。"余生说。

"好吧。"女人说。

女人并未闭上双眼，余生就在她面前矮了下去，他爬到女人脚下，在女人的左脚踝咬了一口，把女人脚踝上那只紫蝴蝶咬出血来。女人既不叫痛，也不制止。余生抬起头来，见女人正低着头在看着自己，目光充满了怜爱。余生的泪一下子就涌上了眼眶，但余生强忍着，没让它流下来。

"蝴蝶是凉的。"余生站起来，用手抹了抹嘴角说。

"你走大门吧。"女人说。

"我还是翻围墙，习惯了。"余生说。

女人也不劝他，跟他来到围墙下，余生翻上围墙，回头对女人说："我明天给你送个手机来。"女人本想说她不需要手机，手机对她来说没有任何作用。但她没有说，她想听到余生从围墙上跳下来的声音。那声音沉闷有力，人落地时带着泥土的气息扑面而来，她喜欢，但她没有说。

女人的脚还在流血，但她似乎毫不在意。她的目光一直看着围墙外高大的台湾柳，像是对余生也像是在自言自语："一到秋天，这里的鸟就会少很多。"余生听了回过头来，见她的脚还在流血，从围墙上跳了回来。女人以为他改变主意了，心里欢喜，伸手去摸余生的头，却摸了个空。余生已爬到她脚下来，吮净了她脚上的血。临走，余生说："明天我给你送个手机来。"

女人就等余生送手机，一天，两天，三天，一直等了好多天，也不见余生来。女人每天在走廊上坐久了，双脚又沉又麻。菜也懒得种了，菜地里杂草丛生，已经荒芜了。女人每天只是喝些稀粥，院子里的日子便一天天瘦下来，最后，瘦成了一弯新月。

新月过后就是满月。女人再次见到余生时，已是仲秋时节，天早就凉了。

这天，天刚蒙蒙亮，大雾还未散去，女人一早就起来了。她没有到走廊上坐，她拿把锄头到了菜地，她想认认真真地把菜地翻一遍，重新种上青菜。女人才翻了几锄，便听到围墙那边一记熟悉的闷响。回头，果然就见余生已经落到了院子里来。女人的锄头举在那里，半天没锄下去。

这次，余生并没有带来手机，他似乎忘记了他的承诺。余生一来就到菜地帮忙，他像在自家的地里一样接过女人的锄头翻土。女人呢，则负责把土里的杂草除去。余生边锄地边对女人说："土太渴了，我给你讲个故事吧。"女人点点头。余生咳了一声，说："那男人也姓余，生得丑，最丑的地方在脸部，他长了个兔唇。"正在除草的女人听了，一惊，抬头望向余生。余生手上的锄头没有停，大力地翻土，故事也没有停，余生继续往下说。

余某没有兄弟姐妹，是个独子，家里在镇上算是有钱人，父亲搞蔬菜外运，且经营有方，属于先富起来的那类人。在大多数人还住瓦房时，他家就盖了一栋两层的洋房。余某因为长得丑，在学校处处受人白眼，自然是无心读书，高中没读完就辍学回家了。他父亲没指望他能帮得上忙，但抱孙心切，早早就给他说下了一门亲事。女的叫张瑜，是大山里少有的漂亮姑娘，早到了婚嫁的年龄，她本人也在跟她的旧同学谈恋爱，她自己并不愿意嫁给余某，为此，她特地找到余某，讲明自己并不爱他。最后，她离开前跟余某说："我的花只能开一次，开过之后就枯萎了，但我不会为你而开。"

可是张瑜的父母并不同意她嫁给那个比她家还穷的同学，他们看中了余某，觉得余某方方面面的条件都符合他们的要求，甚至对余某长了个兔唇也认为是天意，天意不可违，能跟余家做成亲家肯定是前世修来的福。双方的父母撮合了他们的婚事。余某本来还没有结婚的打算，一来是年纪还小，二来是觉得自己一事无成，还不是结婚的时候。可是，在几乎是与世隔绝的大山里，他也只能接受了这个事实。

两人的婚事相当隆重，单是酒席就摆了一百二十多桌。这在大山里的小镇是绝无仅有的。当时人们都把羡慕的目光投向这对新婚夫妇，认为他们是掉进了米缸里的老鼠，幸福晕了。但是婚后不久的一场车祸就把他们的幸福生活全碾碎了，这场车祸导致余某父母双双惨死。生活一下子就露出了它的狰狞面目。对余某来说，这不啻于一个晴天霹雳，一下子就把余某打懵了。余某不懂经商，继承不了父业，仅三年时间他们就成了镇上最穷的人。

贫贱夫妻百事哀啊。夫妻俩最先是小争小吵，鸡毛蒜皮，锅盘碗筷，继而升级到人身攻击，余某的兔唇被张瑜不断放大，放大到彼此相互厌恶的地步，最后余某一顶绿帽就戴得稳如泰山。此期间，张瑜的旧情人果断地接过了大山里蔬菜外运的生意，并且同样也做得风生水起。两人理直气壮地在外面偷情，并为余某生下一个白白胖胖，且没有兔唇的漂亮儿子。余某为此曾到岳父家讨说法，但此一时，彼一时，余某并没有得到丝毫的同情，相反，他们劝他离婚，厚颜无耻地求他给张瑜一条生路。余某顿感万念俱灰，在一个冬日的早晨，余某带上一袋干粮，背上简单的行囊远走他乡。

余某从来没想过，他会在这个名叫风流底的地方有着如此的奇遇。

冬日的风流底，没有刺骨的寒风，比大山暖和。余某一下火车，扑面而来的是稠得化不开的热闹。人声车声，各种各样的声音充塞了余某的耳朵。他站在车站的出口，看着行色匆匆的人流，发了好一会儿呆，才想起要给熟人打电话。电话打了无数次，结果都是无一例外的关机。余某一下子就没有了主张，他惊慌失措地背着行李包漫无目的地在大街上乱走。

余某没想到第一次走出家门的后果竟然是流落街头。余某口袋里的钱不多，旅馆太贵，他住不起。当晚，余某在一个广场高大的石柱下度过他在异乡的第一宿。

第二天，余某按熟人在电话里曾说过的大致位置去找，他在一个城中村见到人就问，被问的人不是摇头，就是好奇地盯着他的兔唇看，看得余某问人的声音也矮了下去。后来就越来越矮，最后像一只过街的老鼠，偷偷钻到地下去了，谁也听不见，他只是直着两眼看着人家，路人只当他是个傻子。而余某的熟人就像一滴水融进了大海，再也找不到了。

吃完最后一块干粮，余某决定去找工作，他不能坐以待毙。余某初来乍到，不明就里，不知道要到工业区去才容易找到工作，他只是在大街上像条狗一样这里看看，那里瞧瞧。后来，余某在一根电线杆上看到一则广告，广告只有三个字：雇情人。那三个字是直接用黑色笔写上去的，字下面是一行手机号，别的什么也没有。也许是情人两个字让余某受到了点小刺激，又或者是走投无路了，想试试运气，反正余某是想也没想拿出手机就直接拨了过去。

号码居然能拨得通，不过让余某有点儿失望的是，接电话的却是个男人。男人的声音有些沙哑，听起来很遥远。他约了地点，叫余某过去见面。但余某不知道他说的那个地方，他只知道那个收容他过了一晚的大广场。余某要求到广场见面，男人竟也同意了。不过，在说好了广场里确切的位置之后，男人要求他届时手里要拿本书，最好是杂志什么的，这样容易找到人。余某听了顺便就在路边的书摊上花了四块钱买了一本花花绿绿的打工杂志，匆匆往广场走。

到了约好的位置，已是下午四点左右。余某坐下来正想翻翻那本花了四块钱买来的杂志，手机突然间就响了起来。余某又听到那遥远的沙哑声从电话那一头传了过来，对方叫余某站起来，不要挂

电话，单足朝前跳。余某以为对方还没有看到他，于是依言缩起一
条腿成金鸡独立状，单足往前跳，跳了几步，怕走远了人家拿走他
的行李，又赶快转身跳回来。对方在电话里叫他不要停，余某就来
来回回反复跳，引得周围的人都向他看过来。余某觉得有些不好意
思了，便问对方看到他了没有。对方说，看到了。余某就停下来，
拿着手机四下里张望，广场上人来人往，此刻正在打电话的人不
少，余某根本就无法判断哪个是他要找的人。忽听得电话里那人说
他通过了，并指点他朝某个方向走，余某还想问些什么，但对方不
等他说，就挂了电话。

　　整个过程显得有些神秘，余某更没想到自己就这样通过了。他
半信半疑地朝着对方指点的方向走，刚走出广场不远，忽然背后被
人拍了一巴掌，余某回头一看，一个留着一头长发的年轻人似笑非
笑地站在身后，随着一声沙哑的问好，余某立刻就知道正是刚才电
话里的男人。

　　男人自我介绍说姓张，让余某叫他张大哥。随后，张大哥带着
余某边走边谈。张大哥说，小子你走狗屎运了，那么多的帅哥她都
没看上，你一个丑人，她居然就看上了。余某听了，隐约感觉自己
被选中了。但他仍然不明白，雇情人是怎么回事。张大哥就说，你
没看大街上来来去去的出租车么，你给了钱就可坐。一句话就是把
自己租出去给那些有需要的人。

　　谁需要呢？张大哥说，等下就知道了。到时，人家会有一个具
体的合同出来，大家都同意了，才在合同上签字。你小子发达了，
要是能签个十年八年，一辈子的吃喝都不愁了。余某觉得不太可
能。他现在最需要的是有个地方住下来，工作的事，以后可以慢慢
找。张大哥还交待他，像他这种人，如果想长久地做下来，最好是
不该问的，千万别多嘴。

接下来发生的事情，对余某来说，简直就像是天方夜谭。他做梦也想不到，这种只有在电影里发生的事情，居然也会发生在他的身上。

余生讲到这里停了停，回头看看翻过的菜地，发现已经翻了一半。他问身边的女人：

"你的蝴蝶呢？"

女人说："飞走了。"

"你的脚瘦了。"余生又说，"也可能是鞋子肥了。"

"后来呢？"女人期待余生把故事讲完。余生于是又继续往下讲。

其实我不说，你也猜得到是怎么回事了。没错，余某真的是把自己租给了一个叫阿珍的女人。余某跟阿珍签了一张三年的合同，合同规定阿珍每个月付给余某八千块。余某从未想过自己竟然值八千元。他只是看了合同的前部分，发现自己每天的工作并不繁重，除了做些家务，修花剪草之外，就是陪阿珍聊天。后面的内容他根本就没有仔细看，立马就签了名。余某是三天之后才真正明白什么叫出租情人。

不过你不用担心，余某跟阿珍从来没有性爱。阿珍似乎也不需要性爱。但是她有一个非常特殊的癖好，每天晚上，她都要用狗链把余某锁在她的床边，让余某用舌头一遍一遍地舔她的脚指头，一直到她睡过去为止。在这个过程中，阿珍会不停地跟他讲一个相同的故事。这个故事，在余某一年多的出租情人生活里被阿珍讲述过无数次，其实余某早就能将故事准确地复述出来。余某觉得阿珍讲的这个故事，实质上就是牛郎和织女故事的翻版。这个故事被讲述多次之后，变得似是而非。最大的可疑之处在于阿珍虚构了一个完美的情人。为了这个完美的情人，她愿意一辈子不结婚，一直等到这个情人来找她。

"我的花只能开一次，开过之后就枯萎了。"这是阿珍在黑夜里常跟余某说的一句话。阿珍每说一遍，余某的头就痛一次。余某的头痛症就是那个时候开始的。今年夏天，余某的头痛变得越来越厉害，发作起来时，像是有一千根针直往脑海深处刺。余某曾想过死，但是他又不甘心，他不能就这样轻易地放过他的情敌，他设想过一千种方法去折磨那一对狗男女，最起码也不能让他们活得如此自在。他要让他们像狗一样活着，像狗一样舔他的脚指头，让他们生不如死。所以余某对自己说，他得活下去。

后来余某找到了一条治疗头痛症的偏方，就是用野生的麻雀头炖天麻吃，于是他拿了把旧气枪到处去打麻雀。就是在此期间，余某的家乡发生了一次地震，地震使一切事情变得简单了，因为地震抹平了所有的恩怨情仇。

当余某马不停蹄地赶回到家乡，亲眼看到妻子和她的情夫，还有他名义上的儿子，从瓦砾下被挖起来时，他突然觉得如果不是因为妻子红杏出墙，被人家从瓦砾下挖起的人可能就是他自己了。相比那些在地震中突然死去的人，余某觉得自己已经是够幸运的了。

已是正午时分，菜地已经全部翻过，也平整好了。太阳不知什么时候不见了，天空灰暗，没有风，闷热。

余生对女人说："这是要下雨了么？"

"故事讲完了？"女人说。

"讲完了。"余生说。

"他的头痛症好了吗？后来。"女人问。

"地震过后，他的头就再也没有痛过了。"余生说。

"地震死了很多人吗？"女人又问。

"是的，死了很多人。"余生答。

"来不及掩埋的尸体还生了蛆。"余生补充说。

"他们到岸了，也平安了。"女人说。

"平安？谁平安了？"余生问。

"你说人死了，还会有思想吗？"女人问。

"不知道，不过那些吃饱饭没事干的科学家说有。"余生答。

"还记得世上的所有事？"女人问。

"电影里看过，那些鬼喝过孟婆汤后投胎就不记得前世的事了。"余生答，"不过，那是投胎之后的事。当然，人死后能不能再次投胎也还没有弄清楚。不过佛教的人相信这个，因果轮回，是做猪还是做狗，是一早就定下来的。"

"死会痛吗？"女人问。

"吃安眠药死的，肯定不会痛。别的不知道。"余生答。

"活着是为了死吗？"女人问。

"谁会为了死而活着呢？"余生答。

"你为谁活？"女人问。

余生一下子答不上来。不过他想了想说："活着是需要勇气的，要找一些理由让自己活下去。我想这和一块菜地需要打理没有什么区别，否则人身体里也会长出草来。"

"要是找不到这个理由呢？"女人问。

"没有理由就让自己长草罢。草从心里发芽，然后往上长，从头顶长出叶子来，长长的根须则往下去，从脚底探下去，一直探到土地里，于是四季风和日丽。"

"四季风和日丽？可能吗？"

"是的，人一长草了，天气就没有变化了。"余生答。

"嗯。"

"如果天气没有变化，那么人会老吗？"

"长草的人不会老，因为所有的日子都是相同的。"余生答。

"嗯。"

两人沉默了好久。一时都没有话说了。于是回到屋里来。四周又暗了下去。

余生说："下午让我给菜地浇水吧，它渴了。"

女人说："好。"

中午，余生喝了女人煮的粥。但没有菜，味道寡淡。但余生不介意，吃得似乎还很饱。吃完饭，两人一起到走廊上坐。坐了一会，余生又要走。女人说："种子还没有下呢。"余生说："我下午还要来。"

"走大门吧，门总是要开的。"女人说。余生同意了。

下午六点左右，余生来了。带来了他简单的行李，还买来了菜种。两人又到菜地忙活，给菜地浇水，然后把种子撒到浇过水的菜地，又薄薄地培些泥土，还烧了一些干草做肥料，堆放在菜地边。

做完这些，天就黑了下来。女人到厨房做饭，余生光着身子到天井冲凉。

晚上，两人睡到了一起。一切是如此自然，也如此水到渠成、水乳交融。事后，女人给余生也讲了个故事，故事还没讲到一半，余生就抱着女人睡着了。余生不知道故事是如何发展如何结束的，也不知道故事里除了那个叫阿旺的男人之外还有谁。

后半夜时，余生突然被女人摸醒了。余生感到女人的手在他脸上摸得很仔细，还在他的嘴唇上停留了许久。余生假装没有醒，黑暗中便听到女人虚弱地说："阿旺，阿旺，我的花开过了。"

以后的日子，余生发现女人在迅速衰老。不到一个月的时间，女人原本一头黑得发亮的长发就全白了，脸上皱纹也越来越明显，身体不再丰满，乳房干瘪起来，像两只挂在胸前的小布袋。余生要带女人去看医生，女人说："你说过，长草的人不会老。我的草被除掉了，可是我不后悔。"

从此，风和日丽不再。

# 灰色马

最近一段时间，松子见到胸口有毛的男人心里就不舒服。

那时候五月还没有过去，风流底的天气还没有热到要袒胸露乳的地步。那男人就骑匹灰色马来了。男人每次来都是把衬衫往肩上一搭，露出胸口一道黑毛，从马背上跳下来就无所顾忌地踢门。门是开着的，但那男人还是要踢，把本来就不太结实的木门踢得摇摇欲坠。男人已经不太年轻了，可是火气似乎还是十足着，一边踢着门一边大声吆喝着叫母亲的名字："小康，小康！"父亲从屋里蹩出来，咧嘴呵呵地笑上两声说："来啦，屋里坐吧，小康在家歇午觉哩。"他自己则让身出来，把马牵到荔枝树下，细心地系好，然后蹲在树下吸烟。

六月来了之后，风流底的天气就像掉进了一个火炉里，热得失去了形格。荔枝林里的知了叫得声嘶力竭，吵得荔枝树下的父亲没法把一支烟吸完就走到水库里冲凉。松子从沥青纸做的壁缝里往外望，就见父亲光着身像条死鱼一样仰浮在水上，很长时间也不见他动一下。

男人每次来，都要在母亲的房里大呼小叫上半个小时，这次也不例外，在这半个小时里，松子听得最多的一句是："老子腰缠十万贯，骑鳄下扬州啦！"松子已经九岁了，但他只上过三天学，松子闹不懂鳄鱼有什么好骑的。好端端的有马不骑，骑什么鳄鱼呢？骑马肯定比鳄鱼更过瘾。松子弄不懂这些。不懂就不懂，这没什么了不起的。但是鳄鱼对松子来说并不陌生，风流底人在鸭嘴岭搞了个旅游区，旅游区里就养有鳄鱼，样子凶恶而丑陋，还有满嘴的长牙，松子对那长牙有说不出的恐惧。他不喜欢别人把母亲当成一头鳄鱼，他宁愿母亲是匹马，哪怕是一匹灰不溜秋的马。

男人骑过来的马就是一匹灰不溜秋的马，浑身长着灰塌塌的毛，跑起路来也不神骏，总是耷拉着头，和旅游区里别的马匹没什么两样，即便如此，松子也喜欢它。松子给它起了个名字叫灰毛。父亲常常警告他不要走近那匹马，父亲说那马会踢人的，要是给它踢中了肚子就完蛋了。但松子不相信。松子总是等父亲到了水库里冲凉之后就偷偷溜到荔枝树下和马说话。松子和马说话时，马就低下头来，眼光温柔地望着松子，很专注地听松子说话，偶尔还伸出舌头来舔舔松子的脸，舔得松子的脸麻痒痒的，没有一点儿踢人的迹象。松子说："灰毛，你吃饭了么？"灰毛点点头。松子又说："人家骑你，你愿意么？"灰毛点点头又摇摇头。松子想，它肯定是不愿意的，只是没别的办法罢了。松子抱了灰毛的头，把小嘴儿贴在灰毛的耳朵边悄悄地说："我解开绳子你自己离开吧，想走到哪里就走到哪里去。"但是松子解开绳子之后，灰毛并没有离开，仍然安静地待在荔枝树下，眼光温柔地望着松子。松子又说："灰毛你跑呀，你快跑呀！"可马仍然无动于衷。松子很生气，又很着急，但又毫无办法，较着劲儿坐在树下和马干耗着。

正午时候，荔枝林里的人家，大都在歇着午觉。低矮的铁皮屋在正午的阳光里泛着金属的青光，四周安静下来。这时男人心满意足地走出屋来，像来时一样，把衬衫往肩膀上一搭，翻身上马，回头朝母亲的屋里望一眼，胸口上的黑毛一闪，右手往灰毛的屁股上一拍，嘚嘚嘀嘀嗒嗒的马蹄声就在安静的果树林里再次响起来。松子坐在树下，望着灰毛卷起一阵灰尘，渐行渐远。母亲的叫喊声突然在屋里响起来，松子快步回到屋里来，就见母亲的一只手从门缝里伸出来，手里捏着一张五元的钞票，松子知道母亲是要他去买汽水了。母亲说过，冰镇汽水是可以解乏的呢。

荔枝林里的士多店离松子家并不远，就在小河边的那棵龙眼树下。炎热的白天，这里是唯一可以称得上热闹的地方。高大的龙眼树将一树的阴凉盖下来，阳光从树叶的缝隙中透过，斑驳了麻将桌上每个人的脸。搓麻将声夹杂着七荤八素的吆喝声隔着小河毫无阻碍地传到对岸去。小河的对岸就是风流底第四工业区。平日里偶尔也有从对岸过来一两个打工妹，穿着一身的工衣，结了对儿和这边的人打麻将。她们打的也不大，三元五元的，只图个日子好过，但每次她们来，都是赢多输少。这边的人不服，每次都预先合了伙算计她们，但打工妹们的口袋个个都缝得紧，没有一个子儿漏出来，她们还是照样赢钱。士多店的主人等她们离去之后对这边的人说："你们想赢她们的钱，简直就是做梦，她们个个都是牌精呀！"士多店的主人叫月梅，原来和松子的母亲是很要好的朋友，在风流底第四工业区打了足足十年的工，但随着年龄的增长渐渐就淡了那份打工的心，便动用了打工得来的所有积蓄搞起这个士多店，每日里和酒鬼赌棍们一起混日子，偶尔也动一动凡心，只可惜那些酒鬼赌棍没有一个她看得上眼的。间或有一两个有点儿意思的，可是人家又看不上她，嫌她老了。一回回的失望之后，连月梅自己也有点破罐子破摔的意思了。

松子来到店里时，月梅正坐在玻璃柜台内和父亲说话。父亲不知什么时候已经从水库里回来了。松子叫了一声爸，但父亲没听到，他站在玻璃柜台前，上半身尽量向里倾斜，松子看见父亲一张嘴差不多已经贴到月梅的脸上了。父亲说话的声音不大，却引得月梅前仰后合地笑起来。松子又叫了一声爸。父亲还是没有听到，父亲的注意力全在月梅的脸上。细碎的阳光透过龙眼的枝叶照在父亲的额上，像一只煎熟的荷包蛋贴在那里，那新鲜滚热的荷包蛋正渗出一层层油汗来。

松子没有再理会父亲，他用力地敲了敲玻璃柜台，月梅听到了声响，人还坐在那里没动，用眼角的余光瞟了一眼松子，却笑着对父亲说："老孙，你儿子长得倒是有模有样的，而你这副尊容就有点儿对不起观众了，老孙你老实交待，这小家伙到底是不是你的种哩。"父亲说："不是我的种难道是你的种？"说完又掉过头来问松子："客人走了？"松子扬了扬手里的钱说："妈要喝汽水哩。"松子踮着脚把手里的五块钱尽量往高里递，月梅还是坐在那里没动。月梅有些漫不经心地说了一句："小康的生意做得宽啊，中午也不休息一会，这样下去，用不了两年，你们就可以回家盖房子啦！"父亲回了一句："好，好，好个鬼呀，你是饱汉不知饿汉饥哩！"月梅就笑了说："家家都有本难念的经呢。"末了又似笑非笑地问了父亲一句："老孙，你的儿子长得可真的一点也不像你啊！"父亲又掉过头来看了看松子，说："客人还在吗？"松子又答了一句："妈要喝汽水。"父亲突然怒起来，一巴掌打过去，松子的脸上顿时现出五个鲜红的指痕来。松子拿着钱的手缩了回来，耳边听到父亲的怒喝声："老子问你话呢，你哑巴了？"

松子一屁股坐在地上，眼泪迅速涌上了眼眶，但是松子没有哭。他含着眼泪折好那五块钱，然后小心地把它放进了口袋里。这时松子又听到月梅说："不是自己的孩子打起来是用不着心痛啊！"父亲听了眉毛一扬，抬脚就往松子身上踢过去，一边踢一边说："我自己的孩子，想怎么打就怎么打，你管得着么！"

　　松子痛得叫了一声，但是哗啦啦的洗牌声淹没了松子的叫声。松子仍然没有哭出声来。麻将桌上有人一边出牌一边说："老孙，看起来你还蛮有骨气的么，还知道是自己的孩子！哈哈！自己的孩子！真有意思！可惜就是脚法差一些，看来还得我教教你啊！"松子见父亲突然扭过身反手在背上抓痒，可是就差那么一点点抓不到。松子听到父亲连连叫了他几声，但松子没有回答，松子知道父亲是想叫他帮他抓痒，往日父亲的汗癣发作时总是叫松子帮他抓一抓。松子坐在地上没动，他已痛出了一头汗水。松子胡乱地用手抹了一把，把一张脸抹成了大花脸。父亲看了看地上的松子骂了句："你妈个操蛋！"抬脚来又要踢，忽然听到月梅说："就算不是你的孩子，也用不着踢死他吧？"

　　父亲笑了起来，他的痒劲已经过去了，但那笑声在松子的耳里有说不出的别扭。松子听到父亲说："你心痛呀？又不是你的孩子！可惜你连个孩子也没有呢。"月梅说："我想要个孩子还不简单，我是怕有了孩子却没有爸呀！"松子抬起头，突然见父亲的嘴巴又差不多凑到了月梅的脸上了。这一刻松子发现父亲的嘴巴真的很长，极像一头鳄鱼的嘴，两排向外突出的长牙丑陋而又凶恶。父亲说："你看我有没有资格做孩子的爸？"月梅说："只怕你不敢！"松子见父亲突然伸出手在月梅的脸上捏了一把说："我不敢？你说我不敢？我有什么不敢做的？天塌下来我也不怕！"月梅说："只怕小康饶不了你！"

　　"屁话！"

松子见父亲说完又在月梅的脸上拧了一把。

"你有本事你来呀，你现在来呀，我看你就不敢！"月梅一脸坏笑的表情。

正在搓麻将的人忽然心领神会地停了下来，你一句我一句地帮着起哄。松子从地上站起来，见父亲一个转身，人就已经到了柜台里面了。父亲的鼻子开始发红，松子知道父亲一激动鼻子就会发红。松子冲着鼻子发红的父亲说："爸爸，客人早就走了。"松子见父亲愣了一下，但很快又将胸挺了起来，然后很坚决地从货架上取下一瓶白酒，用牙齿咬开瓶盖，一仰脖子咕噜咕噜的就喝了一半。父亲对月梅说："我来了。"月梅说："喝了点酒胆子是会大一些，但不等于小康会饶了你。"松子听到身后有人说："干了她，不干是狗娘养的！"于是一伙人也跟着叫了起来。

龙眼树下开始沸腾起来，空气中充满了火药的味道。日影开始有些西斜了。但天气还是热得令人难受，没有风。松子觉得口干得很，他忽然想起口袋里的钱，想起了他来士多店的目的，然后想到母亲，由母亲又想到那个胸口有道黑毛的男人。

"那黑毛什么地方不长，偏要长在胸口上，讨厌死啦，可是马还是不赖的，灰毛为什么不走呢？我已经把绳子解开了呀！"松子真的想不明白。想不明白只有不去想它。只想眼前的事情。眼前的父亲已经喝干了瓶子里的酒，那只大鼻子就越发地红了，满嘴喷着酒气，一双红眼睛死死地盯着月梅。松子不知道父亲现在到底要干什么，但觉得父亲的样子很令人害怕。松子想：要是现在母亲来了就好办了。

父亲突然一把将月梅抱了起来，这一下子不但令松子感到意外，连那些正在起哄的人也有些猝不及防。松子见父亲一下子高大了起来，父亲一脚把士多店里的门踢开，抱了月梅就到房里去了，门也顺势被关上。只听到房里月梅说："老孙，小康要是知道了，她会放过你吗？只怕你的屌毛也剩不下一根！"隔了一会，松子听到父亲说："我现在就不放过你！"门外的人哄地笑了起来。

"对了，老孙你个龟蛋做了那么多年的绿头乌龟，现在是像个男人了，不用饶她，这个骚货巴不得你干了她哩！"

"没错，干了她，不干你就一辈子做乌龟！"

松子不知道现在要不要回去把母亲叫来，他心里很犹豫，他怕母亲来了会把钱要回去。他需要这五块钱。可是直觉里他又感到应该回家告诉母亲，因为父亲现在显然不是在做好事。房里的月梅又叫了起来："老孙，我可得警告你，少了三百块，你休想碰老娘一根毫毛！"松子听到房里的父亲说："不就是三百块吗？老子出得起！"

房里响了一阵，又乒乒乓乓地闹了一阵，没多久响声便开始变得有节奏起来。

"这小子还真干上了！"有人说。

"干就干了，那么多废话！"有人回了一句。

"他现在总算像个男人了！"

这时候房里突然传来父亲的高呼："老子腰缠十万贯，骑鳄下扬州！"

松子现在总算明白父亲在房里做些什么了。在松子的感觉里，这和那胸口有条黑毛的男人来他家所做的事情没什么两样。松子心里有说不出的难受。他几乎要哭出来了。父亲的呼叫声久久停不下来，人群热情高涨，欢呼声、起哄声一浪高过一浪。

母亲就在这个时候来到了士多店。母亲显然还没有从疲惫中回过神来，她穿着一件短短的连裙睡衣，睁着惺忪睡眼，打着一连串的呵欠来到了柜台前。因为母亲的到来，龙眼树下闹成一锅粥的人们忽然安静了下来。母亲已经看见了松子，但她没有叫松子把钱还给她。这令松子松了一口气。母亲似乎也没有注意到那些神色异样的人群，她很自然地打开了冰箱，从里面拿出一罐可口可乐，狠喝了几口才回过头来问松子："你爸在里面？"松子点了点头。父亲的高呼声依然不绝于耳，人群中有人突然哧哧地笑了起来。只见母亲又狠喝了几口汽水，然后就像个男人一样开始用脚大力踢门。松子从来没见母亲这么大力踢过门，那门被母亲踢得嘭嘭作响。母亲默不作声地踢了一阵，房里终于传来父亲不耐烦的骂声："王八蛋，急什么，总得等老子干完才轮到你呀！"母亲突然把手里的汽水罐用力砸到门上，一声巨响过后，母亲厉声说："孙正平，你到底有完没完！反了你！"房里的响声戛然而止。围观的人们见此情景，又纷纷各就各位像什么也没有发生过一样搓起麻将来，但人们的心思显然不在麻将上，大家都打得有些心不在焉。

过了好一会，门开了，松子只见到月梅从房里很从容地走出来，父亲却不见了影踪。母亲也不问父亲去哪里了，母亲只管把手伸向月梅说："拿钱来。"松子就见月梅很不情愿地从口袋里掏出了一百块钱递给了母亲。母亲接住了但手还伸在那里，松子听到母亲冷冷地说了一句："你什么时候改了你的臭规矩？"月梅就笑笑说："小康呀，人老了，不能和以前比了。"母亲说："狗哪里改得了吃屎，拿来吧！"月梅很不情愿地又给了母亲两百块钱，却有些心有不甘地说："小康呀，我说你别光顾着赚钱，再忙也得喂饱自家的狗啊！"母亲什么话也没说，接过月梅递过来的钱，拉了松子的手就走。松子此刻并不想回家，但他的手被母亲牵着，他只有跟着母亲回去。

父亲还没有回来，屋里仍然很热。母亲阴着脸坐在饭桌边，松子心里盘算着要不要把钱还给母亲。松子心里很想得到这五块钱，所以他就打定主意不还给母亲，如果母亲开口向他要，他就说给了父亲。这肯定是个好主意，母亲一定不会发现的。松子正想着，忽然听到母亲吼叫了一声"孙正平"，松子以为父亲回来了，抬起头，没见到父亲，只见母亲正在屋里来回地走着，走到松子跟前时，被松子挡住了去路，抬脚就踢过去，松子没有躲，他不敢躲，着实挨了母亲一脚。母亲踢了一脚说了一句："居然！"然后又踢一脚。松子还是一声不哼。松子的坚忍一下子惹火了母亲，母亲很快就到屋外拿回一根树枝，把松子按在地上结结实实打了一顿。母亲一边打一边咬牙切齿地说："狗日的孙正平，那可是我的血汗钱！"松子虽然挨了一顿打，但母亲到底没有把那五块钱要回去。母亲不但没有把钱要回去，还多给了他三块让他自个儿买零食吃。这让松子觉得这顿打超值了。

傍晚的时候，一天的酷热已经褪去，略带着些许咸味的风掠过树梢，吹散了人们一天的郁闷。这时荔枝林里的人家开始张罗起晚饭来了，有几家已经把饭桌搬到了门外。这时要是谁家炒了腊肉，风一吹，整个果林都闻得到腊肉的浓香。松子家的晚饭这个时候已经做好了，但父亲还没有回来。松子和母亲坐在饭桌旁等，母亲没动筷，松子也不敢先动筷，也陪着一起干等着。

"刘头说你老想骑马，是吗？"母亲问。刘头就是那个胸口有条黑毛的男人。

"他不让我骑。"松子答。

"屁大的孩子，骑什么马，摔死你！"

天色开始暗了下来，松子看不清母亲脸上的表情。

"父亲什么时候回来？"松子有意岔开了话题。

"你要是饿了就先吃吧。"母亲说。

路灯亮起来时，父亲回来了，母亲正收拾好东西准备出去摆夜市。见到父亲时母亲又把东西放下了。父亲有些诧异地问："今晚不摆档了？"母亲不答，一转身就到了厨房，快手快脚地将饭菜热好，等到饭菜端上来时，母亲对父亲说："我得先把自己的狗喂饱再说。"父亲回过头来见松子还待在一旁，就对松子说："你在这干吗？还不上床睡觉去！"

第二天中午，松子一个人正在荔枝树下玩"跳飞机"，刘头又骑着那匹灰色马来了。松子觉得刘头这回变了个样，刘头的衬衫没有搭在肩膀上，这一回却穿在身上，胸口那道黑毛就看不见了。只有灰毛还是那个样子，耷拉着头，眼光温柔地注视着松子。刘头翻身下马之后居然没有用脚踢门，只是站在门外叫父亲的名字。父亲听到叫声慌忙从屋里走出来，满脸堆笑着说："来啦，小康在家歇午觉哩，屋里坐，屋里坐吧！"父亲正要把马牵过来，却听得刘头说："不用啦，我没时间，我得马上就走，我来是告诉你，你小子走狗屎运了。"父亲一时反应不过来，只是"噢"了一声。松子听到母亲的声音像一只欢快的兔子从屋里奔突而出："刘头，是不是正平的事行了？"刘头说："还是小康聪明，正平的事已经板上钉钉了。"刘头话音未落，母亲已经闪到了刘头面前来了。母亲对刘头说："那可得好好地谢你老人家哦！"刘头笑了起来，说："小康，你拿什么谢我老人家呀？"母亲说："我请你老人家喝酒，走，我们现在就喝酒去！"父亲也附和着说："对，我们喝酒去，好长时间没好好喝过了。"母亲就白了父亲一眼说："你整天除了吃吃喝喝，还能干什么？"父亲讪讪地笑了几声说："今天高兴嘛，这不刘头为我的事帮了不少的忙，咱们得谢谢人家呀！"刘头接过话说："喝酒就免了，改天吧，我今天真的没空，旅游区的胡经理已经说了，正平明天就得去上班，分在管马那一组，你明天来时先跟我打个招呼。你今天还是好好准备一下吧。"刘头临上马

226

时，伸手在母亲的屁股上拧了一把说："小康，以后就拿这个谢我吧！"

果树林仍然很安静，只有嘚嘚的马蹄声在渐渐远去。母亲忽然从身上掏出两张一百元的钞票递给父亲，说："你还是把这钱还给人家吧，我没想到这狐狸精还真的改了规矩！人老了，不值钱啦。"父亲离开之后，母亲望着父亲的背影对松子说："你也去吧，别在这里吵我睡觉。"

但是父亲并没有把钱还给月梅。父亲在去士多店的路上虚晃一枪，拐了个弯直接上了旅游区。松子本来也想跟父亲上去，但父亲不让，松子就跟尾狗一样跟着他，被父亲用脚踢了回来。父亲上去后，松子就坐在跑马道边哭，松子哭了不到十分钟，父亲骑了灰毛兴高采烈地从跑道上下来了。只见父亲赤着上身骑在马背上，像刘头一样把衬衫搭在肩上，胸口上一道黑毛赫然在目！灰毛驮着得意扬扬的父亲慢腾腾地从松子身边走过去，松子发现灰毛走过去时竟然看也不看自己一眼，这让松子感到一阵莫名其妙的难受，在回去的路上，他忍不住又哭了一场。

父亲终于到旅游区上班去了。月梅的士多店好像忽然间冷清了不少。不过月梅见到松子时却比过去热情了。过去松子来店里买东西，月梅也爱理不理的，现在月梅一见到松子就从冰箱里拿雪糕，让松子受宠若惊，手里拿着雪糕，一时不敢下牙。月梅就对松子说："吃吧，吃吧，送你吃的。"松子这才放心吃了起来，他一边吃一边回答月梅的问话。

"听说你老爸去旅游区里做马夫了，是吗？"月梅说。

"妈说爸是去拿工资了，拿了工资以后我们就有钱了。有了钱我才可以上学。"松子说。

"听说那刘头回老家了，是吗？"月梅问。

"是呀。"松子说。

"那你就惨啦，你看不到你爸了。"月梅说。

"我爸白天上班，晚上回家和我睡哩。"松子说。

"我说松子呀，你还蒙在鼓里呢。"月梅说。

"看来你是连自己姓什么都不知道了。"月梅说。松子打了个突，但松子很快就回答说："知道，我姓孙。"

"不。你不姓孙，你姓刘。刘头的刘。"月梅说。

"可是我爸姓孙呀。"松子并不糊涂。

"松子，我告诉你，你亲爸就是刘头呀，傻小子！"月梅格格地笑了起来，那样子在松子的眼里就像一只刚下了蛋的母鸡。

"你还记得那天老孙打你吧？他打起你来一点也不心痛，哪有亲爸打自己孩子不心痛的？你要是不信，你可以问你妈，你妈肯定会告诉你。"松子听了月梅的一番说话拔腿就往家里跑。可是松子回家之后，并没有就此事去问母亲，而是把藏在枕头底下的八块钱取了出来。松子拿了钱之后，瞒着母亲，一个人偷偷地上了旅游区。

旅游区的总部设在鸭嘴岭的山腰处。一条跑马道盘旋而上。松子就沿着跑马道一路往上走。这个时候旅游区上的游人并不多，也许是太阳太大了，松子一路走上来，竟没见到一匹马从山上下来。松子心里惦记着那匹灰色马，好多天不见它啦。自从刘头回老家之后，松子就一直没见过它。松子在想马的时候，顺带也想想已经回了老家的刘头，要是刘头还在就好了，他肯定会骑了马再来的。不过松子一想到刘头就很自然地想到他胸口上那道黑毛，不过对于松子来说，现在刘头胸口上的那道黑毛已经不那么令人讨厌了。

马棚就在跑道的尽头处，十几匹马安静地在马棚里待着，灰毛也在其中。父亲此刻一个人坐在马棚里的一张木椅上，斜着身子打盹。松子在路上就已经想好了，他也不准备问父亲，只要父亲答应让他骑一会灰毛，就可以肯定月梅是骗自己的。但是父亲并没有答应让他骑马。松子就很失望，失望极了，松子就抱着灰毛的头伤心地哭了起来。松子一边哭一边问灰毛："灰毛，你告诉我，我到底是谁的儿子？"灰毛仍然用它温柔的眼光望着他，却不发一言。父亲听到了，噗地笑出声来，他走过来一把将松子抱到了灰毛的背上，说："你个傻小子，想骑马想疯了，连爸也不认了，干脆管这匹灰色马叫爸算了！"父亲骂骂咧咧了一通，把灰毛牵出了马棚，还赶着它在马棚前空旷的土地上走了一圈。

松子骑在马背上，悄声对灰毛说："爸爸，我现在是有钱人啦，我们现在下扬州去吧。"话音未落，那匹灰色马突然长嘶一声，后腿用力一蹬，把父亲蹬倒在地上，然后神骏得像一支离弦的箭，驮着松子往山下狂奔而去。松子骑在马背上，感觉像是腾云驾雾一般，身后依稀听到父亲的高呼声：松子，松子！回来，回来。但只一眨眼工夫那匹灰色马就驮着松子消失在跑马道上了。

# 殊途同归

派去谈判的三个主管久久不回来，聚在货仓前的员工开始不耐烦了，闹哄哄的乱成了一锅煮开的粥。几个组长坐在离货仓不远的过道上商量着对策。湖南帮的员工不知从哪里弄来一把汽车的防盗锁，他们叫嚷着再等一个小时，谈判的人还不回来，就把货仓的大锁砸了。李穆不动声色地守在货仓的大门前，看着那些闹得不可开交的员工们，他心里其实很明白，那些越是叫得响的人，就越是没胆。他现在只担心谈判的结果，现在说什么都没用，只有结果才最重要。

自从老板失踪之后，工厂一下子就散了架。最先是那些供应商听到了风声，派人一天到晚守在办公室讨债，那样子颇有不到黄河心不死的决心。看到这种情形，员工们也都知道老板已经好久没露面了，一时之间，人心惶惶，大家最担心的就是几个月的工资会不会打了水漂。开始，劳动局的人隔几天就来一次，来了就说工资的事，叫大家不要慌，一分钱的工资都不会少，那可是大家的血汗钱哪，不能让大家白做工啊！这一番话感动得个别女孩子泪水涟涟。大家就耐着性子等，等了一个星期，等来的竟是老板逃跑了的确切消息。这时劳动局的人又适时来了，并指着工厂里的一大批机器许诺，就算卖了那些机器也要大家拿到工资高高兴兴地回家过年。可是劳动局的许诺没有过多久，工厂里的机器突然一夜之间不知去向，管事的经理也一下子人间蒸发，大家这才慌了神。几个主管代表去劳动局兴师问罪，结果是连劳动局的人都不清楚。劳动局的人叫他们报警，大家这才想起派出所来，于是报警。派出所照例来几个人，装模作样地拍了几张照片，然后叫大家等消息。消息又等了很多天，也没见有人来对此事负责。看样子，派出所也不清楚那批机器去了什么地方，追讨回来也是不可能的事了，只有不了了之。

实在是没有办法了，就有人想到了媒体。于是员工们听从主管的吩咐集中起来去国道游行，希望以此引起媒体的注意。可是媒体的人还没有来，交警联合派出所就将这次游行的员工劝了回去。劳动局的人跟着又来过几回，来了还是那句话，要大家耐心等，总而言之，工人的工资是少不了的。这话大家听得多了，也没谁把它当回事。也许是拖的时间太长，加上一日三餐不能供应，部分员工无以为继，已有一半人选择了离开。没有离开的一百多位员工，暂时还住在工厂里，但也不怎么团结，分成了三个帮派，且各个帮派也有各自的主张。不过他们现在都有同一个目标，就是现在工厂里唯一值钱的东西：堆满货仓的塑胶原材料。

其实李穆心里也很清楚，事情到了这个地步，如果谈不回一个对工人有利的结果，这些原材料恐怕很难再保得住了。之所以到了现在还没有被搬走，主要原因是货仓的锁匙掌握在李穆手里。不是没有人来打过货仓的主意，而是没有人能够说服李穆让他交出锁匙，包括李穆在工厂里最好的朋友胡军。今早胡军和另两个主管去谈判之前，曾暗地里问过李穆，关于工厂里那批失踪机器的下落。胡军这话有点儿声东击西的意味，表面上是查探那批机器的下落，实际上是想试探李穆对这批原材料的态度。李穆当然也不傻，听出了他的弦外之音，李穆不由得有些生气，不过他没有正面回答胡军，而是用坚定的口吻说了一句："老板还会回来的！"胡军就笑他傻。胡军说："现在老板欠了一屁股的债，他逃跑还来不及呢，你叫他回来，你是想他死啊？"李穆说："没错，就是死，也得回来死呀。"胡军说："老板才没你那么傻。"胡军丢下这句话，就和另两个主管去谈判了。李穆呆在那里，心里颇不是滋味。他想不到胡军竟然这样怀疑自己。别人怎么说他，他不在乎，胡军可是自己最知心的好友啊。朋友意味着什么？就是信任啊，他竟然连这一点也不能理解自己！

这个时候，几个组长似乎已商量好了对策，一起来找李穆，他们要李穆打开货仓的大门。李穆说还没到时候。几个组长就说是时候清点里面的原材料了。李穆料到他们有此一着，他从随身包里拿出货仓里的明细账本说："所有的存货记录都在这里，你们看吧。"几个组长没料到李穆会随身带着这些东西，实在是找不到什么借口，他们反倒有些恼了起来，其中一个组长说："丢了东西谁负责？"李穆不假思索地说："我负责。"几个组长顿时无话可说了。

让李穆感到有点意外的是，湖南帮的人竟然真的敢来砸锁。不过只砸了两下，就被李穆的一句话吓住了。李穆说："你们这样做是犯法的，再砸我就打电话给派出所了！"是派出所三个字把他们镇住了。别看他们来势汹汹的，其实都是虚张声势，毕竟大家都不是法盲，多多少少也懂点法律常识。一帮子人站在李穆的面前，恶狠狠地盯着他，仿佛李穆和他们有不共戴天之仇。李穆知道在这紧要关头不能露怯，只要手脚稍微颤抖一下，这些人就有可能把自己也给砸了。

双方相持了不到三分钟时间，人群里忽然有人说了一句："走狗！"声音不大不小，在场的人都听了个明明白白。大家就回过头去看，竟然是个女孩。

女孩叫孟瑶，李穆不但认识，目前还在跟她不咸不淡地谈着恋爱。说不上多有感觉，但相互之间是不反感的。也许是工厂里长时间没发工资了，大家每天都在关注着事情的进展，彼此之间都没心情谈恋爱了。不过，他们之间的关系，很多人都是知道的。只是谁也想不到在这个时候孟瑶会站出来替大家说话，这样一来，事情就变得微妙起来了。

李穆心里当然明白孟瑶是在骂他，但他的脸上看不出什么表情。李穆一早就看到了孟瑶，他本来想跟她打个招呼，可是这招呼还来不及打，孟瑶就先骂开了。他想装作没听到，可是孟瑶接着又骂了一句，声音更大，也更直接。孟瑶说："资本家的走狗！"在场的人哄笑了起来。有人跟着就起哄："姑娘，你真有文化，说得真好，都说到我们的心里去了！"原本围住李穆的人群，忽然让了开来，形成了一个大圈，把李穆和孟瑶围在了中间。这架势明显就是想让这对所谓的恋人大吵特吵上一架。

事情正向着不可预测的方向发展着。大家都准备着看李穆的笑话。但李穆似乎成竹在胸，脸上居然还带着微笑。孟瑶呢，她本来没想过要正面面对李穆，但是同事们似乎对自己寄予厚望，这让她产生一个错觉，感觉自己的形象一下子高大了起来。她忽然掉过头来，一点也不怯场地盯着李穆说："你凭什么不让大家把门打开？"围观员工情绪一下子又被调动了起来，跟着叫嚷要李穆打开货仓的大门。李穆观察了一下，大多数的人都是在瞎起哄，真正敢负责的人根本就没有。于是李穆很大方地把锁匙掏了出来高举在手说："要我交出锁匙可以，但得有个条件，那就是谁拿了这把锁匙，那谁就得对整个货仓负责，谁有本事谁来拿吧。"果然，在场的人顿时鸦雀无声起来。几个主管去谈判还没有回来，谁也不敢拿这个主张。有人鼓动孟瑶去拿，孟瑶一时也拿不定主意，这毕竟不是小事。李穆见她在犹豫，怕她再生事端，忽然走过来，拉起她的手就朝外走，孟瑶也不知道李穆要干什么，本能地挣扎了几下，没有挣脱，只好随着李穆朝外走。李穆走到离人群远点的地方，这才松开孟瑶，李穆对孟瑶说："这里的事你就别掺和了，大家有的，不会少了你的那一份，别的我不敢说，这一点，我敢负责帮你拿到。"

期待中的好戏没有上演，几个组长都显得有些失落。显然他们也已没有耐性去坚持，除了等消息之外，别无他法。现在已经中午时分了。大家的肚子都有点饿了。眼见着主管们还没回来，等他们回来再吃饭似乎是不可能的了。于是便三三两两结伴到外头找东西填饱肚子再说。

如果不是因为孟瑶，也许李穆还会来得及阻止事情的发展，不过令李穆感到无奈的是，这样的事情竟然发生在孟瑶身上。那么多的人去吃快餐都没事，怎么就偏偏她有事？事实上孟瑶并没有到外面吃快餐，她为了省钱，买了两包最便宜的速食面，没想到这速食面早就过了保质期，结果，就是这两包速食面差点就要了她的命。要不是李穆及时到来，后果真是不堪设想。

可是李穆面对蹲在地上喊肚子痛的孟瑶一时间也有点束手无策。一帮女员工围在一起七嘴八舌地讲事情的来龙去脉，可是谁也没讲清楚，听了老半天，李穆才听出个大概来。凭经验，李穆知道可能是吃了不卫生的东西。怎么办？只能往医院里送。但是去医院就得要钱啊，李穆手上也没几个钱，他找了好几个人借都没借到。看着豆大的汗珠从孟瑶的脸上流下来，李穆一咬牙，背上孟瑶就往医院跑，他也管不了那么多，先到了医院再说。

正如李穆所预想的那样，医院果然不是什么慈善机构，因为钱不够，离医院的要求差太远了，那些身穿白大褂的医生们拒绝了李穆的请求。李穆磨破了嘴皮子也没有用，李穆在那一刻差点给他们下跪了，后来李穆见医生们丝毫不为所动，觉得即便是下跪那些医生也不会收留他们，更重要的是，李穆觉得那些医生不配他下跪。李穆只好背上孟瑶去找私人诊所。在寻找私人诊所的过程中，值得一提的是那个嘴角有一颗豆大黑痣的女人，她在没有任何利益的前提下收留了他们。

当时，李穆正背着孟瑶在到处瞎找，他实在不知道哪里有诊所，这时候一个女人忽然把他拉住了。于是李穆就看到了那颗黑痣。那颗黑痣在初冬的阳光下有规律地跳动，就像一颗黑豆在那张白皙的脸庞上跳舞。李穆根本就没有听到黑痣在说什么，他很被动地让黑痣拉到了她的小店里。把孟瑶放到椅子上之后，李穆才发现这是一间杂货店。杂货店的店面并不宽阔，靠门的柜台上杂七杂八地摆着酱油、洗洁精、方便面等日常用品，另一面摆了一张曲尺形的玻璃柜台，柜台里整整齐齐地码着各种各样的药品。

"我是个医生，她这种情况我一看就知道是得了急性肠胃炎，不用怕，打一针吃几粒药豆子就会没事的。她是你女朋友吗？"李穆本来还在不知所措之中，但是"急性肠胃炎"几个字，让他的脑袋一下子清醒了过来。他重新打量了一下黑痣，这是一个四十岁左右的中年妇女，没有穿白大褂，只穿着一件平常的灰色毛衣，肥白的手掌正在有模有样地给孟瑶号脉。她一边号脉一边回过头来，又问了李穆一句："她是你女朋友？"李穆于是看到了对方那清澈的双眼，李穆心里的一块石头忽然就落了地，他朝黑痣点点头说："是我女朋友。"

治疗的过程并不复杂，打过针，吃过药，孟瑶一下子就缓过气来了。缓过气来的孟瑶对李穆说："我刚才差点死了。"坐在一旁的黑痣忽然呵呵笑了起来说："小事一桩，死不了的，谁没个头痛脑热的时候？"李穆终于长长地松了一口气，不过他马上又犯愁了，他身上只有三十多块钱，他一股脑儿掏了出来，递给黑痣说："我一时着急，身上没带多少钱，这些你先拿着，我现在马上回去取钱。"黑痣又是呵呵一笑说："够了，已经够了，不过为了安全起见，病人暂时还不能回家，她至少得在这里休息两个小时以上。"李穆有点儿不敢相信自己的眼睛，他原以为对方会狠狠地宰他一下，远没想到竟然三十多块钱就搞定了。李穆不相信似的问了一句："真的够了吗？"黑痣这回没笑了，她很认真地对李穆说："那么你以为要多少？老实说我开这么一个小店目的并不是为了赚钱，大家出门在外，是需要互相帮助的，人人为我，我为人人么！"

从那个小店里出来往回赶时，李穆禁不住感叹了起来："这世界要是没有黑诊所，当真不知会变成怎么样啊！"

当李穆回到货仓时，事情已经到了不可收拾的地步。去谈判的三个主管都已回来了，大家都在等李穆。胡军一见到李穆，态度十分坚决地对李穆说："开门吧！"不用说，肯定是没谈到什么好的结果。但是李穆仍然坚持不打开货仓的大门。他认为采取这样的方式是不对的。

"那么你认为应该采取什么样的方式才是对的？"胡军的态度有点儿咄咄逼人的味道。

李穆脑子在飞快地转动着。他心里很清楚，现在再拿派出所出来肯定阻止不了他们的行动。派出所在他们的眼里已没有任何威信可言。事实上，李穆也想不出什么好的办法来阻止他们了，他只能是尽自己的职责，能守到什么时候就什么时候。

"就算把所有的存货卖了，也分不了多少钱呀，何况这样做还是犯法的呢！"李穆话一出口，就被一片咒骂声淹没了。情况显然已经不同了。三个主管回来了，群龙有首，员工们现在有了主心骨，天塌下来也有人顶着，员工再也无所顾忌，甚至有几个长得高大威猛的员工围到了李穆的身边，怒气冲冲地准备动手打人了。围观的员工在一旁不断地起哄，有人率先喊了一嗓："打死这个资本家的走狗！"跟着就有很多人附和，一时之间，气氛十分紧张。

"等一下。"胡军及时制止了想动手打李穆的员工，"让我最后问他一次，再动手也不迟！"

"李穆同志，我现在代表所有的员工，向你郑重要求，请你把货仓的锁匙交出来！"胡军面无表情地向李穆伸出手来，但是李穆并没有把锁匙交给他，李穆直面着胡军说："这锁匙我不会交给你，我只能交给老板。"李穆不说这话还好，他这话一出口，一下子就惹怒了胡军，胡军对身边的员工喊了一声："去拿根绳子来，把这个顽固的家伙捆了。"

胡军的一声令下，马上就有人去找绳子，去找绳子的人还没回来，一辆大货车突然之间从外面轰隆隆地开到了货仓的大门前。竟然是回收公司的车。只见司机从车上下来，径直就走到胡军的面前，问货在哪里。胡军看了看李穆，说："请再等两分钟，马上就可以装货了。"李穆没想到胡军他们竟一早就联系好了回收公司，李穆心里想，再也保不住这批原材料了。没多久，绳子也到了。几个货仓杂工接过绳子，亲自来绑人。李穆见是自己手下员工，禁不住凄然一笑，也没有作任何反抗，因为他知道，反抗毫无作用，只会适得其反，其结果可能会更为恶劣，除了束手就擒之外，没有其他的选择。

几个货仓杂工从李穆身上搜出锁匙之后，邀功似的递给胡军，胡军亲自将货仓的门打开，为了防止李穆去报警，胡军又叫人把李穆绑到货仓的砖柱上，那几个绑人的员工把李穆结结实实地绑在砖柱上之后，觉得李穆的话太多了，顺手从地下捡了一块擦机布把李穆的嘴也堵上了。这样李穆只能眼睁睁地看着他们一车接一车地把货仓里的原材料搬走。一直搬到最后一车时，胡军做出了一个临时的决定，为了公平起见，他要求员工们直接到回收公司集合，钱一到手，点过人数之后，就一一平分，谁也不会多得，谁也不少一分，人人平等。大家一听，纷纷回宿舍收拾行李，以便一拿到钱就马上可以走人，离开这个倒霉之地。霎时之间，人们一下子走得精光，货仓里只留下一地的狼藉和被堵上嘴巴正在作无力挣扎的李穆。

货仓里发生的一切，孟瑶一点儿也不知道。她一直没有回来。不是不想回，而是她根本就回不来，因为黑痣在李穆走之后，马上又给她号了一次脉，这次号脉的时间似乎比刚来时更长了些，号完脉之后，黑痣表情十分严肃地对孟瑶说："丫头呀，你的脉象十分紊乱，为防不测，我得给你输液！一刻钟也不能耽误了。"虽然孟瑶感觉好了很多，可是黑痣说得如此严重，孟瑶也没有理由拒绝，只有答应。于是黑痣拉开了暗室的门，让孟瑶到里面去，孟瑶没想到暗室里还大有文章，不到九平方米的地方竟然放着三张窄床，更让孟瑶想不到的是，三张床上居然有两张床躺着病人，一个是和自己年纪相仿但脸色有点发白的女孩子，另一位是个中年妇女，两人都是正在输液。见到孟瑶进来，那个脸色发白的女孩子跟她点了点头，算是和她打了招呼。中年妇女虽然没有什么表示，但是她的眼神却在告诉孟瑶，她选择来这里，肯定是来对地方了。孟瑶其实心下明白，这肯定是个无牌无照的黑诊所，但是当她仰躺到那窄小的床上时，不知为何，她的内心突然感到一丝丝的安全和温暖。

输液的过程相当漫长，这期间，黑痣进来过几次，每次都一一摸过病人的额头说："没什么大不了的，谁都有个头痛脑热的时候，打过点滴吃几粒药豆子马上就生蹦活跳啦。"那女孩听她这样一说，忽然哧哧地笑了起来说："吴大妈，吴神医，你的豆子可真难吃呀！"黑痣居然一点也不脸红地回应了她一句："小王呀，老实告诉你，在我们家乡，乡亲们还真的叫我活神仙哩。乡亲们送来的锦旗，堆到没处放，那全都是感谢我吴大妈的呀！"

孟瑶直到现在才知道黑痣叫吴大妈。还有那个叫小王的女孩，想必是这里的常客。

后来孟瑶就和小王聊了起来，不聊不知道，一聊吓了孟瑶一跳。原来小王竟然是第二次来这里刮宫了，难怪她脸色这么白。

"以后再也不谈恋爱了。"小王说到恋爱这个词时，孟瑶发现她苍白的脸上泛起一圈红晕。

"你旷工来打胎，工厂会炒掉你吗？"孟瑶问。

"肯定会炒掉的。"小王回答。

"那你以后怎么办？"孟瑶问。

"打工么，东家不打打西家呗，再不成就回家喽！"小王说完闭上了双眼，似乎是不再想说这个话题了。

沉默了一会儿，孟瑶不知不觉地又和小王聊了起来，聊着聊着，就聊到了彼此的家乡，于是，孟瑶就问她今年回不回家过年。小王好久才答非所问地说了一句："听说我家乡现在下雪了。"

"下雪的时候可美啦。世界全是洁白的……"小王忽然沉默了起来。孟瑶叫了一声小王，她居然一点反应也没有，目光虚视着屋顶，孟瑶知道小王已神游到她雪的世界里了。

　　女孩和中年妇女比孟瑶提前打完点滴，孟瑶原想她们走之前会和自己打个招呼，不料两人却一声不响地就离开了。孟瑶一个人躺在暗室里打完点滴，出来时，已到了下午五点多钟。不过让孟瑶意想不到的是，黑痣竟然为她准备了晚饭。虽然仅仅是一碗素面条，但是孟瑶还是吃得眼泪在眼眶里打转。不过她没有让眼泪流下来，她把整张脸都埋在那个大海碗里，连头都不敢抬起来，弄得在一旁的吴大妈一个劲地劝她："可怜，饿坏啦。丫头，你慢点吃，你慢慢吃，锅里还有呀！"孟瑶最终没有忍住眼里的泪水，她吃完面条，泪水涟涟地抬起头来，叫了一声："吴大妈，你是个好人。"吴大妈见她一脸泪水，忙拿来餐纸帮孟瑶擦干脸上的泪水，又是呵呵一笑说："傻丫头，别见外，就当是自己的家，好不好？"孟瑶真想叫一声妈，但她终于没有叫出来。她坐在杂货店里忽然就有了一种坐在家里的感觉，她一边和吴大妈说着家常话一边等李穆来，孟瑶身上没钱了。她得等李穆来付清后来输液的费用才能走。

　　但是李穆被绑在砖柱上已经太久了。他心里既在想着孟瑶，也心焦地在等胡军。他相信胡军还会回来的。

　　果然，天还没有黑，胡军就回来了。胡军从外面带回两个盒饭。帮李穆松了绑之后，胡军说："对不起，让你受累了。先吃饭再说吧。"李穆活动了一下被绑的手脚，望着货仓里满地的垃圾说："你先吃吧，我打扫一下货仓再吃。"胡军白了他一眼提高了嗓音说："有这个必要吗？"李穆没有回答他的问话，而径直到了杂物房拿来了扫把，开始认真地扫起地来。胡军捧着盒饭边吃边看着李穆扫地，吃到一半时，货仓里扬起的灰尘让胡军禁不住皱起了眉头。胡军说："我说老朋友，你能不能做些不那么讨人嫌的事情？我吃饭你就去扫地，搞得到处都是灰尘，我这饭还吃不吃啊？"

李穆停止了打扫，回过头来望了望，说："对不起，我忘记洒水了。"胡军说："有这个必要吗？这栋老厂房，马上就要推倒重建了，你打扫得再干净还不是白做工？谁会表扬你呀？"李穆笑了笑说："我们还想人家表扬啊？我们已经够狼狈了，离开之前能不能体面一点？你先吃，我去接水了。"面子能当饭吃？有病啊。胡军心里骂了句，不再管李穆，专心吃他的盒饭。

等胡军吃完盒饭，李穆亦已经将货仓打扫得干干净净了。李穆捧起盒饭时对胡军说了一句谢谢。胡军说："太迟了！"

"不迟，你是对的。"李穆说。

"连你也认同我的做法了吧？老兄，我们不能昧着良心做事，这些都是我们的兄弟姐妹啊，他们为工厂累死累活，到头来却拿不到属于自己的血汗钱，你说这还有天理吗？工厂里就只有这点值钱的东西，你却要等老板回来，你也不想想，在这种情况下老板还会回来吗？他逃跑还来不及呢，还有心思想管这里的事情。你分明是惹火烧身哩。"胡军说。

"谁说我认同你的做法？我是说，你当时把我绑起来是对的。我知道你是在保护我，这我能理解，到现在为止，我仍然坚持不能拉走这些原材料，就算拉走也得有个合法的程序，这个你难道不懂？"李穆边吃边回应胡军。

"你到现在还认为你是对的？老实说，谁没有原则？我们去谈了多少次了？最后结果如何你不是不知道！"胡军火了起来，说话的声音也重了不少。

"老兄，我们现在虽然把货卖掉了，可是我们却把我们自己也卖掉了。"李穆仍然显得心平气和。

"我明白你的意思，但一个人要是连饭都吃不上了，我想这尊严还到底值几个小钱？"胡军嘴角一撇，显得有些不耐烦起来。

"按你这样的说法，我们离街边那些乞丐有多远？"李穆神情严肃地反问。

"你这简直就是强词夺理，这能相提并论吗？我们还能坚持多久？你想过没有？难道你愿意看到最后这点值钱的东西，也像那些机器一样失踪，最后弄到所有的员工连回家的路费都没有？"胡军的声音变得低沉了起来。

"你知道我不是那个意思，有我在一天，货仓的货就不怕丢失，我敢保证……"李穆望着胡军的手势，说不下去了。是啊，现在他李穆的人还在，货却已经不在了。李穆立时明白胡军想说明些什么：事情到了这个地步，这世界谁还跟你讲道理啊？你李穆敢保证某些人不会像今天这样动动绳子吗？

"难道我错了吗？"李穆不由有些困惑了起来。

胡军望着窗外西下的夕阳有点儿伤感地说："你其实没有错，要说错，我看是都市的夕阳错了，它不应该这样美丽。"

"夕阳无罪呀！"李穆也伤感起来。

沉默了一会儿，胡军忽然像想起什么似的问："老朋友，你说我们今后还会再见吗？"

经胡军的提醒，李穆也记起了什么似的问胡军："老兄，你还记得我们今年六月的约定么？"

"相约长城？"胡军也记起来了。

"对，不过时间得改一改，我们提早一点，改到明年，就是今天这个日子，怎么样？"

"行。老朋友，那就明年长城见。"胡军握了握李穆的手，走了几步，又折了回来，从口袋里掏出一沓钱递给李穆说："这是你应得的五百块钱。请收下。"李穆毫不客气地收下这笔钱，他把钱稳妥地放到口袋里时想：这笔钱来得真是时候，只怕孟瑶在黑痣那边已等得不耐烦了，我李穆可是给人家下过保证的呢。

# 我的名字叫叶星河

叶星河在深圳关外住了二十年，到底给他混出了些许名堂来。

据说他十五岁开始写诗，二十五岁时以一首《在寒冷中收到女友的分手信》而获得"凿空"诗歌大奖赛特等奖而轰动一时。如此轰动效果，皆因特等奖的奖品乃一辆价值三万余元某国产品牌轿车。赞助此次"凿空"诗歌奖的女商人自小就有文学情结，她超人的想象力无处发泄，认为只有"凿空"这个词才能充分说明她的才华，于是大赛因此得名。本次诗歌奖有意培养年轻人，她据此预言，中国诗歌的中兴时代即将到来，而新锐诗人叶星河也将当仁不让地肩负起中兴的重任。如众星捧月的诗人叶星河站在领奖台上，既慷慨激昂又极其巧妙地向女商人献媚：诗人每写一首诗就是一次凿空的过程，这个过程充满着对未知世界无与伦比的崇敬……

看着台下呼啦一片的文学青年，叶星河有点忘乎所以了，他以一个九十度的大鞠躬以示感谢。事后他上厕所时才发现，他长裤上一个纽扣竟不知何时脱落，他揣摸是那个大鞠躬惹的祸，除了埋怨自己不该为了省钱而买劣质货的同时又暗幸能不露痕迹地全身而退。

此后十几年，得了大奖的叶星河并未像女商人所预言那样能肩负起中国诗坛复兴的责任。事实是中国诗坛整体江河日下，个别圈子里的热闹根本就难扶大厦之将倾，诗歌以明日黄花的姿态引诱诗人们相互奔走，其背影难免寂寞，不过总有寥落的掌声在角落里响起。作为身处其中的诗人，叶星河没有意识到这一点。他把自己十几年的沉寂归罪于当年创办"凿空"诗歌奖的女商人。说起当年得奖，叶星河未免悲愤交加。年轻而不知深浅的叶星河根本就不知道那辆价值三万多元的轿车只不过是一张空头支票。在拐里拐弯的过程中，叶星河最后到手的仅得五千元。因为这个奖，他请吃请喝就花了不止这个数，把他在王氏厂打工的那点积蓄花了精光不算，还借了三百多元的外债。结果是一众工友看着徒步回到工厂的叶星河，难免一番冷嘲热讽。叶星河自是羞愧难当，他拿着那得来不易的五千元，仔细算了算这些花销之后，咬牙切齿地骂了一句："狗日的，老子以后再也不参加这些比赛了！"

此后叶星河果然很少参加这类诗歌比赛。有一段时期叶星河相当潦倒。他所在的工厂要减员，他的主管以一个莫须有的罪名炒了他。叶星河没有和主管理论，因为他知道即便自己有理，其结果也一样会被扫地出门。为了维持生计，他一咬牙几乎倾其所有花了四千多块买了一辆二手的嘉陵摩托车上街拉客为生。

关于这段经历，叶星河一直讳莫如深。他在自己的简介上，有意无意地省略了这段经历，多少也说明了，在叶星河的内心里，这是一段不太光彩的历史。

那段时间他住在山边一间废弃的小庙里，小庙年久失修，香火早断，本已破旧不堪，但诗人叶星河毫不介意，他到二手店里买了一张小床，简单收拾了一下就住了进去。叶星河每日出车之前坚持给满是灰尘的佛像烧上一炷香。他异乎寻常地虔诚，他给佛烧香并不只为自己，他心中还有一个念头，就是祈求众生平等。但是众生从来就不平等，叶星河入行短短一个月就发现，同样是拉客仔，个别人就享有特权。当派出所的巡逻摩托车开过来时，大家像被枪声惊起的乌鸦一样四处奔逃时，有些人就优哉游哉地继续拉客，既让人嫉妒又让人羡慕。叶星河后来发现，那些享有特权的拉客仔所使用的手段仍然是司空见惯的贿赂。叶星河一度极为厌恶这种行为，但是在他被查扣了两次罚了一千多块之后，终于屈服了，他尝试给巡警们送礼，却不得其门而入。叶星河像一头受到惊吓的小兽，日夜不安。

柳叶如的适时到来，暂时缓解了叶星河的焦躁不安。柳叶如是叶星河的初中同学，人长得水嫩花飞自是不用多说。她原本是投奔她大舅的，但她大舅随工厂搬到了惠州。走投无路的柳叶如只好暂时和叶星河寄居于小庙里。叶星河本是个君子，并不乘人之危，很大度地把原来的小床让给了柳叶如，他自己则在佛像下打地铺，每晚伴佛而眠，听着不远处柳叶如轻甜的呼吸声，安然入睡。

可惜好景不长，柳叶如来了不到半个月，叶星河又一次被查扣。柳叶如陪着叶星河到派出所赎车时遇上了查扣他摩托车的巡警查良生。查良生看到柳叶如，双眼一下就亮瞎了，一时惊为天人。春心荡漾的查良生在一次排查暂住证的大行动中，以没有暂住证为由，把叶星河连人带车扣回了派出所。

叶星河这回是吃了点苦头。他在派出所拥挤的留置室里被蚊虫叮了一夜，直到第二天中午时分才吃到一顿饭。每人一只大烧包，外加一瓶矿泉水，便是他们的午餐。为此叶星河还颇有微词，却不知这顿午餐已是他久久回味的一顿饭。直到几十号人被赶上一辆大囚车时，叶星河才感到情况不妙。

囚车里人多得没处放脚，大家乱哄哄的，车厢里空气污浊，每人各自为政，都想为自己多占一些空间。站在叶星河身前的是个眼镜男，眼镜男右边是个大个子，裸露的手臂上全是纹身。车子开了没多久，叶星河就见眼镜男给纹身男使个眼色，叶星河还没有领会其意，只见纹身男猛然用力一推，车厢里立时倒了一大片。纹身男一声断喝："奶奶的，都把钱交出来！"眼镜男从容淡定地过去收钱，他就从身边的人收起，他面无表情地把手伸到叶星河的面前，叶星河刚表示不满，立刻被纹身男按在车厢的钢板上一顿狠揍。手无抓鸡之力的诗人叶星河根本就无还手之力。他双手抱头，凭由拳头雨点般落到身上，竭力不叫出声来。车厢里人人目睹了这场一边倒的打架，竟没有一个人敢站出为叶星河抱打不平。众人噤若寒蝉。有了叶星河这个例子，就再也没有人站出来表示不满，乖乖掏钱出来了事。

当叶星河满脸是血地从车厢的钢板上爬起来时，纹身男并没有就此放过他。他亲自搜叶星河的身，结果只搜到二十八块。这是叶星河一个早上的拉客所得。纹身男看着手上可怜的二十八块，出人意料地又把它放回到叶星河的上衣口袋里。叶星河看到纹身男脸上掠过一丝不易察觉的苦笑。在往樟木头的路上，叶星河还暗庆幸自己身上居然还有钱可以垫袋，可是到了樟木头收容所时，不但眼镜男收来的钱被收容所的人如数搜走，连叶星河那区区二十八块也未能幸免。不过收容所有个比较美好的名目叫暂代保管。

在收容所的当天晚上，纹身男显然受了这件事的刺激，在几十人的大宿舍里，将所有人都从床上赶起来，然后集中在宿舍里的过道上，谁也不知道他要干什么，一时间人人自危。暗淡的灯光照在纹身男的脸上，阴晴不定。他忽然转过头来问眼镜男：

"大哥，想听啥歌？"

眼镜男沉思了半晌说："随便吧。"纹身男阴沉着脸，在过道上走来走去，突然抓住一个人的手臂凶巴巴地问：

"你说，唱啥歌？"

这个瘦弱的广东仔，被纹身男突如其来的一吓，一时不知所措，直到纹身男又喝问他唱什么歌时，他才勉强说出话来，但声音已经走样：

"海，海，阔，阔，阔，天空。"

纹身男点点头说好。于是纹身男让广东仔起了头，几十个人便在宿舍里低低地吼起《海阔天空》来：今天我，寒夜里看雪飘过，怀着冷却了的心窝漂远方……

唱到中途，纹身男突然叫停，只见他笑了笑说：

"滥竽充数，他妈的全是滥竽充数，荒腔走板的，像什么样子！黄家驹泉下有知，怕是死不安宁。奶奶的，现在是独唱时间，不会唱的，自动自觉给自己一个耳光。开始！"

一场别开生面的歌唱大赛开始了。谁都竭力想唱得好听一点，但几乎没有一个人唱得好，到底不是在歌厅，就算有那么几个音乐细胞，在这种地方只怕也跑到爪哇国去了。唱歌一直是叶星河的强项，但纹身男似乎忽略了他的存在，并没有点他来唱。叶星河居然有点儿失落。

后来有人唱了一首《世上只有妈妈好》，歌还未唱完，人却哭了起来，哭声像是从宿舍的各个角落里断断续续传出来，好像有好几个人在哭，搞得人心烦意乱。纹身男黑着脸喊：

"自己打一巴掌。"

宿舍里听得啪的一声响，哭声便马上停了。

纹身男又喊："给我笑。"

好一会儿仍未听到笑声。宿舍里静得怕人。空气里仿佛有一股说不出的令人恶心的气味在弥漫。

眼镜男忽然插话说："笑笑吧，他娘的，我们够苦逼的了，不笑难道你想哭啊？"

突然一声长长的惨笑从角落里传出来，那笑声听起来有一种说不出的恐怖与苍凉，纹身男也一时无语。长久的沉默，大家似乎都沉入了无言的悲伤之中。后来纹身男点到一个老头，老头说："涯是客家人，涯就唱首客家山歌吧。"也没人搭理他，他就自顾自地哑着嗓唱了起来：

> 橄榄好食核唔圆，
> 相思唔敢乱开言；
> 哑子食着单只筷，
> 心想成双口难言。

老头唱完了一首客家山歌，见宿舍里静悄悄的，没人说话，又扭头瞧了瞧纹身男，见纹身男面无表情地坐在床上，样子像是不太满意，于是老头又唱了一首：

> 见妹挑担百二三，
> 阿哥心头着一惊；
> 心想同你分多少，
> 又见人多唔敢声。

老头的山歌显然没几个人听得懂。老头见纹身男还是默不作声，想了想只好说："涯就唱首《好人一生平安吧》吧？"不料纹身男暴怒起来："平安？平安个屁！要是好人都平安大家就不会到这儿来了！"

叶星河见老头双眼已满是泪水，泣不成声，心中甚为不忍，忽然不知道哪来的勇气，完全忘记了在路上曾经被纹身男暴打的经历，他挺身而出说："不要为难他了，我来代他唱。"纹身男望了一眼叶星河，默许了他的请求。

叶星河后来在回忆自己当年在樟木头收容所的大宿舍里唱费翔的《故乡的云》时，神情颇为自豪。他对往事顾此失彼的追述让人生疑，但是有一点可以肯定，就是当他唱完《故乡的云》时，第一个前来拥抱他的人竟然是纹身男。纹身男抱着叶星河，一边拍着他的肩膀，一边泪眼花花地向他道歉："兄弟，对不起。对不起呀，兄弟。"叶星河就此和他成为朋友。他也因此得知纹身男是湖北荆州人，叫杨鸿飞。也幸亏有杨鸿飞，这个看上去有点儿像黑社会大哥的杨鸿飞，其实是个义气男。当他的家人来赎他时，他二话不说，花了三百多块就把叶星河也赎了出来。

叶星河回到破庙时，发现柳叶如早已人去庙空。他出神地望着布满灰尘的佛像，突然生出要给佛像搞一次清洁的念头。他把破旧的床单撕下一块，爬上香案，小心翼翼地擦去佛像上厚厚的灰尘。他一边擦，一边让眼泪安静地流下来。擦干净佛像，他的眼泪也止了。他换下了身上又臭又脏的衣服后，就在佛像前，在他打地铺的地方，心平气和地撒了一泡黄尿，这才跑到派出所报案。

在派出所，接待他的是查良生。查良生见是叶星河，并没有为难他。查良生很客气地给他捧来一杯水，甚至很有礼貌地听完叶星河的陈述。随后查良生就告诉叶星河，柳叶如已是他的女朋友了，她现在生活得很好，请叶星河不用担心，同时还说明，他们现在是朋友了，以后有困难尽管来找他，还非常大度地把查扣叶星河的摩托车还给了叶星河。

叶星河费力地推着那辆瘪了气的二手嘉陵摩托车从派出所出来，他耳边还在响着查良生说的话。脑子里满是柳叶如脆生生的脸。他记得他被查良生扣回派出所之前，他从庙里出来，柳叶如还有些神秘地告诉他，让他早点回来，她亲自做饭给他吃。此前，他们一直在外面吃三块一顿的快餐。他听柳叶如说这话时，他心里喜滋滋的，他不敢有非分之想，只想着柳叶如在没有锅的情况下如何给他做一顿饭。他至今也想不明白。他想问问柳叶如，可是柳现在已是查的人了。

叶星河推着摩托车走到一间号称万能摩托修理店里给车子打气，打完气，他发动车子准备走人，店主一把拉住他的车把，问他要两毛打气的钱。身无分文的叶星河自然掏不出两毛钱来。他灵机一动，便问店主他这车还值多少钱。一番讨价还价之后，叶星河以一千二百块的价钱贱卖了这辆二手摩托车。凭着这一千二百块，叶星河才得以苟延残喘。

这段经历，诗人叶星河一直没有在公开的场合提过。也许这是他内心的隐痛，不提也罢。相反，对另一段在派出所相类似的经历，他却津津乐道。他甚至认为，这是他人生中最值得回味的一页。

2003年4月中旬，诗人叶星河的穷困潦倒达到了顶点。自从被房东赶出来之后，他在高架桥底已经睡了一个星期。整日里与拾荒者为伍，靠捡破烂度日。每天黄昏时分，叶星河便把捡来的矿泉水瓶、旧报纸之类的破烂集中送到高架桥附近的废品回收站。在回来的路上，他用卖废品得来的钱买上三只大馒头，聊以充饥。

诗人斜靠在桥墩边上，一边吃着淡而无味的大馒头，一边望着都市的夕阳，不由得诗兴大发。诗人停止咀嚼，他望着远处工厂里冒出来的滚滚浓烟，张大嘴巴，大叫一声，立马掏出破旧的笔记本，把脑海里最动人的一幕以诗的形式记下来。晚霞照在诗人因为兴奋而微震的脸上，像是给他镀了一层金。每次写完一首自我感觉良好的诗，叶星河就禁不住要大声朗诵起来，朗诵完诗歌，悄悄用衣袖一角拭去眼角因激动而不自觉地流出来的泪水，然后，走到附近一个加油站，佯装上厕所，就着水龙头一气猛灌。喝够水之后，叶星河会以最快的速度在厕所里擦一遍身子。当他全身轻松地从厕所里出来时，都市的夜晚就快降临了。一众拾荒者也陆续回到桥底。他们对这个新加入的年轻同伴既不表示欢迎也不排斥，间或投来疑惑的一瞥。大多时候，他们都是自得其乐。夜晚的桥底，叶星河已经习惯在呼啸的汽车声中入睡。和其他拾荒者不同的是，诗人在入睡前照例默念三遍孟子的《生于忧患，死于安乐》。

后来是一张旧报纸改变了诗人叶星河的命运。

这事说来有点儿天方夜谭。但诗人叶星河却言之凿凿地说就是一张旧报纸让他走出了人生的低谷。他至今还记得那张报纸在头条的位置上有一条极醒目的标题：《大学生孙志刚死亡真相调查》。在这张报纸的背面，一则短消息引起了诗人的注意。消息的大意是，一个乡下老头，因为遇到不公正的对待，不断上访，每次上访，县里都在半路上把他截回来，好吃好住一段时间，直到老头答应不再上访才放其回家。

诗人叶星河从"好吃好住"四个字里得到了灵感。他以文学的真实捏造了一个冤假错案，带上他全部家当——一床破棉被，外加两身洗换的衣服就直接到政府的信访办上访去了。刚开始，叶星河还忐忑不安，怕露馅儿。让他想不到的是，整个事情超乎他想象的顺利，几乎不差分毫地按照他想象的"好吃好住"里一路走。这个过程，让他略感遗憾的是，他又被送回到了派出所。接待他的人仍然还是查良生。

派出所的留置室后面有个大院，大院有两间房子，原来用作车库，后来一度改为厨房。新厨房建起来后就一直空着。这一次，刚好派上了用场。叶星河就被查良生安置在其中的一间。大院四周是高高的围墙，围墙上到处是摄像头。叶星河观察了环境，发现关在大院里的人想翻墙逃走，只怕也不是容易的事。事实上，叶星河根本没动过逃走的念头。他现在的伙食和民警们一样，四菜一汤。早餐呢，更富营养，一杯香浓喷鼻的牛奶，外加一只鸡蛋和两只大肉包。两个星期下来，诗人叶星河便感到身上长肉了。日子安逸了，诗人也不想写诗了。每天吃饱喝足后叶星河便跟查良生要张椅子坐在院子里吹吹风，看天上的太阳从东往西落。夜里偶尔听到隔墙的留置室传来一阵阵凄凉的哭声。那哭声间或也能触动诗人的脆弱的内心，更多的时候是让诗人厌烦，那哭声如附骨之疽，让诗人一整晚都睡不着觉。

叶星河拿起笔重新写诗是一个月之后的事。

叶星河从来没想到会在这里遇上柳叶如。某日的午后，天气很好，夏日的太阳把大地晒得了无生气。树上的知了吵得叶星河无法午睡。他起来走到院子里，便见到柳叶如挺着个大肚子出现在大院的门口。她的后面站着查良生。查良生牵着她的手，笑着跟他打招呼。叶星河扭头就走回屋里，砰地关上门。他望着墙上一只正在忙着捉虫的蜘蛛，心里乱成一团麻，完全听不到门外查良生的声音。嘴里不自觉地念着李义山的两句诗：

"不知腐鼠成滋味，猜意鹓雏竟未休。"

诗人反复念着这两句诗，不知疲倦地念着，直到门外的脚步声渐渐远去，他才打开门走出来，站在柳叶如站过的地方，突然灵感如江水滔滔而来。诗人感到泪水就要从眼里溢出来了，急忙反身回到屋里，翻出笔和纸，写下后来被众多诗评家推崇备至的《五首情诗和一首绝望的歌》。叶星河曾把在此期间写的诗辑成一个集子，集子的名字叫《四菜一汤的爱情》。

我是在2008年初与叶星河相识。在深圳的关外，一个叫新桥的小村子里，我有幸读到叶星河的《四菜一汤的爱情》。其时，年关将近，我们走到出租屋的楼顶，冷冷的月光照下来，四周一片冷寂，我一时无法抑制自己的眼泪，竟哭得一塌糊涂。诗人对我的表现颇为不解，他知道我只不过是一个对文学有点兴趣的二手房东，根本就不懂诗歌，说话间难免有些嘲讽的意味："哥们，离大哭的日子还远着呢！"我无法用语言述说我当时内心的凄凉。我不敢说完全是诗人的诗感动了我。因为有些事，我也没有和叶星河说。事实上，当时我的婚姻正发生严重的危机。我和结婚七年的妻子之间的矛盾似乎已经到了不可调和的地步。她无视我的存在，决绝地搬到楼下一间单耳房里。每天耀武扬威地在院子里出出入入，以示她没有我也活得很好。

和诗人叶星河来往之后，我开始尝试写小说。我把自己的小说处女作《分居》拿给叶星河指导。不料诗人看后大为惊讶，认为我的小说已经达到相当高的水准，并因此对我刮目相看。

这年四月底，诗人叶星河在当地政府的运作下，成立全国第一间打工诗人工作室。我没有参加成立典礼，据说盛况空前。个别前来参加典礼的著名作家曾感慨地说："这是可以载入文学史的一个文学事件！从这里可以看到，文学没有死，诗没有死，它还有尊严地活着！"

叶星河工作室自成立之日起，便吸引了大批诗歌爱好者慕名前来参观。叶星河每日应接不暇，忙得像个国家总理。有一天，我给他打电话，他在电话里呼我赶紧前去救驾。我自然不敢怠慢，推出单车，就真的屁颠屁颠地赶去救驾。到了工作室，却发现叶星河和一帮人正围坐在一起悠闲地喝茶。见我来到，叶星河对坐在周围的那帮年轻人说："都起来吧。"年轻人于是齐刷刷地站起来，神情恭敬地垂手而立。只听得叶星河大大咧咧地说："兄弟，这是我新收的徒弟。徒弟们，叫师叔！"

"师叔好！"

整齐划一的叫好声让不习惯这场面的我诚惶诚恐起来。还好叶星河帮我解了围。他随便挥了挥手说："都散了吧。我有事和你们师叔谈。"叶星河一众弟子，呼啦一声，收拾好东西颇有礼貌地向我挥手告别。我问他什么时候收了这么多的弟子。叶星河笑了笑，并没有回答，却表示想到我那边坐坐。他的工作室宽敞明亮，正是接待客人的最佳地方，他偏要到我那狭窄的居室坐坐，我觉得挺奇怪的，但我又不好拒绝，心里想，诗人的鬼主意就是多，说不定又想到什么宣传诗歌的方案来了。

出我意料的是，诗人一来到我的居室就急不可待地问我，住在楼下单耳房的女子到底姓甚名谁。看样子，他早就观察好了。我不动声色地说那是一个离了婚的少妇，名叫李少芬，是我的一个老乡。叶星河的情绪有点激动，只见他的脸忽红忽白，末了，又自言自语起来：

"真像。真像啊！"

我心情颇为复杂。看得出诗人现在是喜欢上正在和我分居的老婆了。但我又不好意思向他挑明，只有装糊涂：

"像谁啊？"

诗人摇摇头，又使劲地摇了摇头，眼里竟然溢出一行清泪来：

"不提了。不提了。"

"你喜欢上李少芬了？"我问。

叶星河沉默了一会说："一看就知道是个贤良淑德的好女人哇！"

"不见得吧？"我故作轻松地说。

"只有那些瞎了眼的狗东西才会跟她离婚！多么好的女人！"叶星河的声音突然高起来。我脸上一阵发热，心里愤愤不平，又不敢形之于色。叶星河又问了我老婆的一些情况，无非是在哪里上班，大概什么时候回来。我呢，一一如实告之。于是叶星河便起身告辞，说是过两天再来。

仅仅过了两天，叶星河果然又来了。奇怪的是只坐了片刻便告辞了。我还没理清诗人此行的目的，我妻子李少芬便提了一袋新上市的荔枝，气咻咻地一闯而入，把手上的荔枝扔到地板上，扭头就走。我还没回过神来，她忽又转回来说了一句："你看看人家对我多好，瞎了眼的狗东西！"我坐在地板上，吃着诗人送来的荔枝，竟不知是何滋味。我不知道是否有必要向诗人说明这一切。

此后一个星期，汶川发生大地震。再见叶星河，已没有往日神采，他神色黯然，坐在我对面一言不发。起初我还以为他是在我老婆那里碰壁了，心里还暗暗高兴，言语之间颇多戏谑之意。后来，叶星河忽然站起来说："兄弟，我要去汶川！我要去汶川！"我吃了一惊，望着诗人的脸，只见他双目含泪，仰着头，喃喃自语起来："我的同胞，噢，我苦难的同胞们！"

诗人叶星河终究没有去成汶川。但他为灾区做贡献的心不减。不知他从哪里听到消息，说本周日在某广场举行巨大的募捐活动。诗人来到我的住处，邀我一同前往捐款。我向来就对人多的活动很不热心，更何况要掏自己钱包的活动。于是我找各种理由来推托。

"你还是不是中国人？国难当头，今天你不去也得去了！"诗人架起我的胳膊，不容我分说就往外走。我有些哭笑不得。下到楼来，我对叶星河说："得了，就你钱多，就你先进！"叶星河一脸谄笑地说："好了好了，你捐不捐是你的自由。这回你就当陪陪兄弟，好吧？"话说到这份上了，我只好随他同行了。

这次捐款，让我意想不到的是，叶星河竟一下子就捐出了四千多块。看得出他是一早就准备好的。他捐了款，连名字也不留，拉上我就走，完全不顾工作人员在身后呼叫。一直走上人行天桥，叶星河才缓下脚步来。

"好了，这回总算舒服了些。"叶星河回过头来对我说。

"有钱人当然舒服了！"我调侃他。

叶星河大言不惭地说："没错，我现在是有钱人了，我还没有裸捐，今天还能请你吃一顿快餐哩。"

我知道叶星河近年日子确是好过了些，他目前有一份稳定的工作——他现在是某社区一名治安员。每月据说除了社保，还有两千多的收入。虽然工资不高，但养活他是不成问题的。不过我仍然对他这次一下子就捐出这么多钱，表示不理解。他倒一点也不在乎。他说这点钱是一次诗歌比赛的奖金，完全是意外之财，不捐出去，他心里不舒服。我说："看来诗人的思维是不能按常人来理解的。"

此话我才刚刚说完，叶星河又完成了第二次捐款，不过这次的捐款对象是坐在天桥上行乞的一名断了腿的老人。他把钱包里仅有的七十多块全放到老人的碗里。看得出诗人今天的心情好极了。他脚步轻快而有力，我在他身后，完全跟不上他的节奏。一直下到天桥，走在前面的叶星河突然噢的一声，掉头就往回跑，我一时不知道发生了什么事，也跟着往回跑，只见他跑上天桥，来到那断腿老人身边，俯身从碗里拿起一张二十元的纸币，顾不上老人在后面高喊捉贼，就飞快地跑到我身边，气喘吁吁地对我说："兄弟，今天我们只能吃十块钱的快餐了。"我不禁哑然失笑。

十分钟之后，我们坐在阿英快餐店里吃十块钱的快餐。一顿快餐还没有吃完，突然店外两声清脆的枪响，一男子仰面倒在店门口。叶星河一看，急忙跑过去抱着血泊里的男子叫道："兄弟——"诗人不管不顾地失声痛哭起来。说话间，叶星河便被围拥过来的警察扑倒在地上，顷刻便上了手铐。突如其来的变故让我目瞪口呆。我还没反应过来，叶星河便被警察推上车子带走了，地上只余一摊鲜红的血迹。呜呜的警笛声伴着诗人凄厉的嚎哭声渐渐远去。

当我正想办法如何到派出所赎人时，叶星河在当晚就给放了出来。我在给他送晚饭的途中，恰好遇上他从派出所出来。叶星河阴沉着脸走过石拱桥，迎面向我走来。我叫了他一声，他毫无反应，又叫了一声，仍然没有反应，且脚步不停。直到我拍了一下他的肩膀，他才发现是我。刚叫一声楚桥兄，叶星河的眼泪便汨汨而下。我想诗人肯定是受到了不公正的对待。我不停地安慰他，希望他能看开一些。叶星河默默地流了一会眼泪，突然咬牙切齿地大骂起来：

"狗日的查良生，禽兽不如的狗东西！"

我心里一惊，心想，莫不是查良生在派出所把叶星河给打了？但我想错了。事实是，查良生和柳叶如离婚了。叶星河是在派出所才了解到他们已经离婚一年了。柳叶如据说远走北京，至今杳无音信。至于叶星河与那被警察当街击倒的男子有何关系，我问过叶星河，但叶星河一直不肯说。一个星期之后，叶星河从湖北荆州回来，他带了一箱啤酒和一袋花生，在半夜里敲开我的门，非要我陪他喝点小酒。

这一夜，我被叶星河灌得烂醉。我趴在走廊的栏杆上，冲着楼下的单耳房大喊："李少芬，你——上——来——"诗人强行把我拖回到屋里。我对叶星河说："李少芬是我老婆。"叶星河抱着我说："楚桥兄，我知道她是你老婆。"

我们像两条死狗一样躺在地板上，相互盯着对方，久久无语。过了好长时间，叶星河才一字一板地说：

"楚桥兄，我告诉你，请记住，我的名字叫叶星河。我兄弟是杨鸿飞。我最好的兄弟呀！可是他不应该有这样的结局啊！"

说完，叶星河的眼泪又流了一脸。

# 幸福咒

说好了晚饭前就要到的，可是一干人吃过晚饭之后，和尚还是没有到。和尚没有来，临时搭建起来的灵堂就显得简单了些。没有祭台，两个后生就从厨房里搬来一张饭桌，油腻腻的饭桌一搬上来，灵台里似乎就有了些烟火气。死者放大的彩色照片被摆到桌上来，照片上死者一脸幸福的笑容。

有人嚷着缺了蜡烛，女人就忙着把蜡烛找来。找来蜡烛，又说要童人纸马，女人一声不响地又上街去买。有人冲着女人的背影喊了一句："嫂子，顺便买几瓶可乐回来。"女人听到了，就沙哑了声音答："好的。"女人走远了，有人就叹气说："死鬼来顺真他奶奶的没福气啊，这样一个好女人也享不住！"

一切都准备得差不多了，灵堂也像个灵堂了，就单等和尚到来，可是和尚连个电话也不见。女人就跟工地里的工头说，是不是给和尚打个电话？工头叫女人别急，时间还早。女人就不好再说什么。

死者来顺是女人的丈夫。一个多月前从脚手架上摔下来，在医院里苦苦熬了一个月才咽气。女人原本是在家里种地，工头说工地的饭堂还缺个打杂的，来顺一个电话打回家，女人简单收拾了一下，安置好三岁大的女儿就奔丈夫来了。没想到甜蜜的日子才过了一个星期，丈夫就出事了。从丈夫出事的那一天起，女人就几乎天天待在丈夫的身边，没睡过一天好觉，她不是不想睡，而是根本就无法睡，她一睡到床上眼泪就止不住地流。女人流干了眼泪也换不回丈夫的生命。还好赔偿的事不用女人费太多的周折，工头都给建筑工们上了保险，保险公司赔了七万多块。而工头出于人道主义，也拿出了两万元，加起来女人就差不多领到了十万块的赔偿金。女人对此实在是没有什么好说的了。村里的石场前年炸死两个人，每人才赔了不到两万块呢。

原本女人是准备把丈夫的尸体运回家乡安葬，但工头说医院是不会让家属将尸体运走的，只能在当地火化，况且很难找到运尸体的车，又说反正现在农村都要实行火葬，在城里火化之后，把骨灰拿回家再土葬也是一个样。女人就听从了工头的提议，将丈夫火化了。火化了丈夫之后，女人要按家乡的风俗在城里给丈夫做场法事。工头嫌做法事太麻烦，但女人的态度很坚决，一再声明，做法事的钱不用工头负责，全由她自己出，又一把泪一把涕地求工头给她找和尚。工头就只好四处给她联系和尚。风流底的和尚还真难找，好不容易找到一个，却左等右等不见人影。工头也等得有些不耐烦了，给和尚打了个电话。电话打通了，对方的手机一首《我要幸福》已经唱了好几遍，但就是没有人接。工头的脸也有些挂不住了，骂人的话就滚滚而出："我日你个和尚屁股，该不是在家里给自己打斋吧。"女人见工头骂人了，就说："时候还早呢，我们等一会吧。"工头见女人这样说，气也消了一些，但口中还是骂个不停。

灵堂里的灯亮起来时，和尚给工头打了个电话，说他现在正在赶场子，可能要到九点才能到，如果等不及可以另请人。工头问了女人的意见，女人沉吟了一会之后说："只要能做得成法事，九点就九点吧。"

离九点钟还有两个小时，女人拿来一张草席铺在祭台旁边，女人就盘腿坐在草席上等。工头在灵堂里坐了一会，觉得有些无聊，就吆喝上几个泥水工凑成了一桌麻将。他们就在灵堂里搓起了麻将。

快到九点钟时，工头就已经输了一千多块。有个赢了钱的泥水工看了看手上的表，然后对工头说："头，快九点了，还打吗？"工头说："和尚还没来，你小子赢了钱就想走，门都没有！"工头脸上的汗水已经出来了。他朝孤坐在草席上的女人说："翠珍，给我来杯茶。"女人听到了叫声，抬头朝他们看了看，只听得工头又说："我渴死啦，风流底这鬼天气，他奶奶的都快到冬天了还这么热！"

女人一声不响地把茶给端了过来，坐在工头对面的泥水工趁女人放下茶水的时机对女人说："嫂子，也给我来一杯吧。"他的提议立刻招致其他人一顿喝骂。有人甚至扬言要和他断绝父子关系，但马上又改口说是断绝工友关系。工头就笑了起来，很大方地把钱一一分到赢钱人的手里，说："我他奶奶的都快成扶贫干部了！"女人在男人们的笑骂声中给每个人都上了一杯茶。有人问女人想不想打麻将，并表示自己可以让给女人来一圈。工头不等女人回话就接过话儿说："拿女人做挡箭牌？还是个男人吗？"女人回了一句说她不会打麻将，说完又默然地坐回到草席上。女人听到麻将桌上有人说了一句：死鬼来顺以前也不打麻将哩，这年头不打麻将的男人实在是找不出几个来，来顺是个好丈夫啊。

女人嫁给来顺已经四年了。四年来女人还真的没见来顺打过麻将。来顺其实是会打麻将的，只是不想打而已。有了女儿之后，来顺就跟村里的包工头说要跟他出来做泥水工。包工头说："到城里做工可以，不过要先过麻将这一关。刚好三缺一，来顺你就先交点学费再说。"几圈下来，居然只有来顺一个人赢钱。打完之后，来顺却把赢来的钱全部还给了人家。包工头说："好样的，真是个难得的好青年，小伙子跟着我前途一片光明呀，好，我要你了。"出来之前来顺对女人说："你就在家里好好地等着吧，过不了多久，我就把你们全接到城里享福去。"

女人看了看时间，已经九点钟了。和尚还是没有来。麻将桌上还是一片热闹。工头现在已经赢回了一部分钱，兴致特别高，工头的兴致一来，他就忘记了法事，至于和尚来不来似乎已经与他无关了。女人有些着急，主动又给每个人上了茶水。上完茶水，女人在工头的身边站了一会。工头刚好又和了一盘，随手就甩给女人一张百元大钞说："不喝茶了，喝茶没精神，来几瓶红牛吧。余下的钱就赏给你做小费了！"

女人从小就在山里头长大，虽然不知道什么叫小费，但她明白工头的意思。可是女人拿了钱却没有立刻走开，工头回过头来问："你真的不会打麻将么？"女人摇了摇头说："茶水还要不要？"麻将桌上有人接过去说："茶水没喝头，还是红牛好喝，你别想着给他省钱，几瓶红牛喝不穷他。你只管去买就得了。"女人还想说什么，工头说："好了，好了，每人给他来一瓶，余下的钱就是给你的小费了。"刚才说话的人又说："头的小费到处给，嫂子你也就不用跟他客气了。"

女人去大街买红牛时，商店里的老板却说她那张百元大钞是假的，女人一时愣在那里，半天回不过神来。怎么可能呢？女人从身上拿出自己的钱来对照，怎么对怎么觉得都一样。商店里的老板见她一张乡下女人的脸，就很有经验地开始教她怎样识别真假钞，什么水印啦、暗码啦，不过最要紧的还是手感。老板越说越兴奋，说她一辈子和钱打交道知道手感才是最重要的。这时女人想给工头打个电话，不过她还是没有打，女人没有手机，打电话不方便的。最后女人自己掏了腰包把红牛买了回来。女人回来之后，见工头正打得起劲，也没跟他说假钞的事，那张假钞她也不准备还给工头，她把工头给的那张百元大钞和自己身上的钱放在了一起，女人凭自己的直觉认为这就是真的。女人又是一声不响地坐回到草席上，耳边又听到有人说了一句：死鬼来顺要是长得不是那么胖，说不定那安全网就能接得住他。

丈夫确是个胖子。丈夫常对女人说，女人胖一点好。丈夫还在家时总是要女人多吃点，又说十个肥婆九个富，女人只要胖起来，离幸福就不远了。女人总是不信。有了女儿之后，女人觉得身材什么的也不重要了，重要的是丈夫和女儿，所以女人往往也是来者不拒，有得吃总比没得吃强吧。女人摸了摸自己的肚子，觉得来这里一个多月的时间，自己至少已经瘦了十斤。瘦了就瘦了，也没什么大不了的，反正丈夫也不在了，他看不到了。女人抬头望了望丈夫的照片，丈夫仍然是一脸的幸福笑容。

女人眼前一黑，丈夫的笑容不见了。

又停电了。麻将桌那边立刻骂声四起。黑暗中有人嘘了一声。女人听到麻将桌那边有人小声说："你看，来顺在笑咱们呢。"几个人就一齐朝祭台那边望过去，只见暗淡的蜡火被微风吹得摇摇晃晃，来顺那一脸的笑容也在大家的眼里生动了起来。有人悄声说："来顺回来了。"工头说："你别吓唬我，我胆子小，好了，我得给来顺兄弟上炷香。"工头上完香，对坐在草席上的女人说："翠珍，你以后还是留在工地吧，工地的厨房需要你。"女人没作声。工头又加了一句："我以后给你加工资。"女人说："我现在心里乱得很，以后的事以后再说吧。"

和尚就在停电之后不久来到了工地，是个年轻人，年轻人骑了辆女式摩托车来，车后面还带了个木箱。年轻人穿一件短袖T恤，一头歌星般的长发，手腕上还刻有刺青，样子不像是个和尚，倒是和香港电影里那些烂仔有几分相似。但工头说风流底能找到会做法事的就只有他了，还说年轻人是子承父业，会念很多咒语。但女人明显地失望。她没想到只有一个人来。按照老家的规矩，做这样的法事吹吹打打的至少要八个人。女人没想到这年轻人居然连个帮手也不带，女人就有种上当的感觉。不过人家不来也来了，女人只好按照工头的吩咐把预先准备好的五百元红包给了人家。

年轻人拿了红包，就着手重新布置灵堂。灵堂里原来准备好的童人纸马之类的东西，年轻人都说不适用，女人一下子就着急起来说："都这时候了，去哪里买这些东西呢。"年轻人就不慌不忙地把他带来的木箱子卸了下来，然后从箱子里一件一件地把他需要的东西都搬出来，年轻人一边搬一边说："很多人都不懂这个，不怪你，还好这些东西我都准备有，也不贵，总共才二百五十元。"女人没想到有此一着，觉得东西贵了，望了工头一眼，见工头把脸扭向一边不出声，自己也不好说什么，只好往口袋里掏钱。

年轻人一接到女人递过来的钱就感觉有些不对路，加上灵堂里又暗，看不清楚钞票的真假。年轻人灵机一动，把他的摩托车打着，摩托车的灯光一下子把灵堂照得雪亮，也照亮了年轻人手里拿着的钞票。这回年轻人看清楚了，那张百元大钞确是假钞。但是年轻人什么也没说，在这种场合说这种事情，按照风流底的风俗习惯是不吉利的。

灵堂里有了亮光，原来打麻将的那班人又坐到了麻将桌上来了。工头刚坐上去没多久，口袋里的电话就响个不停，接了几个电话之后，工头又开始输钱了。但是电话还是一个接一个地打进来，连输了几盘之后，工头连电话也不接了，就让电话在口袋里响个不停。有人就提议工头把电话接了，别让它在这里烦人。工头说："谁爱接谁接去，他奶奶的今天手怎么这么臭！"工头说完还真的把手机从口袋里掏出来放到了麻将桌上。坐在工头下手的泥水工见状当真拿起来接了。泥水工对着电话说："别打了，头正忙着呢。你想他了就自己过来嘛。"过了一会，又有电话打进来，泥水工又接了，还是说刚才相同的话。工头骂了泥水工几句，不再理他，只管出手上的牌。工头的对家提醒工头说："法事开始了，我们是不是过去帮帮忙？"工头看了年轻人一眼掉过头来冲他的对家说："你小子能帮得上什么忙？你又不是和尚，你当我不知你念的是哪本经！"他的对家答："我要是个和尚就省心了。可惜我六根未净呀。头倒是有做和尚的资本。"对家这话说得有些高深莫测，连工头也一下子不明其意。不过工头也不是傻子，马上就回了一句说："你以为戴上帽子就是和尚了吗？你看看人家，这才像个和尚。"工头指的是年轻人。

年轻人现在真的是个和尚了。他换了一套和尚穿的衣服，又戴上了一顶和尚帽，高高的和尚帽把一头长发也遮盖了起来。当和尚把唢呐吹起来时，坐在和尚身后的女人一直高悬着的一颗心总算落了下来。和尚吹了一段唢呐，就坐下来念一段咒语。念咒时和尚的手机在口袋里滴滴响了一阵。和尚拿出手机来看了看，是女朋友来的信息。和尚口中不停，一只手在手机的键盘上快速地打字，很快就给女朋友回了信息。和尚收起手机又吹起了唢呐来。和尚的唢呐吹得十分响亮，在寂静的工地，孤单的唢呐声传得老远老远。女人就坐在和尚的背后，静静地听和尚吹一会念一会，如老僧入定一般，听不到身后有人在叫她。

"翠珍，翠珍。"

是工头在叫她。灵堂里不知什么时候来了两个女人。一个打扮得有些像美国西部的牛仔，露出来的手臂像男人一样粗壮。另一个打扮得不显山不露水，弱不禁风的样子像个林黛玉，但骨子里有一股骚劲让人怦然心动。她们是工头的二奶和三奶。两个奶字辈的女人都十分殷勤地给工头打来了宵夜。可是工头现在输惨了，没心情吃，便叫女人先吃。女人回过头来看了看，摇了摇头。女人其实肚子饿了，但她见只有两份宵夜，她不好意思自己一个人吃。工头见女人摇头，也不勉强她，毕竟现在是做着法事呢。

两个女人一左一右坐在工头的身后看他打牌，并不时出口指点他，两个女人的意见并不统一，"牛仔"嚷着要出三饼，"林黛玉"却说出五条好，说着说着两人就吵起嘴来。工头懒得理她们任由她们吵。这样的争吵工头老早就习惯了。但是这回的争吵有些不同，也许是工头的冷漠让她们觉得非要找个人来出出气不可，于是争吵就渐渐升级，两个女人由最初的争出牌到进行人身攻击，互相攻击了一通之后，两人开始争老公，都说对方无耻，是专门抢人家老公的狐狸精。最后终于导致两人在灵堂里大打出手。但是打架的结果却令人大跌眼镜，那个看起来弱不禁风的"林黛玉"居然把"牛仔"的一只眼睛打坏了，血流了满嘴满脸，样子十分恐怖。事情到这个地步，工头也坐不住了，劝开两人之后，工头只得开车把"牛仔"送到医院里去治疗。

送走了"牛仔"，灵堂里突然又来电了。和尚见来电了，就把他的摩托车息了。麻将桌上现在成了三缺一，"林黛玉"脸上虽然也挂了点儿彩，但伤得并不严重，她觉得自己有义务代替工头把钱赢回来，就坐到麻将桌上和泥水工们接着打。三个赢了钱的泥水工觉得一个女人容易打发，也没把她放在眼里，他们的心思都一个样：二奶们口袋里的钱来得比他们容易多啦。"林黛玉"坐到麻将桌上才打了几盘，就连和了几盘牌，令三个泥水工刮目相看。"林黛玉"和了几盘牌，也开始洋洋自得起来，但她的高兴并没能维持多久，因为灵堂里又来了两个男人。

和尚最先看到那两个拿刀的男人出现在灵堂门口。和尚一见到两个男人进来就停止了吹唢呐。接着坐在和尚身后的女人也看到两个男人进来了，但女人还来不及弄明白怎么回事，两把雪亮的水果刀就已经架在了"林黛玉"的脖子上了。麻将桌上另外三个泥水工吓得不敢动弹。

"林黛玉"却显得一副临危不乱的模样，而且口气也不软："这是我和那狐狸精的事，你们插进来算什么？有种就一刀抹下来！"话音未落，啪的一声脆响，"林黛玉"脸上就挨了一巴掌。其中一个男人冷笑一声说："你想死？没那么容易！"另一个男人接着说："别跟她那么多废话！"说完就开始解"林黛玉"衣服上的纽扣。"林黛玉"没有动，任男人解，男人也不客气，一件一件地将"林黛玉"身上的衣服扒了个精光。

两人男人显然是有备而来，十分钟不到，他们就在"林黛玉"额上和屁股两侧分别文上了一行字：我是贱人。那字是金红色的，在"林黛玉"额上、屁股上十分醒目。整个过程"林黛玉"却始终一声不吭，一副人为刀俎，我为鱼肉的模样。两个男人似乎对他们的杰作颇为满意，哈哈大笑了一通之后，其中一个男人对着麻桌上几个泥水工说："什么叫贱人？大家都看到了吧，这骚鸡就是样板！"然后男人在"林黛玉"的屁股上用力拍了两巴掌才扬长而去。

两个男人走后，灵堂里就静了下来。"林黛玉"在无声无息地穿衣服。工头还没回来。这个时候才有个泥水工想起该报警了。但他们都没有手机，和尚把他的手机拿了出来，要帮"林黛玉"报警，但出人意料的是，"林黛玉"突然冷冷地说："不用了。"几个泥水工都不敢看她。"林黛玉"若无其事地穿好衣服之后，对麻将桌上三个泥水工说："咱们接着打吧。"几个泥水工相互看了看，于是埋头打麻将。和尚见没什么看头了，拿出手机看了看时间，见离天亮还早，只得又继续做他的法事。女人坐在草席上，又朝祭台上丈夫的相片看了一眼，见丈夫仍然笑得一脸幸福。

下半夜时，工头一个人回来了。工头给每个人打回了宵夜。大家就都不打麻将了，和尚也不吹唢呐了。大家围过来吃宵夜。女人也捧了一盒宵夜坐回到草席上吃。工头已经吃过了，坐在一边剔牙。有人悄声问他："那个不碍事吧？"工头叹了口气说："一只眼报废了。"大家又都不作声，灵堂里静得只有人们吃宵夜的声音。也没有人向工头汇报刚才所发生的事情。吃完了宵夜，"林黛玉"起身要走，工头把她叫住了。"林黛玉"就回过头来，工头这才发现她额上的字，愣了一下，也没问怎么回事，默了一会，工头便从口袋里掏出支票本，写了一张支票递给"林黛玉"并对她说："你还是回家躲一躲吧。""林黛玉"看了一眼支票上的数字，眼泪就出来了。她忽然对工头笑了笑说："这算是我三年来的小费吗？"工头有些为难地说："我知道这是少了点，我也不想这样。可是医院还等着我拿钱去做手术呢。"

"林黛玉"走了之后，和尚又开始他的法事。女人仍旧坐在和尚的身后，静静地听和尚念咒听男人们说话，偶尔打两个呵欠。几个男人都没了打麻将的兴趣。三个泥水工开始盘点输赢。两个赢了四百多，一个打和。打和的泥水工说："这女人真厉害，一下子就赢了我们五百多。"工头说："你们赢的还不是我的钱！"打和的泥水工就问工头到底输了多少。工头没有作正面回答，只是说："反正我是亏大了。"

"女人多了也是个麻烦事啊，不过这样也好，免得以后天天吵架。"

"不过也真为难这女人了，居然一声也不吭，真有她的。"

"这就是本事，你老哥懂什么。"

"还是来顺兄弟好。不嫖不赌一门心思的就想着干活赚钱。"

"现在他赚到钱了，可是人又不在了。赚了钱有什么用呢？"

"怎么没用？你打工这么多年了，赚了多少钱？你看人家来顺嫂子，至少她现在就成了小小的富婆啦。"

"照你这样说，你干吗不从脚手架上跳下去？我保证你也能赚到一笔赔偿。"

"你可别这样说，说不定哪一天，你老哥就得像今天这样帮我打场法事。他妈的，有时候真想一死了之。死了就一了百了啦。"

"只怕想死也不是容易的事呢。"

女人就听到麻将桌那边有人长长地叹气，她自己也叹了口气。这时夜已经深了。工头已经呵欠连天起来。另三个泥水工说话的兴致也淡了。说来说去，除了钱和女人，也没什么可说了。工头实在熬不住了，他对另三个泥水工说："你们陪一下翠珍吧，我得去睡一会，明天我还要到医院里去呢。"工头也不跟女人打招呼站起来就回去睡觉了。三个泥水工坚持了一个小时，也一个个走了。灵堂里就只剩下女人与和尚两个人了。和尚刚赶完一个场子，现在也有些扛不住，念着念着就糊涂了。女人虽然不懂，但和尚翻来覆去的只念两句话，就是最难懂的外语，女人也能听得出个一二来。

"你是不是念错了？"女人说。

和尚一惊，像被人打了一针，清醒了一些。回头看了看身后的女人说："我怎么会念错呢，这一句至少要念三十遍呢。"女人听和尚这样说，心里虽然觉得有些怪，但也不好说什么，毕竟人家才是和尚。和尚又念了一会，忽然停下来不念了。女人等了好久，也不见和尚有什么动静，以为和尚念完了，看看时间，离天亮还早着呢。

"想不想你丈夫在那边过得幸福一些？"和尚突然说，并不回头。

"不想？那叫你来做什么？"女人答。

"那得念幸福咒。"和尚说。

女人在家乡从来没听说过有什么幸福咒，但听和尚这样说，似乎是这里的习俗，丈夫既然是客死他乡，理当入乡随俗。

"那就念吧。"女人说。

"这得另收钱。"和尚说。

"钱不是都给了你吗？为什么还要收呢？"女人有些不解。

"幸福咒从来就没列入做法事之内，而且这又是我的专利，别的和尚不懂。现在的专利都吃香，做我这行的，也得改革改革了。不过念不念幸福咒决定权还是在你手里。"和尚突然回过头来，看着女人说："人死了，他在地下的日子好不好过，其实对活人也没什么影响的。"

女人犹豫了一会说："念幸福咒得收多少？"和尚笑了笑说："有两种，一是念五十遍，二是念一百遍。五十遍便宜一些，一百五十元。一百遍就要贵一些，要二百元，随你选择，当然一百遍和五十遍的效果几乎是一样的。"

"就一百遍吧，我去拿钱。"女人说。女人说完就走出了灵堂。她身上没有那么多钱了，她要回宿舍里取钱。女人回宿舍取钱时换了一身新的衣服，连鞋也换了，甚至往头上抹了些头油什么的，头发被梳得油光可鉴。和尚觉得有些奇怪，但也没往心里去，收了女人的钱之后，就开始念他的幸福咒。

其实和尚根本就没有什么幸福咒可念，和尚只是用风流底话一遍一遍地唱《我要幸福》，和尚早就看出女人是个刚从乡下出来的，就是用风流底话骂她，她也一样云里雾里的。果然不出和尚所料，女人越听就越迷糊，一首《我要幸福》才唱了不到十遍，女人就趴在草席上睡着了。

女人没想到自己还会醒过来，她把三天的安眠药一齐吃了下去，她以为自己会跟丈夫一起去另一个世界，但是饥饿让女人感觉到自己还好好地活着。灵堂里的祭台不知什么时候已经撤走了，和尚也走了，有人在女人身上盖了一张棉被，女人拿开被子伸了个懒腰。这一觉睡得真好。这时候有工友见女人醒了过来，就给女人捧来一碗热辣辣的素面。女人坐在草席上吃了一碗面之后，神志开始清醒过来。她清醒过来的第一个念头就是马上回家，她一刻钟也不愿意在城里停留。女人在收拾东西时，突然发现照片上的丈夫长出了长长的胡子。

# 在西乡见到曾楚桥

　　美国人道格拉斯是当代巫术大师。他是个遗腹子，出生于法国南部风景优美的普罗旺斯。根据《道格拉斯传》里所载，老道格拉斯是费城一个落魄商人的儿子，其父兴趣广泛，曾一度竞选过州长，失败后心灰意冷地远走法国，在普罗旺斯邂逅当地一个陪酒姑娘玛丽。老道格拉斯对玛丽谈不上爱情，只是身体在夜晚短暂地相互吸引。除此，还有另一个原因：老道格拉斯到了普罗旺斯后，已经穷得口袋叮当响了，他内心向往西班牙，想成为一名出色的斗牛士，为此，他只能打陪酒女郎玛丽的主意。

　　老道格拉斯不愧是个调情高手，他在极短的时间内骗取了玛丽的信任，并成功得到她的一笔资助，此举明显过于卑鄙，因此《道格拉斯传》里仅一笔带过，后世的研究者却针对此大做文章，认为老道格拉斯绝对是个薄情寡义之人。然而玛丽对他却是一见钟情，愿意为他付出一切，甚至为他怀上孩子也不后悔。但老道格拉斯对此毫不知情，他在普罗旺斯仅仅度过了一个星期，就谎称要远度重洋到中国做陶瓷生意，实际上他是离开法国前往西班牙，并在马德里顺利地成为一名斗牛士。可惜的是，仅仅半年，在一个阳光明媚的午后，年仅二十八岁的老道格拉斯就把身体挂在公牛的尖角上，成为第三十二位死于斗牛的美国人。关于他的死，大着肚子招摇过市的玛丽一点儿消息也没有收到，她还以为老道格拉斯到了万里长城，到了东方的瓷都，留恋着东方的花花世界不愿意回来了。

道格拉斯和他父亲一样，也是个兴趣极其广泛的人。他天资聪颖，十八岁即到英国的剑桥大学攻读天体物理学。但只读了两年，就把兴趣转到了巫术上来了。他遍访英国民间巫术师，虚心向他们求教，经过长达二十年的学习和研究，道格拉斯终于成为一名出色的巫术大师。他的成就令世界为之瞩目。在巫术界一直流行他最惊人的论断：

巫术在一定条件下可以主宰时间。

据闻，为了证明他这个观点，他在乡间举行了一场盛大的验证会，他在众目睽睽之下施用巫术，让年老色衰的玛丽回到了当陪酒姑娘时的美丽样貌，因此轰动一时。如此巨大的成就，当母亲的自然欢喜，事实上，玛丽更为之心花怒放的是，她做梦也想不到自己竟然还能找回丢失已久的青春，仍然是过往当陪酒女时那么美丽动人。玛丽看着镜中的自己，抚摸着手上那不敢相信的水嫩肌肤，往事便影影绰绰而来。当玛丽委婉地向儿子传达希望他到中国寻找父亲时，道格拉斯便一口答应下来。道格拉斯一早就对东方的神秘学产生了怀疑。尤其是中国的湘西赶尸术，他认为不过是中国流行的一种江湖小骗术罢了。

临行前，母亲告诉道格拉斯，他父亲在中国是正当的商人，做的是陶瓷生意。她再三叮嘱道格拉斯，他父亲最喜爱的运动不是足球，而是斗牛，只是不知道，在遥远的东方，有没有这项运动。

这是道格拉斯所能知道的关于他父亲的所有信息。其实他心里很清楚，想在茫茫人海里找到自己的父亲，基本上是不可能的事。他之所以前往中国，除了安慰母亲之外，他想更多地了解这个充满神秘的国度。

道格拉斯的第一站到了中国的景德镇，在那里，面对着那些花花绿绿的瓶瓶罐罐，他了无趣味，更无心寻找父亲。父亲在他的脑海里面目相当模糊。当他打听到湖南才是中国的巫术之乡时，他选择了南下。在湘潭大学，他逗留了足足五年。他除了学到一口湖南腔的普通话之外，还学到了湖南人的好勇斗狠。在此期间，他认识了江湖大学教授李瑄，这个自号书生的大学教授，是一个博览群书的人。他无意中在一个极不起眼的内部刊物上看到一篇关于湘西赶尸的论文，论文的作者叫曾楚桥。这篇论文，以一个赶尸人的身份，从灵魂学上解释湘西赶尸行为的种种可能性和可行性。令书生感到最不可思议的是，此文作者曾楚桥自称是中国目前唯一还懂得此道术的传人。

关于曾楚桥，书生还是有所了解，在深圳的打工文学作家里，还算得上是个人物。据说，其小说艰涩难懂，在圈子里被读者普遍认为是故弄玄虚之作。在某次作协会议上，书生还见过其人。印象中，有点非洲人的皮肤，牙齿特别白，但又有点印度人的感觉。

书生感兴趣的不是曾楚桥本人或者是他的小说，而是作为湘西赶尸术的唯一传人，曾楚桥在他的论文中言之凿凿地坚称他曾执此为业。他在论文的后面附上一篇通俗易懂的故事。故事的大概是曾楚桥某年某月为一个贫穷而客死深圳的工友赶尸回乡。文中附有照片，照片上客死他乡的打工人面目狰狞，眉宇间流露出难以述说的怨恨与愁苦。单凭这篇论文和故事加上几张看上去年代久远的照片，很难判断事件的真实性。毕竟湘西的赶尸术在民间只是个传说。但书生却宁可信其有。他电邀远在湘潭大学的外国朋友道格拉斯前来深圳，他希望能够在骄傲的道格拉斯面前好好地展示一下中国的巫术，让这个外国佬知道人外有人，天外有天。当然，如果这一切只是子虚乌有，那么他也算是为中国的学术打打假，面子上也还算过得去。

年届五十五岁的美国人道格拉斯受书生之邀来到深圳宝安，书生和他经过商量，选定了在西乡医院相邻一间名叫洞庭鱼家的饭店宴请曾楚桥。他们的意图很明显，如果这一切如曾楚桥的论文中所说，那么医院里的停尸间，将是曾楚桥大展拳脚且又是最便捷的地方。他们固执地认为，医生既然是这世界真正的刽子手，那么医院就有责任给他们提供死人用作表演。

时值西方圣诞节，饭店的门口早早就安排圣诞老人在迎接每一位客人的到来。饭局原定下午五点开始，但在约定的时间里，赶尸人曾楚桥没能准时来到。书生打了几次电话，得到的答复仍然是路上大堵车，一时还无法到达西乡。道格拉斯和书生两人在包间里坐得索然无味。喝淡了一壶陈年普洱之后，书生打电话给他的入室女弟子肖菲菲，让她前来作陪。肖菲菲在书生的研究生里是最出色的一位，而且还是书生的秘密情人。他们保持这种地下情人的关系已经整整八年。在此之前，书生从来没对任何人说起过他的这位特别的女弟子。也许是压抑得太久了，又或者书生面对的这位外国朋友据说还是个老处男，忽然就有了倾诉的欲望。

"我的朋友，我老实告诉你吧，我这位弟子是个很特别的女人。她身上有着人性中最本真的一面。每个和她认识的人，几乎都在说她的好。她天性善良，乐于助人，成绩还特别优秀，是我二十五年的教书生涯中，最为优秀的学生。"书生的话题一经打开，便滔滔不绝地夸起他的女弟子来。书生对他的这位女弟子可谓一点也不吝赞美，从天上夸到地下，他一点儿也不觉得过分。不过稍为细心的人，可以发现，书生在赞美他的这位稀世女弟子时，没有一句话涉及肖菲菲的外貌。书生只在赞美临结束时加上了一句："其实，我爱她，非常爱她。为了她，我可以倾家荡产。我一天不见她就茶饭不思。"由此可以猜测，肖菲菲在书生的女弟子里肯定也是最美丽的，否则很难让书生达到一天不见就茶饭不思的地步。

"我知道。"美国人耸耸肩答。

"你知道？"书生问。

"没错。我知道的还不止这些。"道格拉斯一脸高深莫测的表情。

"我还没开始说，你能知道啥？"书生有些诧异地抬起头来，看着眼前这位外国朋友，颇有点不以为然。

"我当然知道。要不要我讲一讲你们之间的故事？"道格拉斯摆出一副挑衅的样子，神态十足那些湖南痞子。

"你们相识于2006年9月，肖就是那一年考上了江湖大学，肖到江湖大学报到，你在林荫树下碰到她。报到的那一天太阳很大，肖穿着很薄的白衬衣，汗水淋漓地拖着她的大皮箱，你看到湿衬衣下肖的坚挺乳房，一下子你的精虫就上脑了。"道格拉斯说到这里故意停顿了一下，接着又特别地加了一句："对，就是精虫上脑了，这是最准确的描述。"

书生此刻像喝了酒一样，面色绯红，眼神迷离起来。他还记得，第一眼看到肖菲菲时，他听到内心轰然一声巨响，他知道他一直维护了多年的道德之墙终于倒塌了，他对自己说，是你了，一定是你了。在那一刻间，他像年轻了十岁，他顾不上众人的目光，毫不犹豫地帮肖菲菲拉上她的大皮箱，脚步轻快地走在江湖大学的林荫道上。

"你强奸肖是在一个下雨的晚上。你以辅导为名，把肖骗到你的书房，狂风大雨给你做了很好的掩护。肖一进入你的书房，你一下子就跪到了她的脚下，像狗一样亲吻她湿滑的脚面。当然现在说你强奸她，可能不太恰当，应该说是顺奸。肖后来应该是顺从了的。"道格拉斯说到这里嘴巴带着一丝怜悯的笑意望着他的中国朋友。

"是的，我当时确是强奸了她，可是我并不后悔。"书生说。

那个雨夜，书生在他的书房里坐立不安。一本《百年孤独》翻开停在一百零五页的地方不动了。书生的眼睛盯着页面，但心思却飞到了肖菲菲的身上，下这么大的雨，他不知道她会不会来。大雨会不会打湿她的白衬衣？他设想了无数种可能，但没有一种能让他安下心来的。书生把头伸出窗外，让大雨把头发淋个湿透，他想当然地以为雨水或许能让他清醒一点，但淋湿之后，却发现他竟然不可遏止地想白衣飘飘的肖菲菲，想她衬衣湿透后隐约可见的坚挺乳房。书生像傻子一样给了自己两巴掌，他听到清脆的巴掌声，同时，也听到了敲门声。当肖菲菲出现在他面前时，所有的可能都失效，他只感到腿一软，就跪到了肖菲菲的脚下。当嘴唇与她的脚面接触的一刹那，这个一向站在道德的高坡上对学生们指手画脚的教授，终于泪水长流起来。他像一个在黑暗里迷路的孩子，一双鸡爪一样的瘦手，在肖菲菲的身上艰难地乱抓起来。

"不好。"肖菲菲说。

"OK。"书生带着哭腔说。

"不好。"

"OK。"

那个雨夜的许多细节，并不为人所知。它们像一坛陈年佳酿存放在书生的记忆里，历久弥香。

"我的中国朋友，关于你们的第一次，有一个细节我想探究一下。我之所以说是顺奸，是基于后来肖叫你别扯坏了她的裤子。她心疼那新买的裤子。我想不明白，也无法理解，对于中国女人来说，贞操在某种程度上，应该比一条裤子要宝贵得多。可是，当时肖是主动解开了她的裤带，如此，你才能得逞，对不对？我的朋友，你能给我一个合理的解释吗？"道格拉斯双眼充满了疑问。

"肖菲菲吃过太多的苦。她是个贫穷家庭的孩子。你不知道，为了凑够学费，她爸爸把唯一的一头耕牛给卖了。你知道一头耕牛对一户农家来说意味着什么吗？我的朋友，那意味着一家人的口粮！一件新衣服对她来说，则意味着一个月的伙食。我承认，我当时是精虫上脑了，即便是换作现在，我还是会跪到她的脚下，亲她的脚指头。没有她，我的生活将暗无天日。没有她，我活着如行尸走肉。一句话，生不如死。你明白什么叫生不如死吗？我的大师。"书生接着解释说。

"我知道，我能理解。我的教授，你一直资助她读完大学，还资助她继续深造，读完你的研究生。这对她本人来说，肯定是没有错，对她的家庭也是一个很大的帮助。但是她付出了常人无法比拟的代价，她最宝贵的贞操和青春都贡献给了你。为了你，肖三次流产，她甚至等了你足足八年，用你们中国人的话说，就是一个抗战都结束了。现在肖想嫁人，可是你却百般阻挠，你要是真的爱她，你为什么到现在还没有离婚？你这样做不觉得很不道德吗？告诉我，教授，你心里到底是怎么想的？"道格拉斯神情严肃了起来。

"这些可都是我的隐私，你是怎么知道的？"大冷的天，书生额上却冒汗了，他现在才惊恐地发现，他在道格拉斯面前简直就是一个透明的人。刚才只顾着想念他的肖菲菲，并没往深里想，现在他越想越是害怕。眼前这个深眼窝鹰钩鼻的洋鬼子，他到底还知道些什么？

"你不用管我是怎么知道的，你不是说，你们中国的巫术天下无双吗？能起死回生，能让死人再活过来吗？请问你的赶尸人来了没有？"道格拉斯看着眼前这个被女人迷得神魂颠倒的大学教授，此刻却表现得如此狼狈不堪，不禁冷笑一声，心里显然是畅快之极。

书生顾不得满头大汗，掏出手机又给曾楚桥打电话，但得到的答复还是那一句，堵车呀！书生擦了擦额上的汗水，学着外国人耸耸双肩，双手故作洒脱地向外一摊，表示无可奈何。

书生确实也无可奈何，又何止是无可奈何那么简单！这边是等了他八年且贴心贴肺的小情人肖菲菲，另一边是和他相濡以沫二十年之久的妻子。对他来说，他根本无法选择，因为每一个选择都意味着伤害。如果自己的妻子是个不讲情理的人，他说不定还能真的离了。但书生的妻子就是一个典型的中国式的贤妻良母。作为一个女人，她心细如发，岂能感觉不到自己的丈夫有外遇？但她并没有横加指责，她默默地承受着这一切。在外人看起来，教授的家庭仍然是那么和谐幸福，仍然是那么值得人们羡慕。

"你真的爱肖吗？"道格拉斯忽然问道。

"这还用问吗？我告诉你一个小故事吧，你听了这个故事大概就知道我有多么爱她了。是去年的十月份吧，她回了一趟老家，在她回家之前，我们刚刚吵了一架，她是赌气回家的。她发誓说回家之后就找个农民嫁了。她前脚进了家门，后脚她的家人便给她介绍男人。这男人是她家乡小县城的一个小老板，她把小老板的照片发给我看，她的意思很明显，比我帅还比我年轻有钱的人大把。她还告诉我，她现在每天早上七点都准时和小老板去喝早茶，她还特意提到，他们喝早茶的地点，就是我和她经常去的那个酒店。老实说，我一看她发给我的这些信息，我就受不了。一下子精虫又上脑了，半夜十二点就打了个出租车风风火火地赶过去，四百多公里的路程啊。光出租车的车费就花了一千五百多。我在她说的那个酒店等她。我想亲眼看到她说的是不是真的。我是六点到的酒店，七点钟还差十分，我迫不及待地给肖菲菲发信息，我问她在哪，她回我说正和老板在酒店里喝早茶。我一看到她回的信息就笑了。谎言不攻自破。那一刻，我欢喜得流下眼泪来。我都这个年纪了，还像个小年轻一样爱哭，但我不觉得丢人。因为我知道她也是舍不得我，一直爱着我的。她肯定看不上那些小老板。我告诉她我现在就在酒店里喝早茶。她不相信，我让她过来看。十分钟后她赶了过来，看到我真的在，泪水一下就出来了，叫了一声爹，就扑到我怀里不管不顾地大哭了起来。那一刻才会真正体会古代诗人的诗句：问世间，情为何物，直教人生死相许啊。我的大师，你说，这是不是真爱？"书生一口气说了那么多，眼圈都红了。

"你确定你真的爱肖，无论她变成什么模样，老了你也爱她？"道格拉斯直视书生，很认真地问道。

"是的，我爱她，无论她变成什么模样。"书生说。

"好。我的朋友，我以你为荣。"道格拉斯笑了笑，脸上闪过一丝诡异的神色。

巫术师道格拉斯向服务员要了一碗冰水。他就着这碗冰水，洗了一把脸。然后用洗过水的手，出其不意地在书生的脸上也抹了一把。一阵清凉袭来，让书生无端地打了一个冷战。

"朋友，你被爱情冲昏了头，我得让你清醒一下，你不会介意吧？"道格拉斯一脸坏笑的表情。

书生只有苦笑。他眼巴巴地望着门外，希望能见到他的心肝宝贝肖菲菲，但肖菲菲迟迟未到，这在他们之间，从来没试过。要在以前，书生一个电话，肖菲菲总能在十分钟内就赶到了。书生不禁烦躁起来。此前他打电话给肖菲菲时就在道格拉斯面前大言不惭地吹嘘说，他的小情人在十分钟之内就会到了。但现在半个小时过去了，他的宝贝肖菲菲居然还没有来。书生拿出电话，想了想，又放回到口袋里。

"她会来的。我相信她很快就会到。"书生满脸通红，样子像一个做错了事的孩子。

"OK，我相信。肖就快到了。"道格拉斯微笑着说。

爱情对道格拉斯来说，就是两个傻子在黑夜里不知疲倦地相互摩擦，能不能擦出火花，或者说能不能互相温暖，姑且不论，单说这个过程，实在也无趣得紧。只有巫术才能令世界变得美好。老处男道格拉斯的巫术无可置疑，他对世界的理解很简单，没有人逃得过时间的检验。自始至终他认为巫术能让世间的一切原形毕露，包括爱情亦复如是。

老处男微笑着，胸有成竹地喝着越来越淡的茶，意味深长地打量着他的中国朋友。偶或把手放进碗中洗一把，保持手的湿度。

当服务员端上第一道湖南菜红烧肉时，书生的宝贝情人肖菲菲终于姗姗来迟。不过她不是一个人来，她另外带来一个更年轻也更漂亮的女孩。女孩叫蓉蓉。

两个女孩一进入包间，说时迟，那时快，道格拉斯就捧起那碗洗手的冰水，猛地泼向肖菲菲。在一片惊呼声中，只见年轻美丽的研究生肖菲菲，顷刻间容颜尽失。取而代之的是，满头白发加上满脸皱纹，她一下子竟然已经苍老了六十岁！老态龙钟的肖菲菲，样子显得相当怪异，身上穿着一身时尚的冬衣，行动迟缓地走到饭桌旁，浑浊的双眼望了一眼书生，仿佛似曾相识，但记忆却是如此模糊。她缺牙少齿的嘴动了动，大概是想问点什么，可出口的却是：

"红烧肉啊，我最爱吃！"

包间里能听到书生长长的叹息声。他大概做梦也没想到会是这么一个结果。眼前的事实不能不让他相信巫术真的可以主宰时间！显然，这一切已经无可挽回了。他镇定自若地招呼蓉蓉坐下来，极有风度地向他的外国朋友抱抱拳头，表示佩服。此刻，道格拉斯一把将肖菲菲拉到身旁坐下来，亲自给她夹了一块红烧肉，这才招呼书生和蓉蓉："吃吧。你们。"

短暂的惊愕之后，便是顺理成章的吃饭。蓉蓉边吃边抬头看肖菲菲，但此时的肖菲菲，已经不认识她了。在她的人生长河里，连情人书生都只是一个过客，就别说一个感情并不深的朋友了。她低着头吃她的红烧肉，间或抬起头来，看看道格拉斯，又看看书生，仍然一脸茫然，她搞不清自己怎么就到了这里，这是谁在请她吃饭。她现在只知道红烧肉是她最爱吃的一道家乡菜，也只有这道菜她能啃得动，其他菜，她只能望菜兴叹。书生呢，既忙于向蓉蓉解释，也忙着给她夹菜，俨然把蓉蓉当成了他最爱的肖菲菲。大家在推杯换盏之间，他们都忘记了另一个前来赴宴的赶尸人曾楚桥。不过也这是人之常情，曾楚桥迟迟不来，也许他根本就是大话说过头了，借口堵车不敢来了。书生他们不可能这样等下去。虽说是堵车，但失去了起码的礼貌。

酒过三巡，大家都吃得差不多了，借着点酒意，道格拉斯居然伸手在肖菲菲的脸上摸了一把。一阵短暂的冰凉如风一般掠过，肖菲菲的老脸一时间竟也红了一块。这个过程，蓉蓉看到了，书生也看到了。他们不约而同地都笑了起来。书生为此还和道格拉斯干了一杯。他甚至觉得现在的肖菲菲和这老处男真是绝配。他不怀好意地想，这个老处男，说不定就此喜欢上了老太婆肖菲菲。

"教授，你还爱肖吗？"道格拉斯盯着书生问。

"她现在都不认识我了。呵呵。"书生打了个太极，既不说爱，也不说不爱。

"是的，爱情不过如此。转眼间就不相识了。不过这样也好。肖现在可以嫁人了。"道格拉斯说。

"她现在这样还能嫁人吗？"书生越发觉得老处男另有不可告人的目的，但他故意这样说："人都老成这样了，还谈婚论嫁干吗？"

"能。会有人爱她的。"道格拉斯话音刚落，包间的门口忽然出现一个白衣白裤的中年男子。该男子忽然一步跳到桌边，目光呆滞地看着道格拉斯。书生正想问这男子是干吗的，却见那男子忽然把双手弓起放到头上，仿佛两只尖角一般，左一下右一下地像头公牛一样在包间里奔突起来。那男子奔了一会又停在道格拉斯面前，眼光仍然呆滞，但嘴里却叽里咕噜地吐着英语。他说得极快，书生的英文不是很好，仅听懂几个简单的单词，好像是父亲呀、斗牛呀什么的。谁也不知道这男子是什么来头。男子脸色如纸一样白，像久病不起行将就木的病人一般瘦弱，皮包骨的手指伸开来，竹枝一般，动作虽然快，但并不协调，甚至有点僵硬的味道。不过看起来肯定是中国人，只是英语说得如此流利却是少有。

那男子用英语对道格拉斯叽里咕噜地说了一通，道格拉斯的脸色突然大变，额上汗水涔涔而下。书生看到道格拉斯眼里已满是泪水，只见他冲那男子叫了一声："Dad！"伸手要去拉那男子。男子刚答了句"Son"，就啪的一声直挺挺地倒在地上。

突如其来的变故一下子令人措手不及。书生虽然搞不太懂英文，但他听到道格拉斯叫那男子做爸爸，而那男子在倒地前分明也在叫他儿子。大家不知如何是好，正惊愕不定，包间里忽地又涌进几个身穿白大褂的男子，一看就知道是医院里的医生。医生一来就俯身给那男子做检查。简单地检查完了，医生摇摇头表示人已经死了。

"真是奇怪。明明是死了的人，居然还能跑到这里来，真是不可思议！"医生向书生他们道过歉后带着疑问便把死人抬走了。包间里只听到道格拉斯的抽泣声，他双手抱头，撑在饭桌上一边叫爸爸，一边泪流满面。他哭得如此伤心，仿佛那死了的男子就是他的父亲一般。没人知道刚才被医生抬走的男子到底和道格拉斯说了些什么，但有一点可以肯定，父亲，仍然活在道格拉斯的心中。

大家正不知如何劝说道格拉斯，忽然一人长笑着进入包间来。书生定睛一看，竟然就是迟迟不来的曾楚桥。这个被评论家号称是深圳的打工作家，并没有想象中那么苦大仇深，虽然还是那么黑，但他壮硕如牛的身体无一不表明，他活得挺滋润的。作家目光炯炯地盯着书生看了一会，然后朗声笑着把手伸给了道格拉斯，他也许不屑于和书生这种薄情寡义的人握手了。老处男道格拉斯颤抖着伸出他巫术大师的手，紧紧地和作家握在一起，使劲摇了摇，抽泣着连连说了几声谢谢。

"时间能建立一切，但也能毁掉一切。"曾楚桥对道格拉斯说。

"OK，你带她走吧。"道格拉斯说着眼睛望向了肖菲菲。肖菲菲此刻眼睛忽然亮了，她迅速地站起来，像见到久别的情人一样，亲热地扑进了曾楚桥的怀里叫了一声："爹！"

"丫头，委屈你了。我们走吧。"曾楚桥拉起肖菲菲，走出饭店的大门，然后渐渐消失在灯火通明的西乡大街。

# 相关评价

　　曾楚桥的小说有对生活在底层的人物由表及里的深刻体验，有对小说素材高度理性的提炼，并擅于运用荒诞与真实、幻想与怪异的象征融于一体的表现手法，通过沉着、冷静、质朴的叙事语言，使作品表现出社会底层的人物生活命运，充满苦涩和辛酸，也体现了他的创作意图和风格。

——骆军

　　曾楚桥是一位出色的打工作家，但又不是一般意义上的打工作家。曾楚桥写作的对象、范围、形态，他作品中无告的小人物、来自底层打工仔求生存的万般艰辛，确实与打工文学的题旨、思路和流行写法颇为切合；但是我发现，到了曾楚桥笔下，好像比别的打工作家更注重怎么写的问题，他往往能超越题材表层的时空意义，能越过"问题"，绕开"意义"，直接叩问人物的精神与灵魂。

——雷达

从《规矩》开始，曾楚桥就在写他的现代聊斋。生活困顿的曾楚桥，与同样困顿的蒲松龄，一定产生了某种心灵共振，他们熟悉小人物的悲欢离合，对这个见鬼的世道有太多的激愤与不满，所不同者，蒲松龄借鬼狐之事，浇心中块垒，而曾楚桥揭示真实生活的荒诞之处。他们殊途同归。

——王十月

曾楚桥的小说是一种有叙述质感和叙述理想的作品，他不像一些作家在纷纭复杂的生活中拟出简单的线索，加以编纂，筛选出所需的生活现象。曾楚桥的小说有些不惧畏生活中的那些乱象，他不去简单梳理生活中的线索，有时故意放弃已有的线索，而刻意呈现生活的原生状态。曾楚桥的叙事者是超然于出租屋之上的，他的叙事基点不是底层，而是对底层叙事的一种调整。他只是借着那些原生态的生存者来讲述生活和人生的本相。

——王干

# 后 记

## 小 信

　　一如《圣经》里头说的那样，我是个小信的人。怎么说呢，这里头或许有先天性的怯懦、张望与怀疑，以及对未知事物充满着求知的欲望，对文学是如此，对文学之外的生活也是如此。

　　我所生活的村庄地处粤西山区，民众大多操半捱半白的土白话与人交流，最显著的日常话里便是把吃读作黑。比如，"黑暗"便是吃午饭的意思，日光日白之下，熟人们见了面，必问一句"黑暗没"？"咁"就是这么，"咁犀利"就是这么厉害的意思。见到比自己"有料"的人，往往就是一句"咁犀利"概括了。相比之下，学校里的老师们可以称得上是大山里的"犀利哥"。他们生于斯长于斯，同样操着这种"黑暗"的语言教书育人，没有人对此表示任何不满，他们觉得这理所当然。而普通话在这里似乎只是属于课本里的一门外语，一切与人们的生活无关。

　　中学时代，我偏爱于用大山里的"黑暗"话来写作，这种爱好带有它偏激的一面。原因来源于我对数学极度厌恶，甚至是恐惧。它把我仅有的一丝尊严撕成了碎片，让我无法在同学当中抬起头来。有时候，我想如果死能解决数学的问题，让我重新得到尊严，我愿意以死来解决一切。在这种情况之下，写作就成了唯一的精神支柱，在某些月黑风高之夜给我带来一丝丝的虚荣，让多愁善感的我找到勉强活着的理由。尽管这些让现在的我感到汗颜的"黑暗"文字早已不知去向，但是，不能不说，也正是这些幼稚到为赋新词强说愁的文字陪伴着我，度过许多青春的漫漫长夜。

我奇怪的是，在异乡长期的写作过程中，我忽视了这种语言的存在。我像一个对父亲怀着无比叛逆的少年，逆反地认为那是土得掉了渣的东西，我不屑于在纸上传达一丝一毫关于这方面的信息。很长时间以来，我都是以一个外乡人的姿态在审视着这片我生活过的土地。它在我的眼里显得如此卑微、无知，还略带着粗犷。我甚至是带着对它一种厌恶的情绪远走他方。我试图在他乡找到我熟悉的语言和表达方式，或者是找到更华丽的结局。但是我发现自己的寻找竟然是徒劳的，因为骨子里流着的依然是山里头的血。因了这血，便使我与这片土地有着难以厘清的冲突与缠绵。许多年之后，我在写作《幸福咒》时，曾无意间对乡土做出一种低姿态的回归，这种回归外化于文字，其实意在向读者表明在异乡的我，仍然有着更为广阔的精神空间。实际上，这无疑是我内心的小信在作怪，对故土模糊的渴望成了一只两头不到岸的小舟，它在我的漂泊生活里摇摆不定，随河而漂流。

然而偏远山区的隐秘生活却有着无限的吸引力。其时，乡里巫师盛行，巫师也就是神婆。在生活里神婆无处不在。某人家里不见了头水牛，主人首先想到的不是去找派出所，而是直接打两升米去问神婆。因此，问米之名便由此而来。某人长病不起，赤脚医生看过之后，如果不见起色，病人的家属大都也去问米，看看先人在地下是否缺衣少食了，又或者是为阴间的"弓箭"所伤，要斩。斩"弓箭"要花费笔小钱，神婆借仙家之力，需要给各路神仙打点打点，这笔钱就用在打点各路神仙上。乡间神婆之盛，没见过的人只怕很难想象。我小时候体弱多病，也曾被"弓箭"伤过多次。我母亲是一个拜服于神婆脚下虔诚的信徒，对任何一方的鬼神都怀着超乎我想象的敬意。为我的病痛，她夙夜忧叹，背着我跋山涉水，不知找了多少神婆，打点了不知多少路神仙，给那些鬼鬼神神磕过多少次头，我才得以长到今天如此的牛高马大。我在后来的创作中流露出对上苍以及大自然的敬畏之情，说不定就来源于我母亲对神祇的卑躬屈膝和她老人家常年温暖的脊背。

求神问米是妇人之道。男人们呢，也有属于他们的寄托。我所生活的村庄民风相当彪悍，村与村之间争强好胜而械斗不息。为了能在这种争斗中胜出，不少村庄每年到十月份，收割了稻谷之后，就到外地请回一两个同姓的武师来村里教授功夫。那时候村子还没有电，吃过晚饭之后，在阔大的打谷场上挂起一盏黄澄澄的汽灯，村里从七八岁到三十几岁的男丁齐聚在那盏汽灯的黄光下学"扎马"。请来的师父呢，偶尔也要几下散手，让围观的学徒们感受一下他的威力。但更多的时候是极有架势地在学徒当中来来回回地走，边走边手脚并用地指点一下旁边"扎马"的人。于是，嘿嘿吓吓的呐喊之声便在村庄的夜空回荡。每逢八月十五或者九月重阳，这些重要的节日，村子里便要举行散打比赛，拿到冠军的人除了可以得到两只大骟鸡作为奖赏之外，还可以成为下一年元宵期间的"年例头"。一般来说，"年例头"在学功夫时是能得到师父的关照，据说是可以得到师父传授一招半式的散打秘技，从此就以师父的传人自居了。

在我的同龄人当中只有我对此置身事外。在大家都在学"扎马"时，我却拿了一本破旧的《三国演义》之类的书坐在人堆里就着汽灯的黄光自得其乐。我为书里的人物所牵引，对耳边的一切均熟视无睹。我的行为几乎受到所有人的耻笑。须知，请外地武师来村里教功夫，每家每户都要凑份子钱的。所幸我父亲不是好勇斗狠的人，他默许了我的行为。父亲不在乎凑上去的份子钱，也不在乎我能否在书里得到多少的知识，他更在乎的是我能否健康地成长。这对他来说，是至关重要的。但于我，却有着隐隐约约的影响。我想我对文学最初的那点念想就隐藏在这呐喊与嘲笑声里。

如果说我生活的环境曾经对我的写作产生影响，我想这种影响在很大程度上是属于被动的，也是内在的，偶尔只反映在一些不易察觉的细节上来。事实上，生活里我是一个阳光的男人，从不装神弄鬼，也极少与人斤斤计较，得与失对我来说，并不显得那么重要。我性格里有着一种难得的顺其自然。但这恰恰也是我的最大障碍。这种障碍表现在文本上，显得如此不协调，在文如其人的固有印象里，让人禁不住要生出许多的疑问来。于是，隐匿在身体里的黑便要与生活里的我不断地纠缠，它仿佛一块被腌过的肉，经过时间的长期浸泡，咸而且有着独特的味道，对我自己有着难以抗拒的诱惑力。这反映到作品上来，便表现出一种对人本身的怀疑及对人生的终极追问。《坟场》便佐证了我身体里的黑，通篇都是在黑色的基调中完成对人物的刻画。虽然故事本身自有它的逻辑走向，但是在那些似是而非的文字之中，文中的"我"和现实中的我在不知不觉中重叠了起来，在无休止的追寻中，"我"更像一个流放者，立于自己的孤岛四顾而茫然。对我来说，《坟场》是一次有益的尝试，其意义在于它让我明白了自由的可贵。谢友顺就曾说过，先锋是自由的。反过来说，自由本身就具备了先锋的因素。更重要的是，它让我重新对自己的写作作了反省。我必须尽快找到一种属于我自己的表达方式，不一定是最时髦的，但必定是最真诚、最摇曳生姿且直抵灵魂的。

　　事实上，从写作《灰色马》开始，我便已经有意识地开始了这方面的探求。当我摆脱了故事的羁绊，试图给我的文字注入一种阴暗而潮湿的气味时，我发现一片混沌的天空呈现在我的眼前。这个时期，我对小说的认识可用两个字来一以概之，那就是：混沌。我认为好的小说无疑就是混沌的、汤汤水水的。在这里混沌不是混浊，不是面目模糊，不是过目即忘。它有迹可循，也有法可依。它的情节可以简单，但对事物的细部描刻却是不可或缺的。人物的表情可以不生动，但人物的内心世界却能通过人物的行动而可亲可感。总而言之，纷繁的隐喻对我有着极大的诱惑力，并使我为之着迷。但是对自我身份的迷茫却限制了我的视野。这导致文字的走向变得小心翼翼起来，它躲藏、怯弱、故作神秘，在读者的脑海里自然而然地留下了一条若明若暗的痕迹。这是我不愿意看到的，也是我意料不到的。但是生活却在阳光之外给我一个信誓旦旦的借口，使我得以摒弃这种由于小信带来的犹豫与退缩。既然小说有着无数种可能，那么在每一种可能里，都会有一个令人意想不到的结果，这才是混沌的至高境界。

　　几年时间的自由撰稿生涯让我从一个在工厂里边打工边小打小闹地发点小文章的业余写作者一跃而成为以写作为生的专业写家。这种身份的改变让我得以从喧嚣的马达声中脱身出来。在疼痛消减，不再直面血淋淋的现实之后，以一个局外人的身份重新审视那些曾被赞扬或被诋毁过的生活，于是一个奇怪的现象让我感到十分惊讶，它让眼前的一切变得有理有据起来。在存在与虚茫的二元对立中，我找到了一个相对的平衡点。我企图通过这个平衡点达到人自身的和谐。这种和谐对我来说既是必要的，也是有生活基础的。基于此，我对所有非法的语言集合保持了怀疑与应有的谨慎。我利用一切可以利用的资源，小心翼翼地求证。我不希望这仅仅是一个纸上谈兵式的构想，我渴望它像一颗从高空中飞驰而下的陨石有力地砸在坚实的地面上。

《余生》这篇小说，就是在这样的一个背景之下写成。我不知道读者对它的评价如何，但于我无疑是在尘嚣中找到了一个相对和谐的注脚。如果说《红尘》先于此已见端倪，但根源于人类自身对事物的恐惧阻碍了《红尘》的外延，并把自我的命运推向了不可预测的未来。这明显是一次误入歧途的探险。它所缺乏的正是人内心自我和谐的生活基础。

《余生》恰好弥补了上述缺憾。正因为有了这个基础，我在写作《余生》过程中，一反过往瘦硬生冷的语言，而是温柔且韧性十足地展开叙述与描写。当叙事不再急吼吼地朝着目的地狂奔而去时，它便在应该停留的地方有了足够时间的停顿。停顿对于小说而言，它既是情节的需要，也是审美的需求。对任何一个小说作者来说，能够让读者随着叙事停顿下来，发现小说中提出的问题，并进行思考，并不是一件容易的事情。《余生》正在朝着这方面努力。显然小说是不能解决任何问题的，《余生》也是这样，我从不希望能在小说里解决生活里的问题，因为小说并不是为了解决问题而存在的。小说家能做的只是在生活的深度与广度上对提出的问题作进一步的思考。任何一个浅薄的结论对小说来说都会受到不同程度的刻意伤害。因此自然就显得相当重要，而且自然也符合中国传统的审美观。而读者便会在这自然之中体会到了世道与人心。小说，讲到底就是围绕着这个目标而不断努力。当然技巧也是必不可少的，但技巧只是一种工具罢了，能否运用自如，取决于作家使用的时间长短。世界毕竟复杂而多变，作家对世界的观照也因人而异，唯有独特才能体现个体写作的魅力。

我曾在不同的场合说过相类似的话：越是写作，就越是看不起自己。这不是无条件的自谦之言，我的小信让我保持着一份清醒。即便是在最洋洋自得的时候，仍然明白自己的位置。文学作为一门综合性的艺术，它包含了更复杂也更丰富的社会生活、文化韵味以及审美内涵。然而综观自己的写作，无不让我心生疑虑：我所坚持的创作，有没有如我所说的那样有着丰富的文化韵味？有没有真正拓新了人们的审美视野？一件堪称完美的叙事作品，我想除了应该有相对令人眼前一亮的故事和鲜活的人物之外，它还应该有丰富而且生动的社会生活场景和文化底蕴。反观我自己，远远没有达到这个要求。因此，我们还在路上。在路上就意味着无止境，意味着对周围的风景不可能熟视无睹。最后，我想说的是，我感谢生活，是生活给我的写作提供了无穷的想象空间。更重要的是，生活，它给了我善良和爱。